ちくま文庫

ロボッチイヌ

獅子文六短篇集
モダンボーイ篇

獅子文六
千野帽子 編

筑摩書房

もくじ

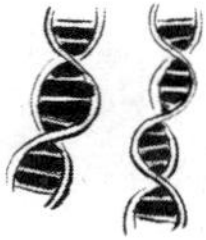

「ロボッチイヌ」

獅子文六

千野帽子　編

挿画　北澤平祐

レイアウト　小川恵子（瀬戸内デザイン）

ライスカレー

「……品数は四種か五種あれば、いいのさ。グリル物が一つと煮込みものと、フイッシがひとつと……あとは、時の野菜ものが一種あればいいンだ」

「ケーキは？」

「ケーキは良くしなくちゃアいけないね。コックの腕を、一番、見られるからね。仕入れ物のケーキなんか、意味ないよ」

「珈琲《コーヒー》がまずくちゃ駄目ね」

「僕はほんとの珈琲のいれかたを知ってるンだぜ。ここの家みたいに悪い豆を使った上に、グラグラ煮出しちまっちゃ、うまい珈琲はできッこないよ。あれは、フィルタアってものを使って一人々々に……」

「お酒も上海《シャンハイ》詰めなんか置かないでね」

「モチさ。シャトオ詰めの飛び切りのワインを置くよ。洋食ッてえものは、日本酒やビールで食べたら、おしまいさ。ウイスキーでも、いけないよ。ハイボールなんて註文が出たら、僕はそう云ってやるね——手前共では、お食後でないと、差し上げないンで、とね」

「でも、そんな事云ってお客がくるかしら」

「それア、くるともね。美味《おいし》い料理を食うためなら、どんな苦労もするッていう人が、この世には、いくらもいるンだよ。ほんとに洋食の味のわかる人がいるンだよ。店がどいだけ汚くたって、サービスがいくら悪くっても、喜んでコックの腕を見にきてくれるお客様が、世の中にはいるンだよ。で、なくちゃアおキミちゃん、こうやって僕が一所懸命に修行してる張合いがないじゃないか……」

夜の九時頃である。

店の客足がちょっと切れたのでコック場が閑《ひま》になった。そこで芋剝きコックの福太郎が、白い袖をぐっと捲いて腕組みをして、女給のおキミちゃんを対手に、彼の理想のレストオランの設計図を、語って聞かせている。

下町の古い洋食屋で、昔は開花亭と云ったが、今はカイカと片仮名を書いてる店の話である。時勢が変って、だんだん流行らなくなってきたので、キャフェの真似をしてそんな名に変え、女給を二人置き、蓄音機を一台買い……いろいろやってみたけれど、流行らないものはやはり流行らない。学生と会社員に、縁の遠い街だからだろう。尤《もっと》も、出前は相当に出る。チーフ・コックの柴崎という老人は、S軒系にもT軒系にも属さず、新しい事は一切知らないが、明治式洋食だと、そうまずいものは食わさない。

残暑のコック場は、夜になっても、汗が出る。しかし、流し場の暗いところで、もう蟋蟀《こおろぎ》が季節の唄を歌ってる。尤も、福太郎事フー公が、自分の理想を語るとなると、汗も蟋蟀もありはしない。青年将校、青年官吏という名が許されるなら、彼もまた青年コックではないか。

おまけに、聞き手は彼にとって誰よりも語るべく張合いのある、おキミちゃんである。

「なんでも西洋には、そういう店が沢山あるンだそうだよ。その日のメニュを五、六皿にして、どれを食っても断然うまい代りに、余計なものは一皿も拵《こしら》えない……つまり、料理と経営と両方の合理化てえやつさ。小レストオランは、それでなくちゃア、対抗できないよ。その代り、材料は吟味するね。一皿々々魂の入った料理を食わせるね……おッと忘れたが、パンも自分の店で焼くンだ。うまいパンを焼いてみせるぜ。ライスは出さないかわりに……」

「あら、ライスもの無し？」

「あたりまえさ。カレーライスだの、ハヤシライスだのってえものは、洋食じゃアないンだぜ。あんなものを喜んで食うのは、ここの店へ来るようなお店者ぐらいなもンだ」

「でも、フーさん、そンな事云ってたら……」

と、おキミちゃんは福太郎の計画に親切な横槍を入れかけたが、

「まア待ち給え。店を持ったら、僕はコック場に引込ンでるンだ。主人がお客の前へ、むやみに顔を出すのはあれアいけないよ。だから店の責任をもつ人が欲しい。つまり、マダムだね。その悧巧で、シッカリして……多少この道で経験のある、例えば、その……」

例えば、その、おキミちゃんのような人と云いたかったのだが、福太郎は内気な青年だった。そこで蟋蟀の声が耳につくような、センチな沈黙が起りかけたが、おキミちゃんは実際家なのか、それとも、故意に身を躱《かわ》すつもりか、

「でもね、フーさん、ライス物置かなければ、無理じゃない？」

と、話を元へ戻す。

「真っ平だね。ここの店のお客のようなのを対手にするなら、僕はコック商売止めて、おでん屋にでもならア。なんでえ、豚カツの後で牡蠣フライを食ったりしやがって」

と、どういうものか、福太郎の言葉が乱暴になった。

「それも、ただ食って帰るだけならいいが……」

「なによ」

「なによって、わかッてるじゃないか」

「わからないわ」

「トボケてらア。じゃア、云ってみようか。例えば、上総屋《かずさや》の若旦那なんて、如何《どう》だい。二皿食うのに、三時間もケツを据えてるじゃないか。どういうわけだと云えば、つまり綺麗な女給さんと……つまり、おキミちゃんのような人の手を握ったり……」

「ホホホ」

　おキミちゃんは、おかしそうに笑った。

「手を握ったり、そうだとも——見たよ。この間、ちゃんと見たよ。三番のテーブルに彼奴《あいつ》が来た時、チップを渡しながら、おキミちゃんの手を、こんな風に握ったよ。それでも、おキミちゃんは黙ってたよ。ああ、黙ってたとも」

　福太郎が息を弾ませているのに、おキミちゃんの方は、ひどく落ち着いている。

「手を握るぐらい、なアに？　そんな心配してちゃ、女給は勤まらないわよ」

「女給さんは、料理をうまく食わせるように、行儀のいいサービスをするもンだぜ」

「ところが違うのよ。キャフェの女給だの、アメリカの大統領だのっていうものは、毎日人に手を握られるのが、商売なのよ」

「おやッ」

「フーさん。理想のレストオランの話、もうちっと研究してね。あんた少しお天気がよすぎるわよ。あんたがガッチリしてくれれば、妾《わたし》だって……」

と、云いかけて、今度はおキミちゃんが口を噤《つぐ》んだ。これは内気のセイではない。店へお客が這入《はい》ってきた気配がしたからである。果して、朋輩のレイ子の金切り声が聞えてきた。

「キミちゃーん」

「はアい」

彼女が出て行くのを見送って福太郎は溜息をついた。

(どうも、おキミちゃんの方が悧巧で、シッカリして、俺よりも役者が一枚上のようだ。いつも今日のように、巧くハグらかされるのは癪だけれど、それだけ理想の料理店《みせ》のマダムに据えたら、タイしたものだ。なんしろ俺ときたら、たしかにお天気の良すぎるところがあるからな)

やがて店へ通じる小窓が開いて、レイ子の声が響いた。

「ポルトガル一枚!」

「よう、ポルトガル一丁!」

福太郎は眼が覚めたような声で、答えた。

それを聞いて、奥の上り框《がまち》へ寝転んでたチーフ・コックの柴崎が、海豚《ふぐ》のような体をムックリ起した。

「これで、ポルトガルはヤマだぜ」

「今日はよく出ましたからね」

柴崎が仕事に掛かると、福太郎は研究室助手のように好学心に燃えた眼で、ジッとそれを眺める。こうなると、手術衣もコック服も、白さに変りはない事になる。柴崎の顔にアリアリと主任教授の温容が出てくるから、不思議だ。

「このポルトガル・オムレツは、ほんとうはオムレット・ポルチュゲーズてえもンだ。もと俺の住み込んでたフランスの領事さんが、これが大好きでな。だが、ポルトガルに限らず、オムレツてえ奴が、一番年期ものだよ、火加減と、時間と、それからこの——いよッ」

と、掛声を出して鍋を振ると、オムレツは一、二尺空へ飛び上り、宙返りをして落ちてくるのを見事にフライ・パンの中心で受けとめる。

「巧いもンですな！」

福太郎は息を呑んで、嘆息を洩らした。

「見な。かえって綺麗に上るから、不思議だろう。焦げず、崩れず、こうフンワリ行くのがコツだ」

と、云う間に、オムレツは平匙から皿の中へ移される。福太郎はそれを持って、感心の名残りの首を振りながら、通し窓の扉を開けた。

「ポルトガル上りッ！」

柴崎は上り框へ引込んだ。福太郎は本職の芋剝きに掛った。明日の料理に使うジャガ芋の皮を、手が隙《す》くと、剝いて置くのである。あまり面白い仕事じゃない。

「並テキ一枚！」

おキミちゃんの声が窓から聞えた。

「よオ！」と、景気よく受けた福太郎は、柴崎の方を向いて、「チーフさん」

だが、柴崎は今夜は早く湯に行って、一盃やろうという料簡でもあるのか、もうコック着を脱いで、浴衣に着変えかけてる。

「並テキか」

と、面倒臭そうに顔を顰《しか》めたが、

「並テキなら、フー公、おめえやってみねえ」

「えッ」

と、福太郎は耳を疑った。フライド・ポテト以外に、料理らしい事をしたことのない彼だ。身に余る光栄と云おうか、時節到来と云おうか、滅茶苦茶に嬉しくなって、思わず胴震いをしたのである。

料理ストーヴの鉄蓋をとる時から、副物のサラダを盛る時まで――ビフテキ製作の過程一切は夢の中で特急に乗ったように過ぎてしまった。

気が付いた時には、皿の中にビフテキが出来ていたという始末である。

「テキ上りッ！」

こんな感激に充ちた声が、滅多に世の中で、聞かれるだろうか。

福太郎は汗を拭きながら、ホッとして料理台の前へ腰をおろした。

やがて、「お止しなさいよ」という、おキミちゃんの声が店で聞えたと思うと、通し窓がガタンと開いて、あろうことか、人間の首がニュッと現われた。と云って、怪談ではない。すこし酔ってるらしい上総屋の若旦那が、そんな所から顔を出したのだ。

「おい、フー公。君だろう、いまのビフテキを拵えたのは」

福太郎にとって、不倶戴天の若旦那が、フチ無しの眼鏡の底から、嘲笑の色を浮かべた。出前を持って歩く時に往来で逢っても、店へ飲みにくる時でも、顔を合わせれば、きっとなにか揶揄《からか》うので、福太郎はどうも虫が好かない。いや、揶揄うぐらい、いくら揶揄ってもいいから、おキミちゃんを口説きさえしなければ、こうまで癪に障りもしないであろう。

「ええ、僕です。それが如何したンです」

「どうも、そうだろうと思ったよ。一体、あれア、何だい」

「貴方こそ何です、そんな処から首を出して。そこは、料理を出す窓ですよ」

「仰せの通り、料理窓だ。だから、料理を出してくれろよ。フー公、今のは、あれア、ビフテキの積りか」

そう云われると、福太郎、一言もない。なにしろ、お客に出すビフテキを焼いたのは、今日初めてなのだから。

「鉄のカブトで歯が立たぬ、ときたから、驚いたね。匪賊の弾除けに、あのビフテキを陸軍省に献納するといいや。フフフ」

なるほど、若旦那、口が悪い。

「わかりました。すぐチーフに頼ンで、拵え直します」

福太郎は、歯を食い縛って、云った。

「いや、是非、フー公のお手並みが見たいンだよ。ビフテキはあやまるから、他の物を拵えてくれ」

「止しましょう、どうせ今みたいに、悪口を云われるンだから」

「悪口じゃないよ。忠告なンだ。フー公のような前途有望のコックが、あんなビフテキを拵えるというのは、つまり、おキミちゃんなんかに色眼を使うからだろう」

「なあーンです、自分こそ、おキミちゃんに……」

と、躍起となって云いかけたが、口惜しさが沸騰して、いい文句が出てこない。

若旦那は、いよいよ落ちつき払って、

「僕は知らないよ。おキミちゃんの方で、僕を追駆けるンだからね。今も約束したンだが、今度の公休に鎌倉へドライヴして、帰りに大森で憩《やす》ンでこようてンだよ。どうだい、フー公、一緒に行かないかい」

福太郎は、ただ「ムウ」と、唸るばかり。

「イヤなら、やっぱり、おキミちゃんと二人で行くとしよう」と散々イヤがらせを云ってから、「時に、フー公、腹が減ったから、何か食わせてくれ給え」

福太郎は、黙って、首を垂れている。

「フー公にできる料理なら、まず、野菜サラダだね。生憎《あいにく》、今夜はもっと腹に溜まるものが食いたいンだ。そうだ、ライスカレーがいいや。ねえ、フー公、これならできるだろう。ご飯をヨソって、カレーを掛けるだけじゃないか。誰にだってできらア。フー公にだって、きっとできらア。――じゃ、頼んだぜ」

若旦那は思う存分福太郎をカラかったので、満悦して窓から首を引込まそうとすると、福太郎のイキリ立った声が、追駆けてきた。

「嫌です！」

「なにが、嫌でえ」

「ライスカレーこしらえるの、嫌です」

「こいつア面白えや。コックが客の註文を断るなんて、面白えや。こうなれア、是非、食わずには措かねえぞ」

若旦那は、一旦引込めた首を、またつき出した。

「他のものなら、こしらえます。ライスカレーは嫌です」

「ところが、いけねえ。是非、ライスカレーが食いたいンだ。どうしても、フー公はこしらえない気か」

「クドいね、若旦那」

「いよいよ面白え！」

どういう積りか、若旦那は、そのまま首を引込ませた。なにか、成算があるのだろう。

やがて、カーテンを捲くって、おカミさんの姿が、コック場へ現われた。マダムという姿ではない。丸髷に結ってる。

「フーさん、冗談じゃないよ。対手は酔ッ払いじゃないか。いい加減にして、早いところ、出しておやりよ」

「真っ平です」

「真っ平ッて奴があるもンか。さア、早くさ」

「ご免蒙りましょう」

「フーさん、おフザケでないよ。女の主人だと思って、馬鹿にする気かい」

おカミさんは昔風に、キリリと柳眉を逆立てた。福太郎はレヴィユウの英雄のように、腰のキマらない腕組みをしてる。

「いいよ。嫌なら、お止し。その代り、お前さんは今日限り……」

と、おカミさんは資本家の呪文を唱えかけた時、カーテンの間からおキミちゃんが飛び出してきた。

「おカミさん、妾に任して下さい。悪いようにしませんから」

留女《とめおんな》が店でピカ一のおキミちゃんとあっては、おカミさんも一応、顔を立てずにいられない。

「じゃア、頼んだよ」

と、おカミさんが店へ戻って行く後姿を見送って、おキミちゃんは、シミジミとした声で云った。

「フーさん。どうしたの、あんた！」

福太郎は、黙って、答えない。

「あんた、お店を出されてもいいの？」

それには、言外の意味があった。

（暇を出されれば、おキミちゃんとも別れなければならない）

福太郎は、すぐその意味を覚ったが、やはり黙々と、首を垂れていた。

「フーさん。理想のレストオランは、まだ早いわよ」

おキミちゃんは、姉のような威厳のある調子で云った。

福太郎は、眼を瞬いた。

「だからね、ライスカレーを拵えて頂戴。妾が頼むのよ。妾の番なンだから」

「だって、おキミちゃんは……」

と、福太郎は云いかけたが、後は云えない。

「上総屋の若旦那と、公休に遊びに行く約束をしたって、云うンでしょう?」

「そうさ」

「嘘よ、あんなこと。誰があんなヤツと、一緒に行ってやるもンか。フーさん、第一あんたの方が先約じゃないの。今度の公休は、一緒に村山貯水池へ行くっていう……」

「そうさ、だから……」

「だから、よけいな心配しなくていいのよ。フーさん、妾達は仲間よ。共同戦線を張ってるのよ。若旦那なんて、云わば敵じゃない?」

なるほど、そう云われると、お客の食べ残りを、コロッケに再製してお客に食わせるなんてことは、コックと女給の結托事業みたいだ。

「ね、フーさん。だから、ライスカレー拵えてね」
入った。
こと茲《ここ》に到って、福太郎はどうしてもライスカレーをつくらねばならない羽目に墜
彼は無言で皿を出した。無言で、おハチの蓋を除《と》った。無言で黄色いドロドロをラ
イスの上へ掛けようとした時、彼は俄かに、皿を下に置いた。
「嫌だ、嫌だ。どうしても、嫌だ！」
「フーさん！」
おキミちゃんは、悲しげな声をだした。
「なにを、ジブくってやがるンだ」
チーフの柴崎が、ニコニコ笑って、浴衣に着変えた姿を現わした。おキミちゃんが、
事情を話した。すると柴崎は、おかしそうに、大きな腹を揺すって、
「フー公、我儘云わねえで、拵えてやれ」
「チーフさん、あんたまで、そンな事云うンですか。嫌です、こんな商売！　敵に兵
糧を拵えてやるなんて、おかアしくッて……」
福太郎は、眼に一杯、涙を溜めてる。
「だから、面白えじゃねえか。なんと云ったって、先方の食うものは、こっちで拵え
るンだ。毒を入れようと、薬を入れようと、おめえの勝手だ」

「えッ。じゃア、チーフは僕に、若旦那を毒殺……」

福太郎は飛び上って、驚いた。憎いことは憎いが、なにも、殺すほど遺恨があるわけではない。

「バカだなア、おめえは……そンな真似をすれア、おめえの命も危くなるじゃねえか。もっと手軽なのが、いくらもあるだろう。俺も若い時分には、文句の多いお客に、よく仕返しをしてやったもンだ」

と、なにか暗示的なことを云って、柴崎は微笑んだ。

(なるほど、そうか……。では、カレー粉をワンサと入れて、若旦那の舌を焼いてやろうか？　いや、それだと、すぐ文句を云うにきまってる。では、鼠の糞でも入れてやるか。いや、彼奴眼が早いから、すぐ見つけるにきまってる。なにか、彼奴にわからないで、胸の透くような方法はないか……)

福太郎は一心になって考えたが、やがて、なにか諾《うなず》いて、生まれ変ったように威勢よく、仕事を始めた。

「えらいわ、フーさん」

おキミちゃんが、賞めた。

「わかったな、フー公」

柴崎も、側から云い添えた。

福太郎は盛り終ったライスカレーの皿へ、かッと唾を吐きかけた。

「どうです、チーフさん」

「ハッハハ。よく掻き混ぜておきねえ」

福太郎は命令通り、指の尖きで、丁寧に黄色いところを、コネ回した。

「さア、上りッ！」

福太郎は、元気百倍の声を張り上げた。

すると、それまで黙って様子を見ていたおキミちゃんが、

「フーさん！　あんた、なんて意気地なしなのッ」

と、叱りつけたので、福太郎は度胆を抜かれた。

「そンなことしたッて、知らずに食べちまえば、復讐にも何にも、なれアしないじゃないの。そいで、自分だけいい気持になってるような意気地無し、妾大嫌いよ！」

おキミちゃんは、声を震わせた。

「じゃア、どうすればいいンだよ」

福太郎は弾尽き、矢折れたような気持になった。

「なんでもいいから、もう一皿、別に拵えて頂戴！　妾、一皿でも多く、あんたにライスカレーを拵えて貰いたいのよ。五万皿ライスカレーを拵えなければ、一人前のコックになれないッて事、あんた知らないの……」

今度は、おキミちゃんの眼が、涙で一杯になった。

福太郎は、黙って別な皿を出した。また、蟋蟀の声が耳につく沈黙の中で、マザリもののない一皿のライスカレーが出来た。

一皿二十銭だが、原価八銭も掛っていない、カイカ亭のライスカレーが出来た。

福太郎は「上りッ！」とも、なんとも云わなかった。おキミちゃんも無言で、それを持って店へ出て行った。

だが、チーフの柴崎は、ひどく感服したような声を出した。

「なるほど、近頃の若え女は、ガッチリしてやがる。フー公、あの女は見どころがあるぜ。早く夫婦約束をして、店を一軒持ちねえ……」

ロボッチイヌ

一

　福富賢三さんは、技術畑出身の実業家で、いろいろ事業をやったし、財産はできたし、アクセク働く必要はないと思って、第一線を退いているのだが、慈善事業を始めるほど老齢でもなく、ゴルフなぞに身を入れて、毎日を送っていた。福富さんの経験と才幹を見込んで、事業の相談を持ち込んでくる者が、一人二人でないが、

「事業もいいが、誰かの犠牲を見込まずに、利潤は上らんのでね。わしはそれを考えると、気が向かんのだ」

　とまるで社会主義者のような返事をするのを、常とした。頭のいい成功者は、そんなゼイタクがいってみたくなるらしい。

今日は雨が降って、ゴルフにも行けないので、シッティング・ルームで週刊雑誌を読んでいると、赤線廃止以後、急激に増加した性犯罪を、トップ記事で、デカデカと掲載してあった。

――ウム、これア予想しないことでもなかったが、案外にひどいな。

記事には、相当誇張があるらしいが、各地に起った青少年の輪姦事件、東北の漁港の女子恐慌――ことに後者の話は、福富さんの心を打った。長い間、遠洋漁業に出ていた若い者が、港へ帰ってきて、酒はあっても女のない不満で、見境のない行為を犯すので、船団が帰ってくる時は、港の家々は夕方から戸を閉ざすという。

――漁港なぞには、除外例を認めればいいのだが……。

福富さんは現実家だから、売春を即時絶滅せしめていいほど、日本の社会が上品にでき上ってるとは、考えていない。しかし、従来の売春方法には、まったく反対だった。売春には、必ず、暗い犠牲が伴なう。売春したくもない者に、売春せしむるほど、非人道的行為はない。そして、売春にツキモノの酷薄な搾取は、まったく論外の陋習《ろうしゅう》である。

しかし、その二つを取り除けば、売春は、必ずしも、数多い他の必要悪を凌ぐ悪とは、思われない。また、最小の犠牲で、売春を行い得る道がないこともない。広い世間には、生まれながら娼婦の性をもつ女もいるから、そういう希望者のみを集めて、これに従わせればいい。それから、搾取やヒモを根絶するには、何分、長い伝統があって、普通の手段では、到底不可能であるから、一切、個人の手をタッチせしめないために、これを国営に移す。それによって、売春婦の福祉も、衛生状態も、一挙に向上せしめることができる。

福富さんは、かねがね、売春国営の持論で、その方が売春防止法よりも、合理的で、現実的で、公安の維持に役立つと、考えていた。尤も売春国営という字だけ見て、デングリ返る連中も多いだろうし、売春婦国家試験に応募する女性は、スケベーの名乗りを揚げることになるから、誰も尻込みするにちがいない。スケベーであることは、決して、人間の不名誉といえないが、それに乗じて、この種の営業に従事させることは、当人は任意であっても、国家の名誉とはいいがたい。

その点がなければ、福富さんも、売春国営案を公表したいのだが、試案として、胸中に死蔵する外はなかった。

――どうも、何事によらず、理想的なアイディアというものは、ないようだな。

福富さんは、思案に暮れて、読みかけの週刊雑誌を、パタリと、イスの下に落した。すると表紙の色刷り裸体美人の写真が、仰向けになって、両手を拡げ、福富さんの方に、ニッコリ笑いかけた。

――ウム、この女なぞは、国家試験応募に、充分の資格があるのだが……。

福富さんは、表紙写真の女の見るから強健そうな肉体と、羞恥を忘れた美貌に、暫らく見入っていたが、

――待てよ。

ふと、新しいアイディアが、頭を掠めた。その写真を等身大にして、立体性と、適度の温度と、湿度と、柔軟性を与えることはできないものか。つまり、人工の女性の製作は不可能だろうか。

売春の従事者に、人間を宛てるからこそ、もろもろの障害が起きてくるが、これを物体化することによって、すべては解決するのではないか。現代の売春は、果して人間を要求しているだろうか。明治時代には、まだ、オイランから可愛がられるとか、惚れられるとかの期待の下に、春を買う者もいたが、現代に、そのような迂遠な目的で登楼する者が、何人あるか。彼等は恋愛を求めて買春するのではなく、ことによったら、女性を求めて買春するのでもないかも知れない。女性の外形を備えていさえすれば、狐の化けたのでもムジナの変身でも、結構なのではないか。結局、彼等は温度と、湿度と、柔軟性を求めて、買春に赴くのではないか。それなら、敢えて貴重な人体を煩わさなくとも、人工の女性で事足りるのではないか。

もし、人工売女を以てこれに宛てれば、売春国営を行わなくても、人道的難点や、搾取やヒモの憂いは、一切、消滅する。しかし、企業家の福富さんは、人道問題の解

決だけを愉《たの》しんで、人工売女の空想を追うわけにもいかなかった。世道人心を益して、なおかつ儲かるものでなければ、彼の頭脳を傾倒するに値いしないのである。

——いや、採算がとれんこともないぞ。

たとえ、製作費がカサんだところで、一回の投資で済むではないか。人工売女は飲まず食わずで、昼夜の勤めに堪えるではないか。稼ぎ高の十割を、抱え主が懐ろに入れても、彼女は文句をいわぬだろうし、名古屋芸妓や越後女郎以上に、客に惚れぬだろうし、また、彼女の肉体が無機物で構成されてるから、花柳病の伝染ということも、考えられぬではないか。

丸抱えで、食い物がいらなくて、マブをこしらえず、病気にもかからないで、一心に稼いでくれる——つい此間までの抱え主が、ヨダレを流しそうなコドモが、つまり、人工売女なのである。売女として、理想的条件を全部備えているのである。

——これで、儲からんという理窟はない。

福富さんは、本腰になって、案を練り始めた。

二

翌日は晴天になったが、福富さんはゴルフに行かなかった。そして、人工売女製造のことばかり考えていたが、さすがに実業家だけあって、科学者に相談することの迂を覚った。

――あの連中は世情にうといから、例の金属性ロボットでもこしらえるのが、関の山だろう。あんな、四角い顔をして、鉄のカギの手なんかもってる者と、一緒に臥《ね》る奴があるもんか。

そこで、福富さんが目星をつけたのは、玩具製造工場である。戦後、日本のオモチャは、急速な発展振りで、無電操縦の自動車とか、音波で動く汽船なぞから、眼を開閉する眠り人形、這い這い人形、パーマネント人形、それから、ミルクを飲ますと小便をする人形まで売り出して、ドル稼ぎをやってる。そんな人形も、ハリコやゴム製は昔の夢で、生けるが如き血色と弾力を備えた、とても可愛らしいのが、出回っている。それを拡大し、精密化させれば、充分にあの方の実用に立つと、福富さんは気がついた。

そこで、業界の調査をやって、人形製作の技術と信用が最も優れた工場が、千住にあることを知って、福富さんは、ある日、車を乗りつけた。

「ちょいと、内密の相談があるのだが……」

福富さんの名刺を見て、驚いた工場主が、自身で応接室に現われてきた。

「へい、大量の輸出でございますか」

「いや、国内向けだが、将来は量産の見込みが、充分ある。つまり、君のところの製品を等身大にこしらえて貰いたいのだが、どうかね」

「それは、ワケのないことで……。原型さえ、大きくすればいいのですから……」

「大きいだけでは、困るな。赤チャン人形の拡大ではなくて、成熟した婦人に形どって貰いたい。そして、婦人のあらゆる特徴を具備させる――いいかね、あらゆるだよ……」

「ハハア、つまり、江ノ島のハダカ弁天ですか」

「いや、更に一歩を進めてだね……」

福富さんも、説明に骨を折らねばならなかった。

工場主は、やっと合点が行ったか、ニヤリと笑って、

「旦那も、変った方ですな。尤も、近頃の二号は、すぐ浮気をしますから、安全という点では、人形に限りますよ」

「何を勘ちがいしとるのだ。先刻もいうとおり、わしは大量生産を……」

そこで福富さんは抱負の一端を述べ立てると、工場主も頭の切れる男と見えて、この最高の将来性に富む企業に、すっかり乗気になって、

「ようがす。温度、湿度、柔軟性に、香気まで加えた優秀品を、造ってお目にかけましょう。その代り、試作品は、少しお高くつきますよ。十万円、下さい。マス・プロになれば、その半値であげる自信を、持っています」

「五万円なら、田舎の酌婦の相場だ。充分にソロバンがとれる。よろしく頼みますよ」

福富さんは、勇んで、家に帰った。

それから、一カ月も経ってから、工場主から、電話が掛ってきた。

「やっと、試作品が完成しました。これから、お宅へ持参しますが、モノがモノですから、ご都合を伺ってからにしたいと、思いまして……」

「すぐ見せて下さい。来客は門前払いにするから……」

それでも、福富さんは、見本調べの室を、窓のある応接間ではいけないと思って、茶室の障子を閉め切り、女中の出入りも厳禁して待っていると、程なく、工場主が工員と二人で棺桶風のボール箱を担ぎ込んできた。戦争末期には、これとソックリの代用棺桶があった。

「なかなか重そうだね」

「ある程度の重量がないと、情が移らないでしょう」

工場主は、箱の蓋を開け、セロファンのパッキングを取り除いて、バラ色に輝く試作品を、静かに、両手で抱え出したが、一目見て、紳士の福富さんは、顔を掩いたくなった。

「ウム、よくできた。人形と知りながら、わしの胸は、まだ震えとる。生けるが如しとは、このことだろう」

「旦那。まだ感心なさるのは、早いですよ。こうやって、坐らせて置けば、パッチリと眼を開くでしょう」

「あア、すばらしい明眸《めいぼう》だな。どこかの女優と似とる」

「臥かせれば、この通り、眼を閉じます」

「なるほど、可愛らしい寝顔だ。おやおや、背中に大きなイボがあるぞ」

「イボと見せかけて、実はボタンなんですよ。ちょっと、押して見て下さい」

「これは、不思議。人形の皮膚が、だんだん暖かくなってきたよ」

「三十七度まで、上りますよ。ボタンを二度押せば、汗を出す装置もしてあります」

「なるほど、湿度の方も、申し分なしだ。それに、手や足が自由自在に曲って、しかも、漸次に復元していくところは、柔軟性の条件を充たして、余りあるね。そして、この肌の色の美しさ。シミやオデキの痕がないのが、何よりだ」

「序《つい》でに、体臭をかいでやって下さい。人間に、こんないい匂いのする女がいますか」

「ウム、伝説の香妃も、かくやと思わせるほどだ。何ともいえない。この匂いだけでも、千客万来疑いなしだ……。これで、言葉をシャベッたら、君は造物主と敗けない腕前だぜ」

「そこまで賞めて頂けば、本望ですが、造物主以上といわれても、あっしは辞退しませんよ。旦那、この人形がものをいわないところが、ミソではないでしょうか。オシヤベリを封じることによって、女性の魅力は倍加するし、オネダリやクゼツができないのは、売春の簡易化になりますぜ」

「それは、仰せのとおりだ」

「しかし、ほんとの啞と思われるのも、興覚めですから、一ことや二ことは、シャベらせるようにしてありますよ。胸部と腹部を、平均に強く圧迫して頂きましょうか」

工場主がそういうので、福富さんは紫檀の黒い文机《ふづくえ》を、裏返しにして、人形の上に載せてみると、赤い唇が可愛らしく動いて、

「アイラヴユウ！」

と、甘ったるい声を放った。

「なるほど、これは、よくできとる。しかし、ラヴは問題にしないことにしてあるのだが……」

「なアに、アイサツ代りですから……」

とにかく、試作品は満点ともいうべき出来栄えで、福富さんも、工場主の手を握って、大喜びだったが、それで我を忘れるほど、小さな企業家ではなかった。

「オヤジさん、わしはこの見本を、人工売女第一号にするつもりだが、更に、第二号型、第三号型と――十種ぐらいの原型を、造ってくれ給え」

「へえ、ずいぶん美人に製造したつもりなんですが、これだけじゃお気に召しませんか」

「いや、今のところ、この標準美人型が、一番売れることは確かだが、買い手の気持は変り易く、飽き易いものだからね。第一号のような八頭身型のみに、頼ってもいられんのだ。標準型美人だなんていうのは、われわれの符牒であって、美人に標準なんてありはせんよ。ジャーナリズムなぞが、大ゲサに流行美人型と騒ぎ立てても、実際の需要というものは、もっと着実で、個性的なものだ。ライン・ダンサーの脚のようなまっすぐな脚ばかり造っても、万能というわけにいかんのだよ。君、〝鍵〟という小説を、読んだかね」

「いいえ、評判は聞いてますが……」

「あの小説には、ガニ股の讃美が、描き尽してある。そういう嗜好もあるのだから、われわれも油断はならん。といって、造物主のように、一人々々異る個体をつくっては、とても採算がとれんよ。まず、製品は十二の規格に限定しようではないか。身長、体重、バスト、ヒップその他を含めて、大、中、小のサイズを定める。品種は、貞女型、娼婦型、乙女型、年増型、オバサマ型でいいだろう。それで、十二の原型ができるが、追々に、デラックス製品として、デフォルメを発売することにしよう。ガニ股型は、その時でいいな」

福富さんと工場主は、めでたく相談を終った。

三

十二種の規格品が完成した時に、福富さんの良識は、それを人工売女と呼ぶことが、あまりにもそのものズバリで、面白からぬ感じを持った。買い手の心理になっても、

「人工売女、一つおくれ」

とは、安煙草でも買う時のように、気がヒケるだろう。また、商号登録の上からも、何か、固有の名称をつけて置く方がいい。そこで、いろいろ考えた結果、ロボットを女性化して、〝ロボッチイヌ〟という名にすることを、思いついた。

「ロボッチイヌ発売元——悪くないな。新薬か、化粧品の会社のようだ」

そして、以後は、工場主と製造の相談をする場合も、人工売女という殺風景な言葉を用いないで済んだ。そのうちに、製品も倉庫に充満してきたので、一斉発売の時機がきたが、モノがモノであるから、誇大な宣伝は慎むべきだと思った。そして、まず販売員がオート三輪に見本を積んで、旧赤線区域とか、青線飲食店とか、温泉マークの旅館とかいう箇所を、歴訪させてみると、その中の進歩的業者は、直ちに眼を輝かせた。

「何、五万円だって？　テレビより安いな。試しに一台買ってみよう」

そして、買った連中は、飲まず食わず、そして昼夜働き続けるロボッチイヌの勤め

振りに、すっかり惚れ込んで、追加註文をすると共に、非合法の天然売女を、続々とシャット・アウトした。やがて、ロボッチイヌの名が、口から口への宣伝で、世間に知れ亘ると、新発明品好きは日本人の習性であるから、一度にドッと押しかけてきた。無論、こうなっては、警察も黙っていられないので、ロボッチイヌを備えつけた店に、暁の急襲をかけたが、せっかく動かぬ現場を抑えてみても、いかなる法令によって、これを検挙すべきかという点で、ハタと困惑した。ロボッチイヌは物体であるから、売春の意志を認め得ないと共に、その行為も成り立たないのである。売春がなければ買春がない道理で、遊客を引致するわけにいかない。また、遊客の一方的自己満足を取締る法律は、まだ日本にできていない。それなら、ワイセツ物陳列の方で取締ろうとしても、業者はなかなか抜目がなく、押入れの中にロボッチイヌを納《しま》い込んであったのを、客が勝手に持ち出したとか、ロボッチイヌ同伴で宿泊にきたとか、巧みにいい脱れるから、手のつけようがなかった。福富さんの頭脳は、独創的な人工売女を考え出すと同時に、売春防止法の盲点を、完全に衝くことを予見していたのである。

こうなると、日本全国から、ロボッチイヌの註文が殺到して、倉庫は忽ちカラとなり、工場は増築と拡張を重ねても、需要に応じきれない有様だった。

「君、断じて、粗製品を造ってはいかんよ。増産によるコスト低下は、品質向上に回して貰いたい」

福富さんは、勝ってカブトのオを締める主義で、工場主に、固く申し渡した。工場主も、良心的というより、半ば発明家気取りになり、既製の型の生産は工場長に任せ、ロボッチイヌ新型の工夫に没頭していた。

恐ろしいもので、ロボッチイヌ発売半年後には、週刊雑誌が騒いだような忌わしい事件が、各地でフッツリ起らなくなった。大都会周辺でも、漁港でも、若い女の夜歩きの不安は、一掃された。

福富さんは、得意の絶頂だった。世の中のタメになって、金が儲かるのだから、笑いが止まらぬ道理である。ところが、世間の一方では、彼の成功を妬《ねた》んで、非難の火の手が揚ってきた。キリスト教団体が、人間と人形とのそのような交渉を、神の意に悖《もと》ると指弾したのは、まだ肯けるが、唯物論の本家のような社会主義政党が、熾烈な反対意見を表明したのは、不思議であった。恐らく、進歩的学者や評論家の意見に、追従したのであろう。進歩的学者や評論家は、ロボッチイヌがソ連にも、中共にも、曾《かつ》て出現していないという理由で、アメリカ帝国主義の陰謀であると、断定を下した。治民党では、早くも出現したロボッチイヌ赤線のボスと結んで、表面は静観の態度を表明しているが、相当の献金をせしめたようだった。

女性の中から、真っ先きに揚った反対の声は、青線区域や街に立つ女たちからで、生活権を奪われるという切実な理由であったが、何分、その声が文字通り蔭の声であったので、盛り上りを欠いた。やがて、ロボッチイヌに敗北した彼女等が、続々と転廃業したので、売春防止法のザルの目は完全に塞がれ、日本は中共と列んで売春婦のいない国として、世界に名を馳せた。

最初は、ロボッチイヌの出現を、重大な女性侮辱と騒いだ才女たちも、女性大衆が支持に傾いてきたので、次第に沈黙してしまった。実際、長屋のオカミサンでも、アパートのマダムでも、良人の浮気にはどれだけ苦労したか知れないのに、まったくその心配がなくなってしまったのである。良人が謹厳になったのではなく、時には、ロボッチイヌ買いに出かける形跡があるのだが、対手が人形と思うと、バカバカしくて、ヤキモチも焼けない。

「おい、今日は少し晩《おそ》くなるかも知れないぜ。帰りに、ロボッチイヌ買ってくるから……」

「あら、そう。ゆっくり遊んでらっしゃい。あたしは映画でも見に行くわ」

細君の生理日なぞには、公然とそんな会話が交わされるようになった。

未婚の女性も、同様であって、未来の良人たちを、忌わしい女から護ってくれる理由で、ロボッチイヌの出現を歓迎したが、さすがに彼女等は純真であるから、ロボッチイヌそのものを讃美しなかった。彼女等の仲間で、対手かまわずボーイ・フレンドを持つ令嬢に対して、

「あのひと、少しロボづいてるじゃないの」

というような表現を、流行させた。

要するに、ロボッチイヌは、青少年と女性大衆の間に、人気を集めた。ことに、後者の支持は、大きな力であった。社会主義政党だって、婦人の票数のことを考えると、反対態度を和らげないわけにいかなかった。

全国の細君や母親からの感謝状が、毎日、福富さんの許に山積するようになって、彼も悪い気持でなく、今朝も、映画スターがファン・レターを読むような態度で、片端しから封を切ってると、そこへ、久し振りに、工場主が訪ねてきた。

四

「いや、お早う。お互いに予想以上の大成功を、収めたね。そろそろ、デラックス型を売出しても、いい時分だと思うが……」

と、福富さんが温顔を綻ばせると、

「実は、そのことで伺ったんですが、私も、やっと、新製品を完成しまして……」

「それは、おめでとう、すると、十三号型となるわけだね」

「それが、ちょっと違うんです。三号の乙女の改造というか、補修というか……しかし、劃期的な試みなんです」

工場主が得意になって、説明するところによると、近頃、業者の間に、盛んにロボッチイヌの転売が行われ出した。昔の芸娼妓の住み替えに、相当するらしい。そして、悪質業者はロボッチイヌに洗滌と化粧を加え、新品と称し、初見世の看板をかけて、高い料金を貪る者が現われた。

「そこで、私は工場渡しのロボッチイヌには、ほんとの新品である証拠を示したくなったのです。つまり、処女性を保証する封緘を装置することに、成功しました」

「それは、耳寄りだね。それだけ、値上げができるからね。しかし、オバサマ型なぞには、封緘の必要はないだろう」

「無論、第三号乙女型に限るんですが、卸値を倍額にしても、買手は殺到するでしょう。こいつは、儲かりますぜ。ビニール製の簡単な装置で、倍に売れるんですからね」

「やはり、処女尊重の美風は、根強いものと見えるな。慶賀すべきことだ」

そして、新製品が売り出されると、予期以上の人気で、倉庫から出すのを奪い合いの盛況を告げたから、忽ち品不足となって、倍額はおろか三倍の高値を呼んだ。

やがて、ある日、工場主から福富さんのところへ、電話が掛ってきた。

「ただ今、服装賤しからぬ中年婦人が訪ねてきまして、是非とも、三号乙女型の封緘装置だけを売ってくれというのです。値段はいくら高くてもいい、娘の縁談が始まっているから、至急必要だというのです。どう致しましょうか」

「分売は堅く断って下さい。部品を素人に直接売っては、生産者の商道徳に反するし、且つ、封緘の詐欺的行使は、世道人心に悪影響を及ぼすでしょう」

福富さんは、厳然たる態度に出た。

実際、部品の分売なぞしなくても、新装置ロボッチイヌの需要は、熱狂的であって、全生産品売上げの三分の二に達し、それだけ利潤も急増したのである。こんなに売れるとは、発案者の工場主も呆れたほどで、いかに世間で天然処女が払底してるかを物語った。

しかし、ロボッチイヌ産業の盛況も、この辺が絶頂であったと、いえるのである。尤も外観的には、事業は、いよいよ膨脹していた。例えば対米輸出の開始である。アメリカから最初の註文がきた時、福富さんは、恐らく、ニューヨークやシカゴの夜のボスたちが、魔窟用に使うのだと、考えていた。アメリカでは、その方の人件費も、高価だからである。事実、その用途にも宛てられ、殊にコール・ガールとしては、運搬に便な点も、喜ばれていたようである。しかし、その後、明らかに善良な市民と目される個人の註文が、次第に殖えてきた。そして、遂に、U・P特電は、日本製ロボッチイヌと、教会で結婚式を挙げた一青年のことを、仰々しく報道してきた。アメリカの女性が、年々、配偶者に対する要求を高め、良人は経済的にも、精神的にも、過大な負担に堪えざるのみか、離婚せんとしても莫大な金額を要するので、結婚が男子にとって、自殺的な取引きである認識が、一般化された。たまたまG・Iの連れ帰った日本婦人が、多少教養不足が見られるにせよ、女性的特長を温存してる点で、好評を博していたが、今回、日本製ロボッチイヌの輸入によって、従順と無私の完全な典型が、アメリカ青年の前に齎《もたら》され、恐らく、この新しきイヴとの結婚は、本年の最大流行となるであろう——というような、報道なのである。

この噂が、パッと、日本全国に拡がると、反アメリカ熱の頂点にある日本青年も、自由の鐘の高鳴りを聞いたように、共鳴を起した。日本の娘たちが、戦後、次第に向上して、妻となっても飼育に甘んぜず、反対に良人を飼育せんとする傾向も現われてきたのみならず、最近は、男子過剰の人口現象が現われ、婿さんはトラックで運ぶようになると予言が出ては、先物買いの好きな日本青年として、決意を更《あら》たにしないわけにいかない。われもわれもと、ロボッチイヌを妻とし始めたのである。

それだけで済めば、問題はなかったのだが、果然、結婚恐慌が起って、人形に見替えられた娘たちや、その母親が黙っていられなくなった。従来は、寛大だった既婚婦人も、同性の義理で、ロボッチイヌを女性の敵なりと、叫び始めた。あらゆる婦人団体が、主婦連を先頭に旧国防婦人会まで再起して、ロボッチイヌ撃滅運動に参加し、街頭デモや議会攻勢を行った。社会党も保守党も、すっかり押されて、ロボッチイヌ生産禁止法の協同提案を計る形勢になった。

「そんなことは、憲法が許さん。わしは強く正しく、わが道を行くぞ！」

福富さんは悲壮な声で、そう叫んだものの、売春防止法の不備を補うつもりで売出したロボッチイヌが、そのように転用されては、事、志と違うに至ったことを、認めないわけにいかなかった。そこで、工場に対して、封緘付乙女型三号の生産を制限することを、命令したのだが、工場主の方は、最近の註文はこればかりだから、ヘイヘイといいながら、操短どころか、増産に馬力をかけた。

そこで、情勢が悪化した。福富邸に投石や脅迫状が舞い込むうちは、まだよかったが、十一月の結婚月を迎えて、大安イヌの日がくると、ロボッチイヌに婚約者を奪われた娘たちが蜂起し、彼女等を先頭にして、遂に暴動が始まった。上野に集合した女性大衆が、千住のロボッチイヌ工場を襲撃したのである。

「いや、米騒動の時のオカミサン連とちがって、今年の暴動は、ずいぶんキレイなお嬢さんがいるね」

「お嬢さんばかりじゃないよ。銀座の女給さんたちも、商売がヒマになった恨みで、参加してるんだよ」

現場へ駆けつけた男のヤジ馬が、ワイワイいって、喜んでいた。

しかし、忽ち工場を占拠した女性大衆は、さすがに、右翼や左翼の男子が暴動を起した時のような、破壊的な行動には出なかった。工場の機械も、倉庫の製品も、一切無事だった代りに、工場主のつるしあげは、ジリジリとネチネチと、辛辣を極めた。工場主は、豆腐汁を搾られたオカラのように、精気を失って、彼女等のいうがままに、過去を清算することを、余儀なくされた。

やがて、彼女らは、工場の全員を、中庭に集合させた。そして、見るから勇気と聡明さに溢れた、美しい指揮者が壇上に立って、透きとおった声を揚げた。

「皆さん。本日から、この工場は、あたしたちの管理に入ります……」

暴動女性の間ばかりでなく、男の従業員のうちにも拍手が起った。

「しかし、皆さんの給料、待遇等は、あたくしたちが責任をもって、従来通りに行うことを保証致しますから、ご安心下さい。ただ工場製品の方針は、ここに、大きな転換に移ることを、宣言いたします。あの忌わしいロボッチイヌの生産は、即時停止しまして、雄々しく、力強きロボットの製作に、切り替えるのであります。優秀なる当工場の技師諸君にとって、そのような性転換作業は、易々たるものでありましょう。勿論、製品は男性のあらゆる特徴を具備したものでなければなりませんが……」

と、美しき指揮者は、少し顔を紅らめながら、始めて暴動の目的を、明らかにした。

そして、この日から、日本の全土に、性の平和が到来したのは、いうまでもなかった。

〈昭和三十四年一月・文藝春秋〉

先見明あり

一

「おくんなさい」

と、店でお客の声がしたので、

「おい、お勝。いないのかい」

理助は大きな声で、そう呶鳴《どな》ったが、

「はい」

と、心細い返事が洩れてきたのは、縁側の突き当りの便所の中だった。

そこで理助は、殿様から仰せつかった投網の繕いをやめて、店へ出て行った。亀の子タワシと徳用マッチを、女の子のお客に売って、銭函へ白銅を抛《ほう》り込んで、座敷へ

帰ってくると、女房のお勝が、帯へ片手をつッこんで、ションボリ坐っていた。

「どうした？　気持でも悪いか」

と、理助は不審な顔をした。

この二、三日、どうもお勝の体の調子がよくない。一体、丈夫な生まれつきで、今年四十三という齢をして、朝飯に味噌汁二杯、飯四杯は必ず食うのは、九人の子供の世話をして、荒物商の店を一手に引受けて、立ち働きが多いからでもあろうが、元来、胃袋の健全な女なのである。そういう彼女が食事が急に減ってきたのだから、普通の家庭なら、すぐ医者に駆けつけるところだ。だが、丸茂《まるも》理助《りすけ》の家では、誰もそんなことは考えない。貧乏で、薬礼が辛いから――勿論それもウソではないが、早い話が、この家の誰もが、医者要らずにでき上ってるからだ。誰がどんな病気をしても、お粥を食わせれば、ケロリと癒ってしまう。いつかの三女の病気なぞは、どうも肺炎らしかったが、それでもお粥と梅干で、きれいに全快した。家中揃って、健康此上なしのためか、針のように固いご飯が好きで、従ってお粥という言葉を聞いただけで、顔を顰《しか》める。或いはそういう逆心理療法で、ここの家のお粥が万病に効くのだろうか。だから、理助も女房の様子を見て、べつに心配をしてるわけではない。

「じゃア、お粥を食っときねえ」

と、例の最悪の場合の対策は、まだ口に出していないのである。

無比な健康をもってるせいか、丸茂理助は、今年五十八歳になるまで、三十余年間、S男爵家の園丁を勤めてる。園丁というけれど、小使いというか、「爺や」というか、そういう役回りの仕事の方が多い。給料が少い代りに、勤めは呑気で、今日みたいに、殿様の投網の繕いでも仰せ付かれば、お邸へ顔出しもしないで、一日家に引込んでいられる。尤も、考えてみれば、これくらい過去にも将来にも、タノシミのない職業はない。それを、三十余年間も平気で続けてきたのは、丸茂理助が一箇の人物である証拠であろう。今の世の中で、どんな種類の楽天家であれ、楽天家である限りは、人物にきまってる。

無比な健康を持つお蔭で、丸茂理助は九人の子持ちだ。長男の始《はじめ》は、夜学の商業学校を出て、丸の内の会社に勤めているが、末子の止《とまる》はまだ三つで、今も、次女の二見に背負われて、八幡様の境内へ遊びに行ってる。三人の男子と、六人の女の子が、自動銃の弾丸のように、お勝さんの腹から、我れがちに飛び出したのは、畠もよかったのだろうが、よくよく理助の種が優良だったに違いない。

それだけ子沢山のところへ、貰い子の花ちゃんという女の子が一人いる。所謂里流れという子供だ。里扶持十円の約束で、多少は家計の足しにする積りで、預かった子供だが、女給だかダンサーだかの母親は、半年ほどで仕送りを絶ち、行方も知れなくなった。そんな不人情な真似をするのも、よくよく苦しい事情があるからだろう。少くとも、理助夫婦はそう考えて、文句は云いながらも、実子と変らず、花ちゃんの面倒を見てる。実際のところをいうと、九人の子供が十人になっても、満員電車に一人飛び乗りが殖えたぐらいのものである。

とは云っても、理助と長男の給料と、荒物の店の収入と合わせても、毎月九十キロの米代は、相当苦しいから、五人目の出産の時に、お邸の事務所で、理助は頭を掻きながら云った。

「こう幕なしにヒリ出されちア、まったくやりきれませんよ。どいつもこいつも、育つとみんな米を食いやがるからね」

すると、若い家扶が、

「それア君、コントロールせにゃ駄目だよ。一つ五銭も出せば、道具を売っとるのだからな」

と、よけいな智慧をつけたことがある。

五銭で済むことならと思って、理助は道具というものを買ったが、六人目の子供が平気な顔で、間もなく生まれた。

「人をカツいだね、冗談じゃねえ……」

理助は家扶に文句を云った。

それっきり、理助は道具などというものに、信用を置かなくなったので、五戸子《いとこ》、六津子《むつこ》、末の男の子と、三人続いて生まれた。序に、家族調べをして置くと、長男が始で、次男が次《つぐる》――これは小僧に出てるから、家にいないが、長女の一枝《かずえ》、二見《ふみ》、三乃《の》、四志《よし》、五戸《いと》、六津《むつ》に、末の男の子は、みな家にいて、ご飯を食べるのだ。さすがの理助も、ここらで打止めにしたいと思って、一昨年生まれた子に、止と命名した。二十六年間不断の生殖事業に、・《ピリオッド》を打つ積りだった。

　この気持は、女房のお勝の方がもっと痛切に感じてるわけで、四十を越してから大きな腹を抱えて、市場へ買物に行けば、魚屋もヒヤかせば、八百屋もカラかう。いかにも自分がスケベーのような取扱いを受ける。ソレとコレとは別物だと、話して聞かせても、若い者達は一層囃すだけだろう。その上、いくら軽いお産と云っても、産褥《さんじょく》生活というやつは、下痢で臥るようなわけには済まない。西洋人や、上流の婦人のように、陣痛なんてものは、一向怖がらないが、産婆だ、七夜だ、祝いの返礼だとなると、お勝は考えただけで、いい加減ウンザリする。五人目あたりから、彼女はお産に飽きちまってるのだが、天命免れ難しという気持で、その後四人を生んだのにすぎない。

　でも、今年はもう四十三で、多産のせいか、メッキリ顔に小皺が殖え、額が抜け上り、我ながら婆ア染みたと驚くくらいで、愈とこれでモトが切れたろうと、彼女もホット一息ついたところだったのに、

「どうもおマイさん、またヘンだよ」

と、今、良人に語らねばならぬような羽目になったのである。

灰吹きで叩いた煙管《きせる》を、理助はフッと吹いて、

「なにが、ヘンでえ」

「またデキたらしいンだよ……呆れちまうねえ」

と、お勝は、ツクヅク呆れたような顔付きをする。

「デキた？　ほんとかい」

「三月ばかり無かったから、これア上っちまったのかと思って、ヤレヤレと安心してたんだよ。すると、この四、五日、ご飯が食べられなくなってね。どうも、おかしいと思ったら、やっぱり悪阻《つわり》さ」

と、鼻の孔の拡がるほどの溜息をつく。

「いくらか、大きいか」

「大きいよ」

と、云われてみれば、帯の下あたり、気のせいか、着物の縞がカーブしている。

「呆れたもンだ」

今度は、理助がそう云ったが、女房の呆れ方ほど、深刻でない。

「妾ア、もういやだよ、この齢になって生むのは」

「いやだって、仕様があるめえ。一昨年も、生んだじゃねえか」

「あの時だって、いい加減恥かしかったンだよ。四十三で生むなんて、あンまりだよ」

「デキちまったものア、仕方がねえやな。いくらなんでも、これが打止めだろう」

「このぶんじゃ、なんとも知れないよ……一体、おマイさんが悪いんだよ」

と、些か怨みを含んだ顔を、女房は亭主の方へ向ける。理助は、一分刈りの胡麻塩頭を、ガリガリ掻きながら、

「丈夫なお蔭で、お邸も無事に勤まるンだなア……時に、男かな、女かな」

「どっちでも、もうたくさんだよ。九人もあって、おマイさんは、まだ子供が欲しいのかねえ」

「無理に欲しいわけじゃねえが、デキたものなら、どうせ序じゃねえか。だが、なりたけ、男の子でねえ方がいいな」

「どうしてさ」

「一昨年の奴に止《とまる》とつけちまったから、男名前は種切れだよ。まさか、余《あまる》ともつけられねえやな。ハッハハ」

「ほんとにまア、おマイさんも呑気だね」

と、女房もしまいに、笑いだす。

いつも、こうである。懐妊にしろ、他のどんな難関にしろ、ここの家の夫婦が、これ以上に心配の顔を曇らすということは、滅多にない。

二

テッカ味噌を入れた大きな蓋物と、ヒジキと油揚げを盛った大丼と、沢庵を山盛りにした鉢と——三つながら大きな瀬戸物が、チャブ台の真ん中に、列べてある。眼白押しにそれを囲んで、一家十一人の同勢が、パクパクと口を動かし、カチカチと箸を鳴らす光景を、無理に一言で表わせば、壮観というほかない。

「まア、二見ッたら、さっきから油揚げばかり食べてるよ」

と、長女の一枝が、隣りの次女に剣突を食わすと、

「あたいのことばかり云ってらア。三乃をご覧な。お味噌をひとりでホジくってるじゃないか」

と、二見が白眼を剝きだす。なるほど、九ツになる三女と、七ツの四女は、蓋物を前に引き寄せて、口の端へ泥を塗ったように、味噌だらけになって、飯を掻っ込んでる。その隣りで五ツの五女が、齲歯《むしば》に挟まったヒジキを一心に指で掘っているかと思うと、三ツになる止は、厚切りの大きな沢庵を、鷲摑みにしてシャぶっている。そのうちに、妙な顔をして、唸り始めたので、お母さんが、

「止。お湯《ぶう》かい」

と、訊くと、言下に、

「ウンチ！」

「仕様がないねえ。さア、お出で」

母親が立ち上ろうとするのを、

「お母さん、よござんす」

と、花ちゃんが、茶碗を置いて連れてゆく。本年十歳ながら、貰い子だけあって、気の働く子供だ。

副食物《おかず》は支那人のように、共同の皿盛りを食べるし、その上、この通りの粗食だから、一人二人の口が殖えたって、費用の点では、知れたものだが、問題は女房のお勝が抱えている大きなお櫃《はち》にあるのだ。梭《おさ》の如く頻繁に往来するお茶碗は、ここの家にとって、晦日の警報みたいなもの——お米の代金だけは、いかなる富豪とも甲乙の無い値段を払わなければならぬ。一等米と三等米とが、汽車の白切符と赤切符ほど値段の開きがあったら、助かるのだが、

——つまり蒼氓《そうぼう》だな。

長男の始は、黙々として飯を食いながら、こう考えるのだ。此間、近所の二十銭館で、そういう名の映画を観て、ひどく彼は感心した。あれはつまり、人間が多くて米

が足りないという教育映画だ。日本では飯が食えないから、民が亡者のように蒼い顔をして、ブラジルへ出掛けるという意味の題名なのだ。あの中にウヨウヨと出てくる子供の群れは、みんな蒼氓の卵だ。いや、あんなにムヤミに子供を製造するから、親がみんな蒼氓になっちまうのだ。

でも、東北の蒼氓は、ブラジルへ行って畑を耕やすテがあるが、東京の蒼氓はどうすればいいンだ。

始は八人の姉弟をズラリと眺めて、眉を顰《しか》めた。

親に似ぬ鬼ッ子というか、始は父親の理助と正反対で、ひどく苦労性な青年である。この頃は、親が子供を生む——のでなくて、時代が子供を生むのだから、こういう現象が起きる。給仕をしながら夜学に通い、やっと正社員になって、学校出の同僚に立ち混って働くまでに、彼はいつの間にか、こんな性質になったのである。子供の時は相当の腕白者だったが、丸の内の空気を吸うようになったら、去勢されたモルモットのような男になった。酒も飲まず、煙草も喫わず、精励恪勤を絵に描いたような会社員にはなったが、同時に、苦労性で、シミッタレで、陰気で、およそ貧乏臭い人間が出来上ったのである。

食事の時も、いつもムッツリ黙りこんで、その癖いやに長飯の始は、末弟の止と二人きり残って、やっと箸を置いて、

「おッ母さん、お茶」

と、云いながら、ふと、母親の飯茶碗が、手つかずに綺麗なのを見て、訊いた。

「どうしたンです。体でも、悪いンですか」

「いいえ、なんでもないンだよ」

含み笑いをして、お勝さんは俯いた。どうも、妊娠の度に、この息子には、済まないような、恥かしいような気がしてならない。そこで小皺と小皺の間が、ポーッと紅くなった。

それを見て、女房め、いやに色ッぽい面をしやがる、と云わんばかりに、フザけた顔をしながら、理助は、

「ところが、なンでもあるんだ。大有りなンだ」

「胃病ですか」

「ハッハハ。餡狸だよ。またデキたんだよ……まだ出る、出る」

父親は、同じ男性と思うからか、息子に対して平気である。手品師の掛声なぞ使って、シャアシャアとした顔をしてる。

「バカらしい。お止しよ、お父つァん」

母親はそう云って、台所へ立って行ったが、始はマジマジと父親の顔を眺め、やがて腕組みをした。

まだ戸外は明るいので、子供達はすぐと遊びに出てしまった後に、

「お父つァん」

始は、衣紋を正したような調子で、呼びかけた。

「うん？」

「子として、こんなことを云うのは、どうかと思いますが、一家の大問題と思うから、聴いて下さい」

「なんだい、えらく改まって」

「家がどうして、こう貧乏ばかりしなければならんのか、お父つァんにわかりますか」

「知れきってらアな。お邸のお給金が安いからよ」

「それもあります。しかし、その安い給料でも、これほど貧乏しないで済むンですよ。子供さえ、こんなに沢山いなければね」

「それア、そうとも」

「そうと知っていながら、お父つァん、なぜ里子に預った花ちゃんまで、養女にしたりするンですか」

「だっておめえ、親が逃げちまったものを、突き出すわけにも行くめえ」

「僕等は他人に同情する身分でしょうか。寧ろ、同情されていいンです。まア、それ

はいいとして、今度は、あンまりだと思います」

「今度？」

「ええ。お父つァんは、五十八です。おッ母さんは、四十三です。青春はとっくに過ぎてます。そうして、子供は、貰い子を入れて十人あるンです。それだのに……あンまり無制限過ぎるじゃありませんか」

始は、正坐した膝を摑んで、乗りだした。

「何人コシラえれば、気が済むんですか。どれだけ殖やせば、キリがつくのですか。僕は止が生まれた時に、いくらなんでも、これが最後だと思いました。それで何にも云いませんでした。でも……今度という今度は、我慢できません。僕は断然、お父つァんに抗議します。子供の一人として、抗議します。この上家族を殖やされたら、この家はもう没落です。一家の危機です。黙っていられません」

「そう大仰に考えることもねえやね。十人のところへ一人殖えたって、そう違うもンじゃねえ」

「一人だか、二人だか、知れたもんですか。お父つァんの生殖力なら、まだ五人ぐらいきっとデキますよ。その子供達の養育は、長男の義務として、やがて僕が背負い込まなくちゃならんです。お父つァんちっとは反省して下さいな。『少く生んで、多く教育する』というのが、現代の親の常識なんですよ。産児を制限すれば、一家のタメばかりでなく、国家の利益になるンです。会社の上役達も、立派な収入がありながら、みんなソレをやってるッて話です。家みたいな貧乏人が、ソレをやらんなんて、あまりにも無鉄砲です。お父つァン、頼みます……制限して下さい」

始の態度は次第に熱して、言々火を吐くような声を発した。謂わば、彼は、昭和の重盛である。孝ならんと欲すれば、現代生活に忠ならず、平素に似げない烈しい調子で、父親に諫言をするのだ。

「そう云われると、面目ねえが」

と、今も昔も清盛入道は息子に対して弱気とみえて、一分刈りの頭を叩きながら、

「コサえる積りでなくて、デキちゃうンだから、困るよ。まアせいぜい、気をつけるとしよう。だが、おめえもちっと苦労が過ぎるぜ。そんなに心配するには当らねえよ。おめえが一々世話をしてやらなくとも、餓鬼なんてどうにか育って行くもんだ。それほど荷厄介なもンじゃねえ。今の人達はなんと云うか知らねえが、昔は、子供は子宝と云ったもンだ。宝物がそう無闇にガラクタに化ける筈がねえ」

「お父つァん、まだそんな認識不足を云ってるンですか」

と、息子がツクヅク情けなさそうな声を出すと、

「そうか。もうコサえねえから、安心しな。それア、なんといったって、コサえねえ料簡になりゃア、デキるわけのもンじゃねえや」

父親は、すこし寂しい顔をした。

三

早いもので、それから、もう十三年経った。つまり、これは昭和二十五年頃の話と思って頂きたい。

丸茂理助は息子にあのような誓約をしたが、果してそれを守れるかどうかに、当人自身もあまり自信がなかったが、とにかく彼は食言しないで済むことになった。健康と生命は別問題とみえて、あれから三月も経たないうちに、彼は脳溢血でコロリと死んだのである。

老いを知らぬ種馬のような男も、遂に柩の中に長く伸びてしまった。サンガー夫人も、これなら絶対安全というに違いない。

その日から十三年経ったので、今日は十三回忌の法要をするのである。

その十三年間に、長男の始は多くの弟妹を抱えて、どれだけ生活の苦労を嘗めたか、云うまでもない。そのためか、彼の生活は一向ウダツが上らず、細君は貰ったけれど、彼女に母親（これも、もう亡くなったが）の後を継がせて、荒物商を続けさせてる。

そんなわけで、法事をすると云っても、何々閣というような家へ行くどころか、父親に例の悲壮な諫言をした部屋で、兄弟が集まって、お経を上げて貰おうというのだ。

料理も、デパート製の金一円の折詰という、シミッたれた法事である。だが、それだけでも、今の姑の経済から云えば、多少の痛手にはなる。

「兄さん。今日はお招き有難うございました」

「いつもご無沙汰して済みません」

朝の十時頃に、長女の一枝と次女の二見が、盛装して訪ねてきた。

二人とも、もう嫁に行って、多産の血統のせいか、姉三人、妹二人の子持ちである。

「これは、ほんのお印です」

「どうぞ、御仏前へ」

二人が差し出した香奠の紙包みを、姑はチラと眺めると、申し合わせたように、金三十円と書いてあるので、アッと驚いた。

父親の死後、姑は長女をデパートへ、次女をキャフェへ働きに出したのだが、それぞれ器用に、よい亭主を見つけた。サラリーマンなんて体裁ばかりの職業に眼をつけず、下駄屋に酒屋というところを狙ったのが、見事に当って、此頃は商人はモッパラ景気がいいのである。

間もなく、次男の次がやってきた。

陸軍中尉の正服で、堂々とヒゲを生やして――というと不審のようだが、彼は奉公先きから徴兵で入営してから、聊《いささ》か感ずるところがあって、隊へ居残って、軍曹、曹長から士官へ昇進したのである。下士も大尉までは進める制度のお蔭だ。そうして軍人さんのモテることと云ったら、昭和十二年頃の十二倍ぐらいに当る。歩兵中尉でも、五百円ぐらいの月給を貰うのだから。

「兄さん。御仏前に上げて下さい」

彼の香奠は、百円である。

三乃と四志が続いてやってきたが、その昔、テッカ味噌を口の端に塗ってた時とこと変り、瑞々しい新妻振り、続いて現われた五戸と六津の娘盛りの美しさと共に、女は愈《いよいよ》とハバを利かす時代の、好況の波に乗ってる概がある。これもまた、昭和十二年の十二倍ほどに、女性の権利が尊重され、収入がメチャに殖え、そうして至るところでチヤホヤされるのである。当時、人間と生まれたら、女でなければ損の卦だが、丸茂の家は七人も娘がいるから、素晴らしいものだ。

三男の止は、航空兵を志願して、目下入営中、父親の死んだ年に生まれた子供も、末子《すえこ》と名がついて、今年十三の未完成女性だが、地主の家の養女に行ってる。

さて、弟妹の顔が揃って、ズラリと位牌の前へ列んでみると、長男の始は、自分が兄でありながら、一番見窄《みすぼ》らしい生活をしてるのが、今更のように恥かしい。自然に気分がクサって、暗い顔をしだすのを、弟妹達が、それぞれ慰めてくれる。

「僕等がついてるのだから、兄さんも安心して、大いに元気を出し給え」

「兄さんに働きがないのじゃなくて、時勢が変ったのだから、仕方がないわよ。無子税だけでも、あんなに徴られるンですもの」

無子税というものができた。独身税も高額だが、それよりもっと重税だ。夫婦にして子なきものは、この税をとられた上に、享楽税も付加されるから、負担が大きい。始は父親の大量生産が、シミジミ骨身に応えたので、気早にも手術なぞしたために、産児奨励金を貰う能力を、完全に失ってしまったのだ。

坊さんがやってきた。いよいよお経が上ることになった。

仏壇の前に、十人の兄弟姉妹のうち、他所へ行ってる二人だけが欠けてるが、その穴は一枝と二見の子供が埋めてなお余りあり——ズラリと円陣を作って、大チームの威容を誇った。この頃、こんな光景は見ようたって見られない。

産制華やかなりし昭和初期の影響が、今漸く現われて、この年齢の兄弟が三人以上の家なんて絶無と云っていいくらいだ。

——まア、いいや。これだけ兄弟がいれば、俺がこの上貧乏しても、どうにか助けてくれるだろう。

長男の始は、腹の中で、情けないことを考えてる。

やがて坊さんが咳払いをして、チーンと、最初の鐘を鳴らした。

その時、家の前に自動車が止まる気配がして、店の方で、婀娜《あだ》ッぽい声が聴えた。

る。

「ご免下さいまし」

始が出てゆくと、大丸髷に結って、素晴らしい衣裳の美人が、ニッコリと立ってい
「どなた様でしたろうか」

「あら、イヤですよ、兄さん。お忘れになったの？　花子ですよ」

「むッ、花ちゃんかい！」

と、始が呆れちまったのも道理で、彼女の様子をちょっと見ても、新橋か赤坂か、一流の姐さんの装いと知れる。父親の死後、家計に追われる苦し紛れに、彼女を道玄坂の下地ッ子に出したが、それきり何の消息も聞かなかった。目下、女給もダンサーもすっかり人気を失って、芸妓復興の最盛期とは聞いていたが、あの花ちゃんがこうまで見事な躍進振りを見せようとは意外また意外！

「今日は小父《おじ》さんの十三回忌でしょう。忘れやしませんわ。お招きはなかったけど、お線香を上げにきましたの。悪く思わないでね、お兄さん」

と、ポンと肩を叩かれて、始がフラフラしかけたところへ、運転手がエッチラ、オッチラ担ぎ込んだ品物は、仰仰しく黒白のリボンをかけた大きな果物籠だったが、

「これは、ほんの手土産に」

と、差し出した桐箱は、一見直ちにそれと知れるデパートの商品切手である。

その中味に書いてある金額を知ったなら、始はもう一度フラフラしただろうに。

銀座にて

大ミソカの午後三時過ぎであったが、私は年内に届けねばならない原稿を、西銀座のB社の窓口へ、置いてきた。約を果したというのは、いい気持である。昔なら、近くのバーへでも飛び込んで、一パイやるところだが、胃病になってから、強い酒はつつしむことにしている。といって、シルコ屋へ入る気にもならない。第一、大ミソカのことであるから、どこも混雑しているにちがいない。銀座通りを見ると、ソーセージの肉の密度で、人が歩いている。私はヒキ肉というものを、あまり好まない。これは、早く帰った方が、無事だと思った。

そこで、裏通りを、数寄屋橋の方へ歩いていくと、北風がザワザワと、ササダケとシメナワを動かし、何か、もの悲しい横丁へ出た。人通りも、不思議と、少なかった。

「だんな……」

古風な口調で、私を呼び留める者がある。見ると、無帽で、ジャンパーを着た、型の如き兄《あん》チャンで、

「買って頂けませんか、だんな、ちょいと、金の入用ができたんで……」

と、側へ寄ってくる。

ハハア、例のパーカー屋さんか。大通りがあまり混雑するので、この辺へ出張してきたのだな——と、私は推察した。

「アメリカの万年筆も、いいけれどね。ぼくが去年の夏買ったやつは、失敗だったな。いや、往来で買ったんじゃない。レッキとした店で、選んだのだがね。そこで、英国製品なら、堅いだろうと思って、この間、一本、フンパツしたんだ。ところが、これもぼくの思うような調子でない、結局、ぼくは壊れかけの国産万年筆を、我慢して使ってるわけだ。元来、世界的高級品でも、外れということは、避けられない。日本製パーカーに対しても、絶対不信任ではないんだ。ホンモノに外れがあるように、ニセモノに当りがあるかも知れないからな。しかし、今日のぼくの心理は、万年筆が欲しくないという状態にあるらしい。当り外れは、問題でないんだ。その点、悪しからず……」

私は、そのように、インギンな謝絶をして、歩き出した。

すると、ジャンパーの兄チャンは、舌打ちをして、私を追いかけてきた。

「だんな、あっしの品物を、万年筆だとおきめになるのは、ちっと、早合点だね」

「そうか。わかった。金指輪だろう。あれは、いかんよ。あのニセモノには、当りの可能性がないんだ」

「だんなは、よっぽど、早合点が好きだね。まア、品物を見てから、文句をいいなせえ」

と、彼が、ジャンパーの懐中から取り出したのは、一本の万年筆だった。

「なんだ、やっぱり、国産パーカーじゃないか」

「見たところは、似てますがね。仕込みヅエが、ステッキに似てるようなもんさ」

と、妙なことをいいながら、彼は、万年筆のキャップを外して見せた。しかし、べつだん、変ったところもない。国産パーカーは、原物パーカーによく似ていると、思うだけである。だが、対手が、あのようなことをいう以上、私も、細心の注意をもって、ながめてみると、なるほど、これは、論理的に万年筆ではない。なぜならば、ペンがついていないからである。

「これア、ひどい。いくら、インチキ万年筆でも、ペンがついていないとは、あんまりだ」

私は、憤慨した。ニセモノといえども、体裁だけは、備えていなければならない。ガン造道徳、地に堕ちた証拠である。

だが、兄チャンは、いよいよ、落ちつき払って、

「ペンなんか、ありませんよ。あんなもの、不必要だからね。その代り、ダイヤルがついてる。こんな、細かい仕掛けのついている万年筆が、世界にありますかッてんだ……」

と、軸の尾部を示した。なにやら、小さな目盛りが、沢山、書いてある。

「いいですかい、ここが0《レイ》だ。ほんの、チョンビリ動かして、1000分の1のところへ、矢印を持っていったよ。よく、この数字を、覚えていてくれなくちゃ、困るね。さア、こうしといて、あっしが、このシッポのところを、押してみる。とたんに、何が飛び出すか。ヘッヘヘ、鬼が出るかジャが出るかなんて、古い文句はいわねえよ。そんな、生ヤサしいシロモノじゃねえんだから……」

そういって、彼は、和服なら腕まくりという仕草で、万年筆を直立させた右手を、私の前につき出した。

「ワン！　ツウ！　スリイ！」

すると、ポツンと、可愛らしい音がして、万年筆のペン部に相当する部分から、白いとも、茶色とも、紫色ともいえる、可愛らしい煙が噴き出して、見る間に、二重のキノコの形をとり始めた。とたんに、私のホオが、極く軽い――可愛らしいともいえる空気の圧力を、感じた。

「どうですい、だんな！」

兄チャンは、反り身になって、私の顔を見た。煙は、やがて、北風に崩された。

「驚いたね、これア……」

私も、これには、シャッポを脱がざるをえない。さすがは、銀座の兄チャンである。

原子爆弾のオモチャを売るとは、着眼が新しい。

「しかし、よくできてるなア……」

私は、幸いにして、あのころ、広島にも、長崎にもいなかったから、原子爆発の実態を、知ってるわけではない。ただ、ビキニやネヴァダの実験の写真を見て、あの二重キノコの煙の形を、覚えてしまったに過ぎない。しかし、いずれも、普通の写真版であって、色彩がついてるわけではなかった。ところが、この間、徳川夢声がアメリカへ行って、旅の便りをくれたが、その絵ハガキが、最近のどこやらの実験の天然色写真なのである。限りなく美しい青空へ、例の二重キノコの煙が、白いとも、茶色とも、紫色ともいえる巨体を直立させた姿は、一向怖ろしくないばかりでなく、奇観壮観の絵図として、扱われていた。絵ハガキ製作者の意図はナイヤガラ瀑布とかニューヨーク摩天楼とかを紹介するのと、同様に思われた。原子爆弾を持つ国民の気持は、こういうものかと、私は首をヒネったのだが、よほど印象が深かったとみえて、その原子雲の色彩を、ハッキリと、記憶してるのである。ところが、今、万年筆の先きから飛び出した、二重キノコの煙が、その色とソックリであるから、私は、驚嘆せざるをえないのである。

「いや、実に、よく真似たものだね。日本のオモチャが、重要輸出品であることを、知らんではないが、ここまで進歩していようとは……」

私は、心から賛辞を呈した。

だが、その言葉を聞くと、兄チャンの顔色が、急に変った。

「なに、オモチャだと?」

「君、怒ることはないじゃないか。賞めてるんだぜ」

「うるせえやい、おれの売物を、よくも、ニセモノといやアがったな」

「いや、ニセモノといったのではない。オモチャだと……」

「同じこッちゃねえか。オモチャなら、ニセモノだ」

「なるほど。そうもいえるが、語義的には……」

「やい、千分の一という目盛りの数字を、忘れたのか。なんなら、千倍にして、一発、お見舞い申してみようか。気の毒だが、おめえさんは、明日の初日の出は、拝めなくなるだろうよ」

どうも、気持のよくないことをいう兄チャンである。

「わかった。前言を取消します。すると、しかし、何物ですか、それは……」

「小型だよ。超小型といってもいいが、オモチャでも、ニセモノでもねえんだ。レッキとした、国産の原爆だよ」

　この言葉には、私も、仰天した。

「え？　できるんですか、日本でも……」

「だから、インテリは、きらいだというんだ。気のきいたものは、アメリカか、ソ連でなくちゃできねえと、思ってやがるんだろう」

「そういうわけでもないが、ウラニウムその他の資源にしても、生産設備にしても……」

「知ったか振りの口を、きくんじゃねえよ。ウラニウムだの、水素だのといってる時代じゃねえんだ。水爆は、一発五百四十億円もかかるんだぜ。そんなベラボウな値段で、商売になりますかッてんだ。ソ連が、リチウム爆弾というのを始めたというが、これも、安く上げようというコンタンからよ。今や、安上り爆弾の時代だということを、知らねえのか」

「その方は、一向、暗いもんで……それで、君たちの製品は、一本、どの位ですか」

「千円が、相場だがね。まア、大ミソカのことだから、二割引きで、八百円でいかがです、だんな？」

「いやに、安いね」

「そこが、小型でさア——超小型でさアね。思い切って、七百円にするから、だんな買って下さいよ」

私は、最近の言論界の傾向を考えて、こういう品物には、手を出さぬ方が無事だと、考えた。

「またにしよう」

「ちえッ、こいつも、ションベンか。時代おくれの野郎ばかり、そろっていやがる」

兄チャンは怒って、横丁へ消えた。

〈昭和二十八年〉

次ぎの日米戦

太平洋戦争から、一世紀ほどたった頃には、日本人も、アメリカ人も、ずいぶん悧巧になった。両国民ばかりではない。世界じゅうの人間が、悧巧になって、戦争ということに、興味を失った。

といって、一九六五年頃の脆弱な平和論が、漸次発達を遂げたというわけではない。思想なぞというものは、いい加減なもので、戦いは文化の母なんて、コジツケもできる。悧巧になった人類が、そんなものに頼るわけはない。

——戦争は、ソロバンに合わない。ただ、それだけのことである。戦争で、敵一人を殺すには、大変な費用がかかる。太平洋戦争の時でも、アメリカの学者が調べたところによると、

シーザー時代　〇・七五弗《ドル》

ナポレオン時代　　　　二〇〇、〇〇〇弗
南北戦争時代　　　　五〇〇、〇〇〇弗
第一次大戦　　　　二、一〇〇、〇〇〇弗
第二次大戦　　　五、〇〇〇、〇〇〇弗

ということになってるが、人類が悧巧になった頃は、第二次大戦の百倍ぐらいかかる計算になってた。これでは、ソロバンに合わない。敵を多く殺した方——つまり戦勝国は、破産するからである。それに、戦争をする心がけの国は、平常、国費の三割も、五割も、軍備に割かなければならないが、これは、まったくバカらしい。太平洋戦後に敗けた日本が平和憲法をつくって、軍備はアメリカにオンブしたために繁栄したことは、歴史上の亀鑑とされ、後の世界的完全軍備撤廃のヒントとなったのである。

それにしても、その頃の世界には、宗教も、倫理も、社会思想も影をひそめて、人類を支配するものは、経済学だけになった。人間が悧巧になると、経済学と科学以外に、学問は必要ないのである。

そこで、戦争は地球から追放されたが、国と国との係争まで、影を没するには至らなかった。戦争をしないだけに、談判の方は、ネチネチと、大変長くかかる。その頃、日米間に十年もかかって、紛争を続けてるのは、火星の領土問題で、それも、こっちへ寄こせ、やらぬというような、古い領土争いではない。火星には、日米共に植民地をもっていたが、あんな不毛な土地の経営は、どうしても採算に合わぬから、両方の国で、お前の方にやる、いや貰わぬということで、衝突が始まったのである。

双方、論理と弁舌のナンバーワンを嚙み合わせて、十年間も、争ったのだが、どうしても、折合いがつかない。

「こうなれば、戦争だ」

と、日本側は、やはり、伝統の血が残ってるらしく、先きに、宣戦布告をした。

アメリカ側は受けて立つようなことをいっても、ほんとは、日本の挑戦を待っていたらしい。

「それも、やむを得ない」

そこで、いよいよ戦争が始まったのだが、国際連合の取りきめによって、日米間の戦争は、野球によって決すべしということになってた。

その頃の日本のプロ野球は、少しも米国にヒケをとらぬばかりか、機動性に優っているといわれたほどで、実に好勝負。オール・ジャパンとオール・アメリカンとが、一度こっきりの試合をするのだが、お互いに、ホーム・グラウンドはいかんというので、球場は中共の提供で、北京スタジアム。日本軍監督は、昔の南海の名監督の後裔にあたる鶴岡百人。アメリカの方は、やはり名監督の子孫のマグローソン。

ところが、この試合、技術もファイトも伯仲であって、延長二十七回に及んだが、同点である。普通の試合の三倍もやって、勝負がつかないのだから、選手はヘトヘトになって、使いものにならなくなった。

「野球で勝負がつかないなら、柔道で行こう」

と、いい出したのは、何と、アメリカ側なのである。その頃の柔道は、ヘーシングみたいなのが輩出して、オランダが最強で、アメリカはその次ぎ。日本は、いつのオリムピックでも、予選に通らない。

「柔道は、ご免だ。ピンポンはどうだ」

といったが、今度は、アメリカが承知しない。

こういう形勢のうちに、両国の世論が、ゴーゴーと湧き立ってきた。

「スポーツではダメだ。ほんとうの戦争をやって、雌雄を決しろ!」

敵愾心とか、愛国心とかいうものは、眠れる獅子であって、時あれば、意識の底から頭をもたげてくるものだろうか。それとも、あんまり交渉が長びくので、シビレが切れてきたのだろうか。

しかし、戦争を始めるといっても国内に武器というものがない。日本では博物館のヨロイや日本刀を探し出したが、百人分もない。アメリカ側は、ヨーロッパ渡来のそれが、せいぜい三十人分。

かくてはならじと、日本側はアフリカへ行って、土人の武器であるヤリや毒矢などをを、手に入れようとした。

ところが、出かけてみると、原住民たちに、すっかり笑われてしまった。

「武器?　知ラナイネ。ドンナモノ?」

彼等も悧巧になって、戦争放棄してから久しいのである。

しかし、山岳地方へ行くと、まだ食人種がほんの少し残っていて、そこへ行けば、或いは武器があるかも知れないという話なので、高い山脈を乗り越えて、その部落へ着くと、裸体生活の蛮人がウヨウヨしてた。

「ヤリか毒矢はないか。金はいくらでも出す」

と、交渉すると、酋長が笑って、

「ソンナモノ、モウ、ナイヨ。原子爆弾ナラ、二、三発、残ッテルガネ」

〈昭和四十年十一月・太陽〉

桜会館騒動記

一

　サクラ会館というと、美女百名大サーヴィスなどと新聞広告を出しそうな家に聞えるが、断じてそんな愉快な――いや浮薄な場所の名でありません。

　パリの南端に、今からおよそ二十年前、大学都市というものができた。各国の留学生に市中の淫靡猥雑な生活と離れ、静かに勉強をさせようという結構な趣旨の下にいわば国際学生村のような一区劃。

　アメリカ学生会館からインド支那学生会館に至るまで、それぞれ宏荘な建築を競っているなかに、一際目立つのが即ちわがサクラ会館です。日本の城の外観と、コルビジュエ派の近代様式とを巧みに混和して、見るからスマートで特色ある白堊の高楼で、その上評判の藤田嗣治が彩管を揮った大壁画があり、まことに大学都市の名物と謡われるといっても、邦人の自惚れではない。

たかが留学生のアパートのために、なぜそんな立派なものができたかというと、勿論政府が金を出したわけではない。佐倉八右衛門というフランス贔屓の富豪が奮発して建ててくれたので、だから、表面の名は日本学生会館だが、実は佐倉氏の名を匂わせて桜会館《メーゾン・サクラ》という通称です。

だが、あまり立派な建物ができたので、住居人の資格が問題になってくる道理——入館者は文部省のハンコとか、大使館の証明とかなかなか面倒なものが必要らしい。画家諸君なぞ、あんな窮屈な処へ入ってやらんと威張るが、会館の方でも、あんな不規律な人達は入れてやらんと、威張っている。

だから、サクラ会館の住人といえば在留邦人粒よりのカタ人揃いで、検事さんとか、鉱物学者だとか、古典文法研究家とかいう人物ばかり。それに、会館のマネジャーが、まるで応援団長のようなアゴ髭を生やした仏人のオッさん。書記が河馬の如く肥った老嬢のマドモワゼル。

その上、サクラ会館は女人禁制です。右の老嬢や、お雇いの掃除婦なぞは、少くともパリにおいては、女の部に入らんらしい。普通の規則で女性と称される者は、既婚と未婚を問わず、憲兵上りの門番が、あかん、あかん《セ・タンテルディ》！

と両手を拡げ、一歩も上げません。ことほどさように、サクラ会館とは、厳粛な場所と思って頂きたい。

二

そのサクラ会館は、不思議なことに、初夏ともなれば、騒動が起るのです。或る年には門番と検事さんが喧嘩をした。また或る年は老嬢書記がマネジャーの髭をむしり取った。今年も緑滴る葉蔭からマロニエの赤蠟燭みたいな花が咲きだしたので、形勢はそろそろ不穏です。

——怪《け》しからンよ。君、彼奴《きやっ》は、われわれ日本人を侮辱しとる。

——まッたくだ。会館の単なる使用人にすぎん癖に、われわれの監督権を握ろうなんて、生意気な奴だ。

ホールに集合した検事さん、鉱物学者以下十数名の留学生達は、顔を赤くしたり、肩を聳《そび》やかしたり、声色共に激しい。

——なにも女人禁制の鉄則を破れとはいわん。しかし会話教師まで部屋に入れてならんとはあンまりだ。

——いくら彼女が美しくても、要するに先生である。三尺退って師の影を踏まずということを知る僕らが、むやみに師の手を握ったり、師に接吻したりできるものでない。彼奴は自分に比べて、そんな陋劣《ろうれつ》な想像を巡らすのだ。

――そうだ。一体彼奴は平常から生意気だ。あんなマネジャーは放逐してしまえ。

――賛成！　賛成！

拍手と声援が、嵐とまでは行かないが、村雨ほどに起る。

事の起りというのは、鉱物学者がちょっと可愛らしい女大学生の会話教師を捜しだして、始めはサロンで習っていたのだが、どうも気が散っていかんというので、自室へ引き入れようとすると、ドッコイとばかり、アゴ髭のマネジャーが阻止したが、その阻止振りが甚だ気に食わンということから、ナニもかも気に食わンことになったらしい。

問題はむしろ何故こんな他愛のない動機で、一同ムキになっちまったかという点にある。なにしろサクラ会館住人とくると、特選の石部金吉氏ばかりで、滞巴二年にして未だモンマルトルを知らずという人物もいます。長き秋の夜も寒き冬の朝も、一心不乱に書物にカジリついてる勉学振りは、まことに涙ぐましいばかり。だが、青葉若葉匂うころともなれば、公園のベンチにキャフェのテラスに、悩ましき風景が続出して、パリは実に君子の住みにくい都会となります。サクラ会館の諸先生と雖も金鉄に非ずですから、なにやら原因不明のイライラを感じて、勉強が手につかない。毎年このころになると騒動を起すのもそのためで、また鉱物学者先生が語学教師として特に美人女学生を選んだのも、どうやら季節の軟風に関係がないと申されんようです。

——ところで、マネジャー排斥の具体的方法として、まず大使館に運動せねばならん。在館者一同の連判を要します。異議ありませんか。

——異議なし。異議なし。

そこで物々しい連判状やら、実行委員選出やら、忽ち話は運んだが、フランス側の大学都市首脳者の諒解を得るために、誰が使者になるかという問題で、ハタと行き詰った。というのは、留学生諸君書物を読むことならフランス人に負けないが、年中サクラ会館に籠城しているので、会話とくると唖も同様です。

——さて、困った。だから会話教師を雇う必要があるというんだ。

——まア待ち給え。いい考えがある。H君のところへよく遊びにくるフランス青年がいたね。あの男に一緒に行って貰ったらどうだ。

——なるほど。それは名案だ。

と、一同H君に周旋を頼むと、どうしたものか、彼氏ひどく悄気《しょげ》て頭を掻き、

——いや。それは止した方がいいです。頼んでも無駄です。

と、挨拶もソコソコに、匆々《さっさ》と自室へ引き上げてしまった。

計らずもここに裏切者が一人できたが、一体H君は音楽研究家で職業柄他の留学生

と平常から気が合わず、ノケ者扱いにされていた男だから、彼氏の去就は大局に関係なく、マネジャー排斥運動は着々として進められました。

三

だが、それを嗅ぎつけたマネジャーの方でも黙っていない。女人禁制を厳守するのは、職務に忠実なるものだ。それに女の会話教師なんて、淫売婦同様なのがいくらもいるパリだ。追払ったのに不思議はない。

——だのに、我輩を排斥するなんて。やれるもンなら、やってみろ！

と、カンカンに怒って、対抗運動を始めました。老嬢書記や掃除婦達はフランス人のヨシミを以てマネジャー側に加担し、ここにサクラ会館は二派に分れて、ヤッサモッサの騒動です。

フランス側は何といっても地の利を占めているから、バスの湯をぬるくしたり、朝飯のコーヒーをうすくしたり、搦手《からめて》から日本側を苦しめる。これに対して、マネジャー解職の一本槍で関係筋へ日参してる日本側は、正攻法で敵を脅かすつもりでしょう。外は麗《うら》らかな初夏行楽のパリ。雀と、女と、花が笑っています。

だが、理は何れにあっても、サクラ会館は結局日本人のサクラ会館であるから、争議の形勢は次第にマネジャーに不利となってきた。女人禁制の鉄則は動かすべからずとして、会話教師を立ち入らせぬ彼の主張は徹ったが、在館者と衝突するようなマネジャーは不徳であるというので、主務者達はどうやら彼の首を切りそうな様子。

——正義はソモいずこにありや。

と、アゴ髭を撫して彼がマネジャー室で憤慨していると、掃除婦の一人が慌しく扉を叩いて

——マネジャーさん。へんなものが十六号室に落ちていました。

指先きでつまんだ不思議な品物。見れば、白い瓢箪型の布地で、これぞまったく男性に用のない「乳抑え《カシュ・サン》」です。

——ハテ面妖な。十六号は誰の部屋だ。

——Hさんです。

俄然マネジャーの顔は緊張しました。

それから後数日間、マネジャーはバルネ探偵の如き眼を光らしはじめ、H君の身辺を窺った結果、遂に破天荒な発見を齎したのです。

H君は大胆にも、女人禁制の厳しい監視の眼を潜って、ソルボンヌ大学付近に巣食う女の一人を、時々自室に呼び入れていたのです。しかも玄関から堂々と乗り込ませたのだから、凄いです。彼の親友のフランス青年とは、その女の悪戯半分の男装麗人振りであったと知れて、マネジャーも開いた口が塞がらなかった。

だが、この事件のお蔭で、俄かに日本側の旗色が悪くなり、マネジャーの首も胴から離れず、騒動はいつかウヤムヤとなりました。というのは、いつか悩ましい青葉若葉の季節が去ったからです。七月の炎天がくると、誰も彼も、オコリが落ちたように冷静になり、秋がくるとサクラ会館の諸先生は一斉に書物に親しみ始めました。但しH君だけは事件後すぐ退館したから様子がわかりません。

芸術家

一

Cité（仏）は City（英）であるから、かりにも〝シテエ・カメリア〟と名のついたこの一劃に、初めて矢走一郎が着いた時、度胆を抜かれたのは当然である。

「まさかラジオ・シティのような宏荘な建築とも思わなかったが、室《へや》に水道もガスも来ないバラック部落だったにア驚いたね」

彼は今でも、よく、こう云う。

恐らく、旧《もと》は小工場でも建っていたのだろうか——約五百坪ほどの地面は、石炭殻を敷いたようにドス黒い。周囲の建物と建物の裏を、崖のように見上げるから、往来と同じ平面だのに、まるで谷底に住む感じである。そこに、二十戸ばかり、平家の貸アトリエが列《なら》んでいる。どれも灰色のペンキを塗った家、というよりも函で、屋根のガラスに気がつかなかったら、誰もガレージと間違えるにきまっている。でも、独立家屋の貸アトリエは、いかにお粗末な建物でも、芸術家という個人主義者には、大きな魅力だ。〝シテエ・カメリア〟に貸家札が貼ってあることは、滅多にない。この頃のように、南パリが繁昌してくると、地代も騰《あが》る一方なので、いくらアトリエが満員になっても、家主の懐中はその割りでなく、いずれはこの部落も、近代的な高層集合アトリエに、改造される日がくるだろう。

一体、この〝シテエ・カメリア〟は、カメリア通りに面した袋小路の、そのまた奥に拡がっているのだから、地形から云っても、よほど世間を離れている。入口に古煉瓦を畳んだ門があって、門柱をアーチ形に渡した看板へ、黒地に金字で〝Cite Camellia〟と書いてあるが、風雨に曝されて、今は誰にも判読できない。門内に栴檀《せんだん》のような樹が生えていて、初夏頃にはその新緑が、管理人の家の赤格子の窓掛と映発して、ちょいと田舎の別荘へでもきた気持になるが、義理にも風情のある景色と云ったらそれっきりで、一歩部落の中へ入ったら、扉の毀《こわ》れた便所の中で平気で蹲踞《しゃが》んでいる姿も見られれば、穴が詰った時の用意に、長い竿が立て掛けてあったりする。そのすぐ隣りに共用栓の水道があって、ブリキの水瓶をブラ下げて、借家人が水をとりにくる度に、強い尿臭を嗅がねばならない。

どこを見渡しても、花鉢一つ置いてない。殺風景と云っても、これくらい殺風景なところは少いが、感傷的な美はこの部落の芸術家にとって、むしろ禁物であろう。アトリエの内部にしても、硝子《ガラス》屋根のパテが落ちてるとみえて、雨洩りの浸点《しみ》だらけの壁へ、先住者の潰した南京虫の痕があっても、それを気にする者は一人もいない。画枠や古画布を置いた半二階には、埃が一寸も溜っていようが、それを気にしたり、その下の万年ベッドのシーツを毎朝叩いたり、毛布を延ばしたりする心掛けでは、ロクな絵は描けないことになっている。床が弛んで、歩く度にギイギイ音を立てるぐらいは、勿論平気だが、すぐ下は地面であるから、冬向きの湿気と寒気は、野良に寝るようなもので、従ってどのアトリエもストーヴだけは、大きくて能率のいいのが奮発してある。第一、モデルを裸にするためにも、これは欠くべからざる設備だ。

矢走一郎は、生来寒がり屋なので、特別に大きなストーヴを買った。火屋《ほや》も火口も、普通よりよほど大きい。友達は、機関車のようだと批評した。それに石炭を一パイ詰め込んで、轟々と音のするほど火を焚くと、実際アトリエが時速何百キロというスピードで、風を切って疾走してるようで、彼は愉快で耐らなくなるのである。

〝シテエ・カメリア〟には、彼の他に日本人が二人いる。森貞蔵と下島信正だ。勿論二人とも、矢走と同じように画家であるが、ここの借家人は彫刻家が少く、画家が多い。その上、殆んど全部が外国人である。アメリカ、イタリー、ノルウェー、ポーランド、ロシヤ等、まるで人種展覧会みたいだ。たった一人フランス人がいたが、これは美術家といっても、マネキン人形の首を拵えるのが商売だった。借家人は外国人ばかりで、職業が画家――それも無名半無名で、フランスの社会生活に何の交渉も持たない連中が揃っていたことが〝シテエ・カメリア〟の空気を一層浮世離れさせ、道徳や習慣の羈絆《きはん》はおろか、ことによったら、警察権も無視するような心掛けに導いたと云って云えないことはあるまい。

二

雪がチラチラ降っていた。

矢走一郎は新しいモデルを探しに行った帰りに、P広場の食料品店で、兎を一匹買った。家兎《ラバン》である。皮を剝がれて、まるで深紅《クリムソン》の絵具を浴びたように血みどろになって、皿盛りにされ、粉雪が降りかかっていた。

――美しいな。いい静物だ。それから……とても美味《うま》そうだ。

そう思って、彼は二十フラン奮発した。

包んで貰った新聞紙にも、血がベタベタ付いているのを、彼はアトリエの書物台兼料理テーブルの上へ、抛《ほう》りだした。

これを大庖丁で、頭蓋骨も肋骨も、そのままブツ切りにして、バタでいためて、黒胡椒や大蒜《にんにく》を加え、赤葡萄酒をフンダンに入れて、厚い鉄鍋で煮込むと、洋風鯛のアラ煮と云ったような、見た眼は悪いが、素晴らしく美味い家兎《ラパン》ソーテができ上る――ということを、貪食家《グールマン》の矢走一郎は百も承知であるから、早速、上着を脱いで絵具だらけのブルーズに着換え、料理にかかろうと、腕捲くりをした。

自慢のストーヴが、音を立てて燃えている。その上へ鉄鍋を乗せて置けば、夕方まで彼が絵の仕事をしている間に、骨まで軟らかに家兎ソーテが煮上る筈だ。

「誰《キ・エス》？」

彼はふとノックの音を聞いて、答えた。

「私《セ・モア》」

女の声が扉の外で聴えた時に、彼はグッと太い眉を寄せたが、声はどうやら違うようなので、隙間から覗いて見ると、果してオデットではなかった。以前雇ったことのあるモデルが、薄汚れた外套の肩に雪を散らして、立っていた。

「明日からポーズにきてもいいでしょう？」

珍らしくもない、押売りモデルだ。

「要らん、要らん」

「半日分で、一日ポーズするから」

「一時間でも断るよ、鶏のようなお前の脚ではね」

「糞《メルド》!」

皺枯れた声で罵って、モデルは隣りのアトリエへ回ったようだった。

一月ほど前まで、矢走はこのアトリエへ、オデットという女と同棲していた。彼女もやはりモデルだった。田舎出の大柄な女で、顔も頭もボンヤリしていた。恋愛なんて言葉は、彼も彼女も、一度も語らなかった。彼女はよく洗濯し、よく料理し、よく旺盛な矢走の体力に応じた。それきりだった。矢走は飽きて、彼女を追い出した。一つには彼女の腹が、卵麵麭《ブリオーシュ》の頭のように膨らんできたからでもあった。

オデットは、勿論、それで承知はしなかった。アトリエの管理人や、矢走の友人や、方々に泣きついて、ヨリを戻そうとした。矢走がアトリエの錠を固く鎖して、何遍訪ねても、会ってくれぬからだ。フランスの錠前は恐ろしく頑丈だし、矢走の心は、それよりも頑固な代物だった。だが、こういう騒ぎが、あまりに有触れた都会なので、誰もオデットの喚き声に耳を傾ける者はなかった。矢走の肩をもつわけではないが、捨てられた妊み女なぞを哀れに思っては、感情の濫費となろう。

この十日ほど前から、流石《さすが》のオデットも根が尽きたか、〝シテエ・カメリア〟へ姿を現わさなくなった。人々はすぐに彼女のことを忘れたが、当人の矢走は、

——今度来やがったら、灰掻きの鉄棒で、ドヤしつけてやる。

と、思っているだけに、扉を叩かれる毎に、オデットではないかと、一応は耳を立

てるのだ。

二本の庖丁を両手に持って、丁々と刃を磨ぎ合わせ、矢走が再び料理にかかろうとすると、またしてもノックの音。だが、妙なもので、拳のどこかで扉の戸を叩くだけの動作ながら、自から日本的と西洋的の区別は著しい。応々と云えども叩く雪の門――と古句にあるような叩き方が、勿論、日本人のノックなのだ。

「矢走君、矢走君いるかア」

果して外の訪客は、日本語で怒鳴った。

晩飯に、一人でユックリ家兎料理を貪ろうと考えていたところだから、よほど居留守を使おうかと思ったが、声の主が同じ、〝シテエ・カメリア〟に住む下島らしいので、矢走は不機嫌な顔をしながらも、ガチャリと扉の掛金を外した。

「やア。仕事かい」

「いや」

「ちょいと相談があってね……松岡さん、どうぞお這入ンなさい」

と、下島が無帽の頭で会釈する方を見ると、外套のポケットに両手を突っ込み、ひどく日本人臭い男が立っていた。これは松岡範平といって、羅典《ラタン》区の日本人専門みたいな下宿に住んでる留学生で、矢走も一、二度顔見知りであった。

「悪いものが、降りますな」

ストーヴの周りに落ちつくと、松岡範平は古風な挨拶をした。ヘンに硬骨で、世話焼きで評判の範平さんが、こんな日に突然訪ねてきたのは、或いは、オデットの件に嘴《くちばし》を入れる料簡ではなかろうか。もしそんな真似をしたら、アベコベに鼻を挫いてやると、矢走はもう闘志を振い起しているのだが、下島は煙草の煙を一吐きして、

「実は、森君のことなんだがね……松岡さんのところへ、日本から手紙が来たンだそうだ」

と、意外なことを云った。

「森君の父親が僕の郷里の人間だそうだ……非常に心配して、僕の尽力を求めて来られたのです。いや、まったく困ったことで」

範平さんは、息をついた。

森貞蔵は〝シテエ・カメリア〟の住民に似合わない温良な青年画家だったが、秋の初め頃からドッと床に就いている。素人眼にも、肺結核とすぐ知れる病状である。京都に二年いて肺を傷めなければ一生大丈夫というが、同じことがパリにも云われよう。パリは結核都市である。特にガラス張りのアトリエに住んでいると、夜の寒気の凄まじさと、昼のストーヴの暖気と塵埃のお蔭で、呼吸器の弱い者は一溜りもない。森貞蔵は地方の素封家の息子に生まれて、金に不自由のない男だから、サナトリウムへ入るとか、或いは日本へ帰るとか（彼の両親はそれを望んでいる）、いろいろ手もある

のだが、当人は頑として、アトリエを離れようとしないのだ。隣りのアトリエに住む下島が、度々帰国を勧告すると、森は妖しい笑みを片頬に浮かべ、

「君は僕を日本へ帰したいのだろう。フン。そうはいかんよ。君一人画業を遂げて帰ろうたってね」

と、昂奮する。この心理は、普通人に一寸《ちよつと》解せないもので、芸術という妖婦に迷い込んだ男でないと、通用しないであろう。遥々《はるばる》と遠い海を渡り、唐へ仏教を学びに行った僧侶と同じハリキリが、現代の森貞蔵の魂に漲《みなぎ》っているのだ。病いをえてアトリエに呻吟するのは口惜しいが、業半ばで帰国するなんて、思うだに腹が立つ。たとえ石に齧りついても、このアトリエは離れないという彼の覚悟を、看護の下島は持て剰《あま》すし、誰よりも故国の両親は気が気でなく、遠い知己の松岡範平をたよって、帰国の説得を頼んできた次第なのだった。

「で、今、下島君と見舞ってきたですが、困ったです。テコでも動かん」

範平さんは、悵然《ちようぜん》とした。

「あんなことしてたら、永くはないよ。最近、急に衰弱してきたからね」

下島は、病人よりも、看護の自分がやりきれんという顔をする。

「矢走さん、森君は貴方を非常に崇拝してるそうで、貴方から説いて貰うたら、きっと効果があると思われますがね」

範平さんは、此処へくる前に、下島と相談したらしい事を、云った。実際、森貞蔵は画家としての矢走に、推服していたのである。矢走が、サロン・ドートンヌやチュイルリイ展に、数回入選した手腕に対してのみならず、人情だとか交際などに超然として、極端なエゴイズムを主張しながら、画業に突進する態度を、魔神を尊敬するように、尊敬していたのである。

矢走は、黙って範平さんの言葉を聞いていたが、やがて、嚙んで吐き出すように云った。

「下らない！」

「なにが、下らんです？」

「下らんじゃないですか。森君の心境は、幼稚な感傷主義ですよ」

——ソラ、始まった。

というように、下島は薄笑いをしたが、範平さんは驚いた。

「しかし、自己の生命を賭《と》して、美術を究めようとするのを、下らんとは云えますまい」

「云えますよ。自殺の真似をして、他人の同情を要求してるンですよ。弱者の反抗ですよ。そんな奴ア、死なせろ、死なせろ」

「これア、聞き捨てにならん！」

と、範平さんが気色ばむのを、下島が割って入って、

「矢走君はこういう主義の人なんだから、気にしないで下さい。われわれの社会は、常識で判断できないことが多いンでね。例えば、気の毒な人に同情するなんて気持では、いい絵は描けんことになってるです」

「ほほウ」

科学者の範平さんは、狐にツマまれたような顔をする。

「慈善会のポスターなら、描けるだろうがね」

と、矢走は昂然と嘯《うそぶ》いた。

「まアそう云えば、異境で患っても、帰国を肯じない森君の気持からして、僕等にはわからんのだが」と、範平さんは勝手違いの世界へ乗り込んだ不安からか、いつものように癇癪も起さず、「とにかく両親の身になってみれば、心配するのも当然で、僕もこれから毎日来て病人に云い聞かせますが、御両君も折りがあったら、よく説得してやって下さい」

「ええ。それア勿論……僕も早く森君に日本へ帰って貰わないと、ロクロク絵も描けないのでね」

と、下島は笑って答えた。

「ところで、先刻《さっき》の土産ですね。あれを、どうです、此処で開けては」

森貞蔵の両親から、焼海苔を二罐送ってきたのを、律義な範平さんは一人で食っては悪いと思って、自腹を切ってコニャックを一本買い添えてまで此処へ持ってきたのである。

「そうですね。寒いから、みんなで一パイやりますか。僕のところに、スキ焼の用意がしてあるが、ソックリ此処へ持ってきてもいい。どうだい矢走君？」

と、下島は早速賛成した。

矢走は一寸考えてみると、家兎《ラパン》ソーテを拵えて、こんなお客様に食わすのはバカバカしいし、と云って、すぐ料理しなければ時間がないし、いっそそれは明日に回して、彼等と一緒に食事しようかという気になった。

「うん。それでもいい。但し、俺は飯を炊かンよ」

「それア、僕が引受ける」

下島は二軒置いて隣りの、自分のアトリエから、食べるものや道具を運んできた。

範平さんは、自由で乱雑なアトリエ生活を、もの珍らしく眺めた。彼の住んでるダルマ町の下宿なぞは、いくら日本人が幅を利かすといっても、根底に於てフランス人の行儀が支配してるから、こんなにノビノビと暮すことは思いも寄らない。

――まるで日本へ帰ったような態度をしとる。

範平さんは矢走や下島の寛いだブルーズ姿が、ちょいと羨ましかった。

「駄目だ、この海苔は湿ってる」

焼海苔の罐を開けた矢走は、一枚口に頰張って、そう云った。印度洋を越せば、三味線の音さえ狂うように、浅草海苔の床しい香なんていうものもどこかへ遁《に》げてしまう。

「贅沢をいうなよ。じゃア、君はスキ焼を食えばいい」

下島はアルコール・ランプの上へフライ・パンを載せ、牛肉と日本葱のような長葱《ポアロオ》を中へ敷いた。

「なるほど。こうして食うと、足りないものは糸蒟蒻《いとこんにゃく》と焼豆腐だけですな」

と、範平さんが感心した。

醬油と葱の臭いが、見る間にアトリエの中に籠って、神田あたりの牛肉屋にいる気持を誘うのである。そうして、コニャックの酔いが回ってくると、彼等の会話も昔の神田の書生のような調子を帯びてくるのだった。

「……偉い。とにかく、諸君が芸術というものに、それほど身を献げているのは偉い。みんな日本の為めになることだ」

範平さんは一応感心して置いて、

「だが、病める友人のために、一掬《いっきく》の涙はあって欲しいね」

と、矢走の方を向いた。

「友情だの、親子の情だのって、僕にはなんの事かわからん。そんな事に拘泥する奴に、いい絵が描けた験《ため》しはない。例えば、自分の姪を妊娠させて、それを捨てた詩人があったとする。そのために、彼女がどれだけ一生を誤ろうが、不幸に泣こうが、彼が立派な詩を書いてる限り、問題ではない。極めて大きな＋《プラス》に対して、極めて小さな－《マイナス》だ。それをカレコレ云うのは、俗人の心理ですよ。芸術家は犠牲を要求する権利があるんだ」

矢走は軽蔑に耐えぬように、俗人の一人を眺めた。

「すると、芸術家というものは、道徳や人情を無視していいのかね」

と、範平さんが少しイキリ立ってきた。

「勿論！　法律だって無視していい場合もありますよ。そんなものが気になるようじゃア、芸術家といえないンだ」

「冗談云っちゃアいけない。芸術家だって人間であり、社会人である。道徳や法律を超越することは許されない」

「君のような俗人には、俗な例を引かんとわからないが……日本の古い芝居には、忠義のために自分の妻を売ったり、若君の身代りに我子を殺したり……あれを君は非難しますか」

「いや、非難はせん。しかし……」

「理窟は同じですよ。要するに、芸術に対する僕等の愛は、彼等の主君に対する情熱と同じなンだ。僕等は全生命を投げだして、それほどまでに芸術に仕えてるンだぜ、君は愛国者で評判の男だ。わかるだろう、君！」

と、ドシンと肩を叩かれて、範平さんは少し面食らった顔をしたが、

「とにかく、君が一癖ある男だということはよくわかったよ。面白い。大いに飲んで論じよう」

「飲むとも、いくらでも飲むよ」

「ハッハハ。急に意気投合したじゃないか」

あまり酒の飲めぬ下島は、二人の酔漢のバカらしい議論の終ったのを喜んだが、ふと耳を立てて云った。

「おい、誰かノックしてるぜ」

扉を軽くコツコツと叩く音が、ハッキリ三人の耳に聴えた。矢走はトロンとした眼を、急にキッと見据えて、その音を聴いていたが、やがてストーヴの下から灰掻き棒を引き出して、立ち上った。

「おい、何をするンだ」

「待て。松岡さんに、さっきの議論の実例を示してやるンだ」

そう云って彼は、忍び足をしながら入口へ近づき、不意に扉をグッと開けた。

だが、そこに、彼が期待したオデットの姿はなかった。オデットがいないばかりか、もうトップリと暮れ果てた冬の日が、真っ黒い幕を張ってるだけで、誰の姿も見えず、いつか雪は降り止んでいた。

——おかしいな。確かに今のは、オデットの叩き方だが。

彼は外へ出て、闇の中を透かして見たが、物音一つ聴えなかった。思い切ってアトリエの中に入ろうとすると、扉口の踏石の側に、ホンノリ白いものが浮いて見えた。触ってみると、それは白い布に包んだ荷物のようなものだった。

「なんだ、なんだ」

「何を持ってきたンです」

下島と範平さんに聞かれても、一言も返事をしないで、矢走はアトリエの電燈の下で、白い包みを解きかけた。布はシーツのようなもので、包み目の端がピンで留めてあった。その留めピンの受金が潰れて、針が外れないので、矢走は癇癪を起して挘《むし》り取ろうとした。すると、白い包みがムクムク動いた。

「わッ」

思わず三人が声を揚げた時に、西洋流に云えばミュウミュウと、布の中から、嬰児《あかご》の泣き声が聞えてきたのである。

三

――畜生！　やりゃアがったな。

矢走は地団太踏んで、口惜しがった。

彼はオデットという女が、こんな巧い智慧を出そうとは、夢にも思わなかった。オデットは牝牛のような女で、彼にサンザン弄ばれても文句を云わず、臨月の大きな腹を抱えてアトリエへ歎願にきても、矢走が一喝を食わすと、結局、スゴスゴ帰って行くのが例であった。

この十日ばかり、姿を見せなかったのは、彼女も諦めて、田舎へでも帰ったかと、矢走は安心していたのだが、そうではなかった。彼女はどこかで腹の子を生み落し、カイゼルのものはカイゼルに帰せという風に、責任の門口へ置いて行ったのであろう。随分気の利いた、無言の挨拶と云わねばなるまい。

――さて、困った！

彼は急所へ一本、矢を射込まれたように、頗《すこぶ》る参ったのである。

もう下島も範平さんも帰った後だった。夜半になっても硝子屋根が明るいのは、矢走のアトリエだけだった。彼はストーヴの前へ椅子を寄せて、ジッと考え込んでいた。嬰児の始末や、オデットへの返報や、いろいろの事が、彼の頭で渦を巻くが、いい智慧は一つも出て来なかった。思いあぐねると、彼はヤケに石炭をストーヴへ叩き込んだ。夜更けたアトリエの中は、シンシンと寒かった。ストーヴは機関車のような音を立てて赤く燃えた。

「オギャア……オギャア」

ベッドの上へ臥かした赤ん坊が泣きだした。矢走の耳には完全に日本語で泣いているように聴える。

「煩《うる》せえッ」

矢走はベッドの方を向いて、呶鳴《どな》りつけた。もしも対手がオデットならそれで黙ったかも知れないが、赤ン坊はまるで彼に咆え掛かるように、一層声高く泣き立てた。

「糞ッ」

彼は舌打ちして、仕方なしに、ベッドの方へ歩いて行った。赤ン坊がこのアトリエへ来てからは、もう六時間も経つのだから、腹が減ってるに違いなかった。それでこんなに烈しい泣き声をたてるのだ。矢走もそれくらいの察しはないでもないから、泣き声封じに乳を飲ませてやろうと考えついた。

彼は毎朝コーヒーに入れるカーネーション・クリームを、湯で溶いた。それを、赤ン坊と一緒に包み込んであった哺乳器へ移し入れた。

「さア飲め……砂糖なんか入れてやらねえぞ」

赤ン坊はゴムの乳首を一心に吸った。見る間に硝子壜の乳が半分になった。たしかに腹が減っていたのだ。それぎりスヤスヤ眠り始めた。

矢走はベッドの側に立ちながら、赤ン坊の顔を見下した。オデットに似て、朱金色《ブロンド・シャタン》の髪が、チリチリ縮れていた。林檎ほどの小さな顔は、眼も鼻も茹でたように真っ赤で、昼間買った家兎《ラパン》の姿を聯想させた。そうして、湯気のように立ち昇る甘酸ッぱい臭いが、不潔を知らぬオデットの肉体を思い出させ、彼はイライラと腹が立った。

——ちっとだって、可愛くはねえ！

矢走は最初の我が子に対して、鵜の毛ほどの愛情も感じなかった。尤もこれは芸術家の異常心理という程のものではない。この頃の会社員なぞも父になった当座は、皆こう思うようである。ただ矢走は、そういう時代の尖端に立っているのか、愛情を感じないばかりでなく、この汚らしい小さな肉塊を、毬のように虚空へ蹴飛ばしたら、どれだけ胸がセイセイするだろうなぞと考えるだけである。

彼はまたストーヴの前へ戻って、煙草をフカし始めた。どう考えても、子供ぐらい、芸術の敵はないと思った。細君も邪魔であるけれど、これは使いようによって——芸術生活から遠い圏外の雑役を課すことによって、まだ用途がある。だが、その細君が子供を生めば、一挙にして母親という強権的な女性となり、狂人染みた子供の擁護者となって、良人の芸術はおろか、生命にまで食い下ろうとするから、これが最悪の場合になるのだけれど。

——要するに、赤ン坊という奴が、禍《わざわい》の元だ。

矢走がそう結論した時に、ベッドの上の呪われた存在が、折り悪しくグズリ始めた。なにか訴えるような低い泣き声を立てていたが、やがて先刻に増した烈しい喚声となって、知らん顔を続けようとした矢走を、耳を抑えてアトリエの隅に、駆け出させたほどである。

「黙れ、黙れ！」

彼も負けずに大きな声を出したが、なんの効果もなかった。あの小さな体の何処にそんな執拗な力が潜んでいるのか、赤ン坊は電気蓄音機のように、無限に鳴り続けた。

結局、矢走が負けた。彼は不器用な手付きで、赤ン坊の脚を掴み、薔薇色の臀《しり》の下を検《しら》べてみた。果して、彼の敷布団を浸すほどの尿と、おまけに金色のものさえ遺してあった。彼は慌ててオシメをひっぱりだし、それに代るものを探そうとしたが、手近に何もなかった。そこで、赤ン坊を包んできたシーツを、代用しようとすると、中から綺麗に畳んだ三角形の西洋オシメが、何枚も転がりだした。

——こんなものまで、入れてきやがって……ハハア、俺の父性愛を掻き立てようという計画だな。

彼はオデットの行動を看破したように思った。初めは彼女が子供の始末に困って、捨児をしたのだろうと考えたが、どうやらこれは、赤ン坊をダシに使って、ヨリを戻す計画らしい。明日か明後日か、矢走が赤ン坊に多少の愛情を起した頃を見計らって、彼女はきっとこのアトリエの扉を叩くに違いない。

——畜生、そううまくは行かねえぞ。

矢走は赤ン坊の始末をするのを止めて、またストーヴの前へ帰った。

四

後になってからの話だが、〝シテエ・カメリア〟の住民達は、その夜、男ばかりのこの部落に、空谷《くうこく》の跫音《きょうおん》とも云っていい嬰児の泣き声に、皆眼を覚まされたそうである。そうして、或る者は、

「赤ン坊は朝まで、泣き続けていた」

と云うし、また、

「いや、夜半にパッタリ泣き声が止まった」

と、云う者もあった。

だが、午前十時半頃に、管理人《コンシエルジユ》の娘が郵便物を持って矢走を訪れた時には、彼のアトリエのどこの隅にも、嬰児の姿が見当らなかったというのは確かな事実なのであ

る。

午後になって、昨日アカデミイ・ジュリアンで探してきたモデルが、矢走の前に、剝いたバナナのような裸身を横たえていた。画布を走る木炭《フューザン》が、松風のような風流な音を立てた。矢走の顔も、新しい画を始める悦びであろうか、明るい平静が漲っていた。天候さえも、昨日とはガラリと変って、雪晴れの眩しい日光が、硝子屋根から氾濫した。従って矢走の自慢のストーヴも、半量の石炭で間に合うというものである。

「今日は、これでいい《フィニフォーズューールデュイ》」

矢走は片語のような調子でそう云って、モデルに合図した。モデルは案外早くポーズが済んだので、イソイソとシュミーズを着始めた。後部《ポステリユール》の引き緊った、よいモデルだった。前髪を垂らした頭も、蓮ッ葉な可愛さがあった。踊子崩れのモデルでもあろうか、触らば落ちなん風情であったが、矢走は決して口説かずに、厳粛な顔で今日のモデル賃を渡した。彼がモデルを口説くのは、一週間なり十日なり、画の材料として存分使い果してから後のことだ。そこらは、下島なぞと態度が相違している。尤も、静物の林檎と異って、モデルは一週間や十日で、萎びて食えなくなる心配はない。

「有難う《メルシィ》。では明日《ア・ドマン》」

モデルは靴音高く帰りかけたが、扉を開けると、アッと声を立てた。扉の外に立っている女と、危く鉢合わせしそうになったからだ。野暮な毛糸の青いショールで肩を巻いた、大きな女だった。髪を乱し、無言で眼を見開いたところは、幽霊のようであった。だが、ノッソリと明るい戸外に立った姿は、幽霊としても、寧《むし》ろ牝牛の幽霊に近かった。

「来たな、オデット」と、矢走は少しも激する様子はなく、「待っていたよ。さア、こっちへお這入り」

と、招き入れる手振りまでして見せるのである。

オデットは案に相違の顔色を浮かべたが、やがて真っ直ぐにアトリエの中へ進み入った。そうして、ストーヴの前にいる矢走の椅子に手を掛けると、烈しくそれを揺ぶった。

「ねえ、一郎《イシロ》。お願いだから、聴いておくれよ。もう一度、あたしと一緒に暮しておくれよ。妾と、あたし達の可愛い赤ン坊《ベンベ》のために……ねえ、ねえ」

矢走はニヤニヤと笑っていた。

「ねえ、最後のお願いだから……ねえ」

そう云いながら彼女は、一年近くも住み慣れたアトリエの中を、片端から眺め回した。どこに何が置いてあるか、彼女はよく知っていた。およそ赤ン坊を臥かせて置きそうな場所を、彼女の眼が追って歩いた。

「ねえ、どこへ隠したの？」

「なにを？」

「赤ン坊さ。あたし達の小さな鵠《くぐい》の鳥さ」

「フン。そんなものは、此処にいないよ。天国へ飛んで行ったらしい」

「戯談《じょうだん》でなしに」

「戯談ではない。どこでも探してみろ。あの赤ン坊は、もう此の世にいないよ」

「大嘘つき！　あんな丈夫な赤ン坊が、死んで耐るものか」

「死んだのではない。殺されたんだ。このストーヴの中で、紙のように燃やされたンだよ」

「フフフフ。誰もそんな出鱈目を、信じやしないよ。ねえ、どこへ隠したのさ。あたしの可愛いキャベツの顔を見せておくれよ」

「よし。そう云うなら、見せてやる」

矢走は落ちついて立ち上って、ストーヴの下段の鉄扉を開けた。そうして、それをテーブルの上に置いた。石炭の焚き殻よりは青白く、キメの荒い灰が、アリアリと、小さな頭蓋骨や四肢の骨格を示していた。

「いいか。おれの芸術生活を妨害する奴は、みんなこういう目に逢うんだぞ！」

矢走は威丈高になって、ジキール博士がハイド氏になりかけた時のように、爪を逆立てた両手を、胸のあたりに構えた。

「助けて！　助けて！」《オウ・スクール》

と、金切り声を揚げたのは、先刻から扉口で様子を覗っていたモデルであった。その声を聞くと、オデットは弾条《ばね》でハジかれたように戸外へ飛び出して、自分も、

「助けて！　人殺し！　嬰児殺し！」

と、大声で喚き立てた。

女の悲鳴や金切り声は、〝シテエ・カメリア〟で、絶無というわけでもなかった。男ばかりの都でも、モデル女も出入りすれば、女友達《アミー》も遊びに来るから、痴話喧嘩も起るわけだが、今日の騒ぎは少し様子が違っていた。

「嬰児殺し！　赤ン坊が焚《や》き殺された！」

と、部落を触れ回るオデットの声を聴いて、方々のアトリエの扉が、順々に開いた。ブルーズを着た男達の姿が、扉口に現われた。だが、流石に〝シテエ・カメリア〟の住民である。飛び出したり、叫んだりするものは、一人もない。中にはニヤニヤ笑ってる奴さえある。

「昨夜泣いてた赤ン坊だね」

「ストーブで、燃やしちまったンだそうだ。なるほど、そうしちまえば、もう泣かない」

「石炭があまり高いからね」

イタリー人、ロシヤ人なぞが、フランス語で話し合ってる。彼等は一生涯経っても、家庭に縁のなさそうな人物であるから、嬰児が生まれようが、焚き殺されようが、あまり衝動を感じないのだろう。

だが、病める森貞蔵のアトリエへ、今日も見舞いにきていた下島と範平さんは、この騒ぎを聞いて、愕然と眼を見合わせた。彼等二人は、昨夜現にその赤ン坊を見ているので、感動も大きかったのだろうが、もともと下島は帝展審査員が志望の男だし、範平さんに至っては、矢走の所謂「俗人」の最なるものであるから、サッと顔色を変えたのも当然である。

二人はすぐに、矢走のアトリエへ駆けつけた。

「君、まさか……」

と、範平さんは、矢走に詰め寄って、

「君の議論が一理ないとは、僕は云わん。だが、議論は議論だ。まさか君、それを実行に移すような……」

矢走は傲然と腕組みをして、範平さんを見下ろし、フンと鼻を鳴らせた。

「それが俗人の俗論さ、僕達の世界では、思想と行動の区別はないよ。まアこれを見給え」

と、落ちつき払って顎で示す方に眼をやると、先刻オデットに見せた気味の悪いものが、そのまま鉄格子の上へ載っていた。

下島は、アッと云って、顔を掩った。

範平さんは反対に、酸漿《ほおずき》のように充血した顔でグイと矢走を睨みつけ、

「あンまりだぞ、貴様……」

汽笛のように甲高く絶叫したと思うと、いきなり対手に撲りかかった。軀は小柄だが、正義に燃えた範平さんの腕力は、猪のような威勢を見せ、瞬く間に矢走の頬桁は、五ツ六ツ音を立てた。

だが、そうなると、矢走も負けていなかった。

「やったな、文留（文部省留学生）！」

彼は上着を脱いで本式に身構えた。範平さんも眼鏡を外した。

「来い、俗物！」

「なにを、狂人」

柔道の手など混る取ッ組合いが始まった。アトリエ名物の埃が濛々と立った。下島は他人の喧嘩を止めるどころか、無慚な灰を見てから嘔気を催して、ウロウロするばかりである。そこへ短マントの羽根を飜して、二人の巡査が入ってきた。

「あの男です」

管理人の爺さんが、ブルブル顫えながら、矢走を指した。泥棒や姦通の騒ぎぐらい

では滅多に驚かぬ〝シテエ・カメリア〟の管理人も、嬰児焚殺と聞いては、警察の手を煩わさずにいられなくなったのである。

五

この騒ぎは、〝シテエ・カメリア〟の付近は無論のこと、モンパルナスへかけて、およそ画家の集まるキャフェの話題になった。

「焚き殺すとは、とにかく、思い切って行ったたね」

「だが、勇敢だよ。そういう気魄の奴なら、きっといい絵を描いてるだろう」

「うん、立派な絵だ。僕はチュイルリイ展で見た時から、眼をつけていた。真に野獣派らしい精神が溢れてた」

「どこかで、個人展覧会をやるといいな」

「それから、我々で減刑運動を起してやるべきだ」

「一体、その女が悪いンだわ、赤ン坊なんか拵えるから」

モデル女まで、嘴を入れた。

だが、警察へ連れられて、三日経ってから、矢走はフラリと、〝シテエ・カメリア〟へ帰ってきた。

「よく帰ってきましたね。まさか、脱獄したンじゃあるまいね」

と、怖々訊く管理人に、矢走は、

「うるさい。僕はこのアトリエを出ることにしたからね」

と、云って、慌しく荷造りを始めた。

トランクと画架をタクシーに積んで、下島にさえ別れを告げず、矢走が、〝シテエ・カメリア〟を出て行った日の夕に、今度はオデットが管理人の家を訪れた。

「えッ？　引越したンですか、畜生《シャモオ》」

彼女は、歯嚙みをして口惜しがった。だが、管理人の細君や娘は、オデットの抱いてる赤ン坊に眼を奪われた。

「あんた、あの子の代りに、貰い子をしたの？」

「いいえ、マダム。あの畜生に一パイ食わされたンですよ。あたしと縁を切ろうと思って、あんな狂言を書いたンですよ。赤ン坊は託児所の前へ捨てて、ストーヴで焼いたのは、家兎《ラパン》だったンですよ。警察で聞いて、今この子を引取ってきたところです……なアに、彼奴にそンな、思いきった真似ができるもンですか」

彼女はそう云って、赤ン坊に頰擦りしたが、

「野郎！　どこへ引越したって、きっと探し出して、この子を押し付けてやる。彼奴の気の弱いことは、今度でよくわかったわ」

と、意気軒昂たるところを示したからには、いずれこの騒ぎも、まだ後幕があるに

相違ない。

だが、矢走の演じた馬鹿騒ぎも、たった一つの功徳を齎したことを、書き添える必要がある。それは、あれほど帰国を肯じなかった森貞蔵が、急に日本へ帰りたいと云い出したことであった。

〈昭和十二年六月・改造〉

羅馬の夜空

一

ピエエル・ド・ラヴァンチュウルは二十六の春を迎えた。男振りも悪くないし、人間は素直だし、第一、家柄がいい。父親は伯爵で今は引退しているけれど、フランスの外交官として時めいた人物である。その上、世襲財産は沢山ある。パリ郊外、セエヌ河を見晴らす丘の上に、薔薇と大理石とで囲われた宏荘の館の中で、彼ら親子三人が、幸福至極に暮していた。

しかし、ピエエルも年頃である。早くよい配偶を見出して、身を固めなければならない。両親も始終それを心に掛けていたらしい。ピエエルはもとより若き血に燃ゆる胸の持主で、舞踏会やティー・パーティーのあるたびごとに、よき娘に回《めぐ》り会えかしと、神に念じていた。

が、美しいC嬢は身分が釣合わず、H公爵令嬢は痩せすぎてるし——とかく世はままならなかった。

しかし、遂に或る日、父伯爵が書見に耽ってる居間へ、ピエエルのいきいきした足音が響いた。息子は父親の額へ、喜びに満ちた接吻を与えてから、いった。

——お父さん、喜んで下さい。もうこれで四年も御心配をかけましたが、やっと僕の気に入る娘がありました。彼女は僕を愛し、僕も彼女を愛しています。お父さんのお許しを得たら、すぐにも、婚約を結ぼうと思っています。

伯爵は喜びのあまり声をあげた。そうして、たてつづけに、三度息子を接吻した。

——おお、そうか、そうか！　それは結構じゃ。わしもどれだけ安心したか知れん。勿論わしは同意じゃよ。

——ありがとうございます。

——ところで、どこの家の娘かね。

——実にこんな釣合った縁談はないと思うんです。第一、同族なんです。男爵令嬢なんです。しかも、やはりお父さんと同じように娘の父親も、外交官の経歴があって、なんでもお父さんがローマで大使をしてらっしゃる時分に、書記官をしていたとかいうことです。それに、娘の美しいことといったら実に……。

——名は何という……名は？

父伯爵はなにを感じたか、慌しく息子の言葉を遮った。

——名前ですか、無論お父さんは御承知だと思うんですが、ド・マリエクウル男爵の令嬢なんです。

その言葉を聞くと、父親は俄かに椅子を立ち上った。そうして、両手で顔を抑えながら泣き始めた。

——どうなさったんです、お父さん！

息子は心配して、父親の傍へ寄った。

——可哀そうな息子や、可哀そうな息子や……その縁談は駄目じゃ。諦めなさい……。

涙ながら父親は言葉を続けた。

——なぜといって、その娘の父親は、実はわしじゃ。お前はわしを不道徳な人間と思うか知れん。しかしそのころ、わしはまだ若かった。それに……それに、お前はローマの夜空というものを知らん。あの葵色《モーブ》の夜の色が、どれほど悩ましく、どれほど人の掟を忘れさせるものか……。

二

それから一年経った。

誰にしても、声涙ともに下る父親の告白を聞いて、それを許せないはずはなかった。ましてピエエルは素直な青年であり、また近代的な青年だった。

彼はこのころ、以前のように、舞踏会やティー・パーティーへ顔を出すようになった。

或る日のこと、再びいきいきした彼の足音が父伯爵の居間へ響いた。

——お父さん、いいお話をお聞かせに上りました。

——ほほう、それは嬉しい。

子煩悩の父親は、みるみる顔を崩した。

——僕は断然、ド・マリエクウル嬢のことを忘れました。

——神よ、汝に謝す。

父親は胸に手をあてた。

——実はお父さん、僕はいまラヴしてる女があるんです。

——ブラヴォ! わしの息子や!……

父親はピエエルを接吻した。

——で、婚約の許可をして頂けましょうか……。

——勿論、許すよ。この前はあんな恥かしい理由のために、せっかくのお前の恋を破って、わしはどれだけ済まなく思っていたか知れん。ほかの理由なら、どんな理由でも、お前の好きな女に、わしは反対しはせんよ。

——感謝します、お父さん。

——ところで、未来のお嫁さんの名を、早く聞かせなさい。

——ジセエル・ド・ペルシュウ嬢です。

——なに？

伯爵はまた椅子の上で飛び上った。

——ド・ペルシュウ中将の令嬢のジセエルです。

伯爵の顔は、見るも気の毒なように、深い悲哀の影に包まれた。

——息子や、哀れなわしの息子や、お前はどうしてそんなに、運の悪い男なのじゃ。お前は今度もその結婚を諦めなくてはならんよ！

——どうしてです。お父さん！　ド・ペルシュウ家は騎士の家じゃありませんか。

——そうじゃ。

——有名な財産家じゃありませんか。

——そうじゃ。

——ジセエル嬢は社交界でも指折りの美人で、そのうえ品行がいいので評判の娘じゃありませんか。

——哀れな息子や、お前のいうことは残らず本当じゃ。こんないい縁談はまたとないかも知れまい……それだのに、ああ、何ということだ……ジセエル嬢もまたお前の妹なのじゃ……。

息子は呆れて黙って父親の顔を見つめた。伯爵は流れる汗を拭きながら、言葉を続けた。

——哀れな息子や、お前はド・ペルシュウ中将の細君が、今は梅干婆さんだが、昔は花のような美人であったことを知るはずはなかった。まして、ド・ペルシュウが大使館付武官《アタッシェ》としてローマに駐在していたことを、知るはずはなかった。そのころ、わしはまだ若かった。それに……お前はローマの夜空というものを知らん。あの葵色《モーブ》の夜の色がどれほど悩ましく、どれほど人の掟を忘れさせるものか……。

三

今度という今度は、ピエエルも打撃をうけた。彼はハムレットのように憂鬱な顔をして、よろめきながら父親の部屋を出た。

——おお天よ、神よ！　呪われてあれ。

彼の哀切な呪咀に対して誰が非難を向け得ようぞ。

父親に対する信頼を裏切られた息子は、本能的に母親の懐ろを求めるものである。

ピエルはその足で、満腔の悲しみを訴えるために伯爵夫人の化粧室《プードアール》の扉《と》を叩いた。

――おお、可哀そうな息子や……なぜお前はそのように悲しい顔をしています。

伯爵夫人はレースの編物を傍らに置いて、息子に訊ねた。

――お母さん、僕は世の中に希望を失いました。僕は一年前に、ド・マリエクウル嬢に恋してお父さんに結婚の許可を求めるとどんな理由で拒絶されたか、お母さんは御存じですか？

――ええ、知ってます。あの娘は……。

母親はすべてを知っていた。

――で、今度ド・ペルシュウの令嬢と結婚しようと思って、お父さんに聞くと……。

――またあれだというのかえ。まあ、なんて呆れた人だろう。

しかし伯爵夫人はさまで驚愕を示さなかった。彼女はただ、打ち萎れた息子の様子を、心配に耐えない様子で眺めていた。

沈黙の五分間が経った。

伯爵夫人は、やがて、なにか決心したようにいった。

――お前がそれほどその令嬢のことを思ってるなら、かまわないから結婚おしなさい。

——ド・ペルシュウ嬢とですか。

——ええ。なんなら、ド・マリエクウル嬢とでも。

——だって、お母さん。

息子は眼を丸くして、母親を見た。

——決して心配することはありません。その令嬢達がお父さんの娘であることが事実でも、もしお前のお父さんがお前のお父さんでないとして御覧な……。お前はローマで生まれたのだけれど、子供の時だから知るまいが、あのローマの葵色《モーブ》の夜の空が、どれほど悩ましく、どれほど人の掟を忘れさせるものだか……。

われ過てり

一

僕は、巴里で、ジャンヌという娘と、知合いになった。

彼女は、どちらかといえば、美人の方である。それに、悧巧で、目はしが利いて、決断力にも富んでいる。立居振舞いが、内輪のくせに、スッキリしている。そうかと思うと、われを忘れて、情熱のハメの外し方も、ずいぶんと心得てる。

畸人変人でない限り、男性はこの程度の女に、最も魅力を感じる。絶世の美人でないことがなによりである。「どちらかといえば美人」――この種の美人が、実をいうと、人生に於て最も多くロマンスの花を咲かせ、また騒動の種をつくるのではあるまいか。

とにかく、僕は、ジャンヌが好きになった。有難いことに、ジャンヌの方でも、僕を好きになった――のだろうと思う。少くとも、そう推測するのが、穏当であろうと思う。なぜといって、彼女は僕に、旅の誘いをかけてきたからである。好きでもない男と、一緒に旅行するという気持は、常識で判断できないではないか。尤も、エア・ガールとか、マリン・ガールとかは別物であるが。

「やっと、二週間の休暇《ヴァカンス》が貰えたのよ。ね、一緒に、海か山へ行かない?」

七月の半ばのことであった。いつものように、夕暮れ、キャフェ・ロムポアンのテラスで、彼女を待ち合わせていると、小粋な夏のジャケットの姿を現わすや否や、僕にそういうのであった。序ながら、彼女の職業を説明して置くが、シャンゼリゼエの有名な画商の秘書を勤めているのである。給料も、相当貰っているらしい。

「いいね。夏の巴里に残っていても、仕方がないからね」

と、僕は答えた。夏の巴里は、アメリカ人のお上りさんで、ゴタゴタするばかりである。ちっとでも気の利いた人物は、新鮮な空気を吸うために、都を離れるのである。僕は、新鮮な空気にも憧れたが、それ以上のものに、もっと憧れているのは、いうまでもない。折りよく、僕もある事情で、懐中のユトリがあった。

二人は、額を鳩《あつ》めて、行先きを相談し合った。中部フランスの山岳地方へ行くか、それともブルターニュかノルマンディの海岸へ行くか、二つに一つの課題であった。

「やっぱり、海がいいと思うわ。カレーの海岸へ行ってみない？」

ご婦人は、海が好きである。みんな一度は、大西洋の黒潮に憧れるらしい。尤も、カレーの海岸は、ドーヴァー海峡に面して老獪国と一衣帯水になっている。大西洋のキレッパシが、神経質に流れているに過ぎない。それでも、海は海であるし、また、設備万端整った避暑地として聴えているし、僕等の相談は忽ち一決に及んだ。

二

超えて、翌々日、カレー海岸の夜が明けた。

なんという、快い目覚めであろう。なんという、幸福の朝だろう。寒いほど涼しい海風が、窓へ吹き込んでくるし、庭の籬《まがき》に結婚花束のような薔薇が咲いているし、空は青いし、従って海も青いし、悠々と鷗《かもめ》は舞っているし、閑閑と雲は浮いているし、巴里のゴミゴミした空気を一遍に忘れさせてしまうような環境だった。

それにホテルが気に入った。僕達は、奮発して、土地一流のカレー・ホテルに投宿したのであるが、昨夜の夕飯の料理は、巴里でも滅多に食えないような、オツなものばかりだったし、今朝のコーヒーが、また、飛び抜けて旨かったし、その他、部屋といい、サービスといい、まったく申し分がなかった。旅館は一流を選ぶべしと、旅慣れた人がいうが、それは確かに真理だと思った。

とにかく、僕等は、申し分のない平和と幸福の生活を、発見したのである。尤も、心愉しければ、あらゆるものが愉しくなる理窟であるが、その点、あまり詳細に説明することは、罪が深いから、やめて置こうと思うのである。ただ一言、付け加えることを、許して貰うならば、僕とジャンヌ嬢とは、この日この朝、始めて、同じ部屋で眼を覚ましたというわけなのである。心愉しからざらんとすれども、また能わざる次第ではあるまいか。

朝飯が、済んでから、僕等は手を携えて、テラスへ出た。緑の芝生に、美しい茸のような、ビーチ・パラソルが開かれてあって、その下に、露天用の椅子テーブルなぞが、列べてある。僕等は、その一つを占領して、休憩しようと思ったが、ジャンヌ嬢は、僕に囁いた。

「あら、あすこに望遠鏡が置いてあるわ。あれで見れば、きっと、英国がハッキリ見えるわ。あたし、まだ一度も、英国へ行ったことがないから、せめて、望遠鏡で覗いてみたいの」

なるほど、芝生の端に、三脚つきの望遠鏡が据えつけてあって、今しも、一人の男が、一心に、英国の方角を眺めてるところである。

「じゃア、あの人が済んでから、僕等で覗くとしよう」

僕とジャンヌ嬢は、徐ろに、そっちの方へ歩いて行った。望遠鏡を覗いていたのは、近くで見ると、まだ二十四、五歳の青年で、肩幅のガッシリした、見るから健康そうな体格をしているが、それを無理に折り曲げるようにして、レンズを覗き込んでいる。どうも大変な熱心さで、望遠鏡の筒口が、眼玉に食い入りそうな按配である。

だが、僕等の跫音《あしおと》に、ハッと気づいた彼は、

「望遠鏡ですか？　さア、どうぞ、マダム……」

と、ジャンヌに対して、慇懃に席を譲ってくれたのである。

生まれて始めてマダムと呼ばれた彼女は、顔に紅葉を散らして、無言の会釈を返した。どちらかといえば美人に属する彼女も、含羞《はにかみ》という女の最大武器を手にして、実にキッパリと美人に見えた。僕は思わず見惚れて、ボンヤリしていたが、かの青年も同感とみえて、暫時の間、その場を去るに忍びざる様子であった。

良い犬や、高価なステッキなぞ携えてる場合に、他人が眼もくれなければ、それまでであるが、今日の僕のような場合に於ては、些か得意にならざるを得ない。

僕は、わざとジャンヌに寄り添って、

「そら、覗いてご覧。英国がよく見えるだろう。なにしろ、ここから向う岸まで、たった三十四キロしかないのだからね」

と、一つの眼鏡に四つの眼、頬と頬とを触れ合って、英国を見るよりも、寧ろ、人に見せつけるのを目的としたのである。

三

午前中、僕等は、ゴロ石の多い波打ち際や、断崖の上の散歩道を歩いて、腹を減らした。向う岸のドーヴァーでもそうだが、こっち側も、屏風を立てたような崖が連なっていて、ホテルや町は、その下にある。散歩をすれば、坂の昇り降りだけでも、いい加減、腹が減る勘定だ。

僕等は、正午を待ち兼ねて、ホテルの食堂へ入った。僕等のテーブルは、窓際にあった。海景を見晴らしながら、新鮮な魚のムニエールを食べて、ジャンヌは、

「こんな美味しい鰈《かれい》は、生まれて始めて食べたわ」

「いや、こんな美味しい午飯《デジュネ》はと、僕は敢えていいたいな」

と、僕が答えれば、意味ありげな二人の眼は、ニッと微笑まずにいないのである。そこで、白葡萄酒のグラスを挙げて、佳哉人生と、朝から十五、六遍目の認識を、更に深めたのである。そんな甘ッたるい光景ばかり見せていたら、嘸《さぞ》かし近所迷惑と思われるかも知れないが、フランスの避暑地とくると、夫婦連れ、情人連れ、乃至は、土地へきてからの即席情意投合組ばかりで、いずれも、僕等に負けない痴態を、テーブルで演じているから、些かも心配ないのである。

やがて、肉の皿が運ばれて、ジャンヌは背を屈めて、鶏の脚肉を切り始めた時、僕

は、自然に、彼女の体で隠された小テーブルに坐った客を、視線に入れることになった。二人組、三人組ばかりの中に、これは珍らしくも、たった一人の男が、黙然と腰かけて、寂しく食事をしている。よく見ると、今朝、望遠鏡を覗いていたあの青年である。食堂へ出てくるために、服装を改めてるせいか、見るからスマートな男前だ。しかも凜として、固く結んだ唇、ガッチリした肩、現代のフランス婦人が、最も愛好しそうなタイプである。そんな青年が、気の利かない一人テーブルに、黙然と食事をするテはないので、さては、今晩あたり、巴里から凄い美人でも到着する段取りであろうかと、他人事ながら、僕は想像を逞しゅうしていたが、ふと、彼の強い、燃えるような眼差しが、真っ直ぐに注がれてる方角を見て、愕然として、われに返らずにいられなかった。

他人事どころではない！

ジャンヌの雪のような、白天鵞絨《ビロード》のような、天下の名品である美しい襟頸を、かの青年の視線が、ホジくっているのである。僕がいくら睨めつけても、気がつかぬほど熱心に、頸から背へかけて、彼の視線の舌が、舐め回しているのである。

ちえッ、糞！

僕は、肉も鵜呑みにしたし、果物も皮を剝いただけで、

「コーヒーは、テラスへ行って飲もう」

と、訝るジャンヌを、促し立てて、食堂を去ったのである。

今にして思うのであるが、僕の幸福は、この午飯の時を以て既に終りを告げていたらしい。カレー海岸へ着いてから、僅かに十八時間、思えば儚い人生の一夢であった。その日の午後、僕等が海水浴をするために、ビーチ・ハウスへ行けば、かの青年の姿は、影の如く、その後をついてきた。晩飯の食堂では、無論のこと、夜間に、カジノへ行って、ルウレットを娯しもうと思えば、僕等の席の隣りに、逸早く、腰かけてしまうのである。

そのせいか、僕は散々の大負けだった。

翌日になると、彼は、公然と、

「お早よう《ボンジュール》、マダム！」

と、ジャンヌに、挨拶をするようになった。僕には、一言だって言葉をかけようとしない。

その翌々日になると、彼は、図々しくも、カジノのダンス・ホールで、ジャンヌに踊りの申込みをした。一度ならず、三度まで、ジャンヌは彼に抱かれて踊った。

僕が、日増しに憂鬱になってきたのは、書きしるすまでもないことである。彼は影の形に添う如く、僕達に、——いやジャンヌにつき纏って、海水浴も、散歩も、三人連れが定式のようになってしまった。

「ジャンヌ……。もう、巴里へ帰ろうじゃないか」

僕は、もう、我慢がしきれなくなった。

「あら、いいじゃないの。まだ、休暇《ヴァカンス》の終りまで、一週間もあるわ。せっかく来たのに、もう少し遊んで行きましょうよ」

「でも……」

「あんた、少し、妙よ。この間から、急に沈んじゃったのね。元気を出さなければ、駄目よ。あんたの元気を恢復するためにも、こういう空気のいい所に、もっと長くいる必要があるわ」

嗚呼、何をかいわん！

実際、ジャンヌがあの青年に、ハッキリと好意でも寄せてる様子が見えれば、僕は、断然巴里へ帰る決心を起したかも知れないが、いかんせん、その点が甚だ曖昧なのである。かの青年が、執拗にジャンヌを追いかけてるのは、瞭然たる事実であるが、ジャンヌの方では、柳に風と受け流してる様子が、見えないことはない。そうだとすれば、なにも心配する必要はないわけである。しかし、遠くて近きは云々の諺を持ち出すまでもなく、かの青年と比べると、僕はたしかに十ばかり齢をとってるし、容貌上の検討を加える段になると、どうにも早や、われながら月に鼈《すっぽん》、側へも寄りつけんことは、よくわかっているし……

四

諸君は、嫉妬の経験があるか。

無ければ、幸福である。僕も、嫉妬がこんな辛い、苦しい、パイプの管から出てる黒い脂《やに》のような味がするものだとは、ついぞ知らなかった。その上、僕は、どうやら頗る嫉妬深い性質に生まれついていたらしいのである。

朝も、昼も、晩も、僕は嫉妬の炎に、焼き尽された。食事も殆んど喉へ通らないし、夜は大部分眠れないのだから、僕の体は見る影もなく、痩せ衰えてしまった。今朝も、顔を洗う時に鏡を見たら、頬の肉が鉈《なた》で削ったように、消えてなくなって、額の両端がいやに抜け上って見えた。今に、そこから、角が生えてくるのではなかろうか。

ジャンヌは、いよいよ、かの青年と親密になって行くようだ。僕は、もう、とても我慢ができない。この状態を続けたら、僕の生命は長いことがないのは、わかってる。自衛上、僕は、卑劣な詐略を用いても、この難関を切り抜ける他はなくなったのである。


今晩八時に、丘の上の見晴し小屋でお待ち致します。

J子

僕は、できるだけ、女の筆蹟を真似て、右の手紙を書いた。青年は、ジャンヌの筆蹟なんか知ろう筈はないから、ただ女の筆蹟であればいいわけだ。そうして、その手紙を、彼の居室のドアの下の隙間から、ソッと滑り込ませて置いた。

晩飯の時に、かの青年は、隣りのテーブルから、頻りにジャンヌに、眼配せをした。たぶん手紙を見たという意を、仄めかすつもりだろう。ジャンヌは、ヘンな顔をしている。いい気味だ。いまに、見ておれ！

僕は七時半になると、ジャンヌにいった。

「カジノへ先きに行って、待っていてくれないか。僕は、町へ行って、一寸買物をして、すぐにそっちへ回るからね」

彼女は、異議なく承知した。

二人は、ホテルの出口で別れて、僕は、町へ行くような風をして、断崖へ通ずる散歩路を登ったのである。

素晴らしく、いい月夜だった。

断崖の突端に建ててある見晴し小屋は、お伽噺の侏儒《こびと》の宮殿のように、白く輝いていた。勿論この時刻に、散歩路にも、小屋の中にも、誰一人、人影はなかった。英国のあたりも月光に霞んで、ただ崖の下から怒濤の音が、沈黙を破るだけであった。八時になると、果して、靴音が響いてきた。いわずと知れたかの青年だった。彼は、小屋の中に入ってくると、キョロキョロとあたりを見回したり、腕時計を眺めたりしていた。フム、いくら待ったって、ジャンヌは来るものか。この、サカリのついた尨犬《むくいぬ》め！

いい時を見計らって、僕は、ソッと物蔭から、姿を現わした。

「やア、君、どうも失礼しました……」

僕は、わざと、息を切らして、急いで駆けつけた様子を見せた。対手は、ギョッと驚いた様子だったが、僕はできるだけ間抜けた面をして、

「ジャンヌが、急に腹痛を起しましてね。なにか、あなたとお約束したことを、明日に延ばしてくれと、伝言を頼まれましたので……」

と、いうと、青年は、いかにも僕をバカにしたような笑いを浮かべて、

「それは、ワザワザ、ご苦労でした。では、明日きっとお待ちしてると、お伝え下さい。なアに、ご一緒に、カジノでまた踊って頂くお約束なんですよ、ハッハハ」

なにを、抜かしやアがる！　計略に乗せられたとも知らずに、僕を間抜け男扱いにするテメーの間抜けさを、今に思い知るであろう。

「どうも、素晴らしくいい景色ですね。君は、海がお好きですか」

僕は、シラを切って、話しかけた。

「ええ、大好きです。あなたの趣味は、恐らく、そうでないでしょう。あまりお泳ぎになるのを見掛けませんからね」

彼は、また軽蔑の笑いを以て、僕を眺めた。実をいうと、僕は泳ぎができないのを、ジャンヌに知られたくないので、なるべく、ビーチ・ハウスへ行かないようにしているのだ。畜生、それを知って、そんな皮肉をいうのだな！

「おやッ、あれはなんです。ヘンな魚が泳いでいますぞ……鯨か知らん」

僕は、頓狂な声を出して、海面を指さした。

「ハッハ……、鯨は、こんなところを、泳いでやしませんよ」

「でも、ほら、あすこ……あすこに見えるじゃありませんか」

「え？　どこです」

彼は、見晴し小屋の前の巌頭に、身を乗り出した。そこをすかさず、僕は、ドシンと、背中を突いた。

「そんなに海が好きなら、大いに娯しましてやるぞ！」

僕は、水煙りをあげて沈んで行く彼の姿に、最後の一喝を食わせた。

五

諸君は、殺人の経験があるか。

無ければ、幸福である。非常に、幸福である。

僕は、嫉妬ぐらい苦痛なものは人生に存在しないと思ったが、殺人に比べれば、もの数ではない。諸君、何を措いても、殺人だけは、実行を中止するがいい。あの晩、カジノへ行って、何をしたか、また、寝床に入る前に、ジャンヌと何を語ったか、僕は全然覚えていないのである。それほど僕は、慚愧し、後悔したのである。他の悪事ならば、どうでもなるが、殺人はいけない。これくらい、とりかえしのつかぬ犯罪はない。嗚呼、われ過《あやま》てり！

心を搾木《しめぎ》にかけられるように、僕は苦しんだ。しかも、最大の苦痛は、ウシミツ頃を期して勃発した。

巌で傷つけたのだろうか、血みどろになった顔に、濡れた頭髪を振り乱し、かの青年が、影の如く、霧の如く、僕の寝台の上に現われた。既に魚族となったような、冷たい、水だらけの手で、僕の頸を、グイグイと締めあげ、

「おのれ……よくも、よくも……」

と、恐ろしい声で、叫ぶのである。僕は、呼吸《いき》も絶え絶えに、

「悪かった……勘弁してくれ」

と、何遍か詫びたが、彼の手の力は、いよいよ強く、遂に僕は意識を喪った——と思ったら眼が覚めた。

やれ安心と思って、トロトロし始めると、青年の幽霊は、忽ち、僕の胸にノシかかってくるのである。

夜半から暁にかけて、幽霊の襲来は幾十回に及んだか知れぬ。恐らく、重慶の市民だけが、僕の恐怖の幾分の一を、理解してくれるだろうと思うのである。

精根ともに疲れ果てて、僕は、漸く朝の光りを迎えた。

「まア、あんた、どうしたの？　昨夜は、夜通し魘《うな》されていたじゃないの」

と、ジャンヌが訊いた。

「いや……」

僕は、曖昧な答えをしたが、心中、どれほど苦しかったか知れぬ。ジャンヌのために、嫉妬し、殺人し、昨夜はあの苦しみを嘗めたのだ。ジャンヌなかりせば、こんな不幸は起って来なかったのだ。嗚呼、女よ。地球の黴よ。魔性の毒茸《どくたけ》よ。僕はジャンヌなぞ知らなければよかったと、彼女の存在を呪った。

僕は、屠所の羊のように、朝の食堂へ出た。

「あら、あの方がいないわね」

と、ジャンヌは、かの青年のテーブルを顧みていった。いて耐るものか。今頃は、藻の間に横たわって、コーヒーの代りに、潮水を満喫しているのだ。

ジャンヌは、気になるのか、ボーイを摑まえて、青年のことを訊いた。

「昨夜から、お帰りになりません。荷物は、殆んど残っていないし、食い逃げじゃないかって帳場で騒いでるんですよ」

それを聞くと、ジャンヌは、どうしたのか、ホッとした表情を浮かべて、僕を眺めた。

「まア、よかった……あの色魔、やっと退散してくれたのね。今だからいうけれど、あんな気持の悪い奴ってなかったわ。あたしの後をつけ回して、イヤラしいことばかりいうの。あんたが心配するといけないと思って、今まで、黙っていたんだけれど……」

と、始めて、彼女の打明け話を聞いて、僕は仰天しそうになった。そんな貞潔な彼女の気持も知らずに、無用な嫉妬に身を焦がし、剰《あま》っさえ、殺人まで犯してしまったとは、なんという軽率な男だろう。

われ過てり！

僕は、午前中、その言葉を心の中で繰り返した。だが、徒らに、わが身の愚と過失を悔んでる場合ではない。およそ、殺人犯のとるべき態度に、二つある。口を拭って犯行を昏《くら》ますか、潔く自首するかである。僕は到底、前者のような度胸と悪心とを持ち合わさない。といって、潔く――というガラでもないのである。結局、あの夜半の恐怖を脱れるために、シブシブ今日の午後に、カレー警察署へ出頭する覚悟をきめたのである。僕が自首したら、青年もなんとか成仏して、夜半の襲来を思い止まってくれるかと思ったからである。

だが、僕は、ジャンヌに犯行を告白する勇気はなかった。ただ、彼女に心ひそかに別れを告げるべく、最後の昼餐のつもりで飛び切りの葡萄酒と素晴らしい料理を註文しただけであった。

僕は涙と共に、最初の一盃を飲み干した。憐れなるジャンヌは、僕の心なぞ少しも知らずに陽気に飲み、盛んに食べた。

「ええ、カレー新報正午版……只今出ました正午版……大事件記載の正午版……」

食堂の入口で、新聞売りの小僧が怒鳴り始めた。脛に傷もつ僕は、ギクリとした。新聞を買おうか、買うまいかと、僕は長い間迷って、結局、すべての重大犯人の心理に従って、ボーイを呼んで、一枚を買わした。

海峡横断の新記録！

モノモノしい活字で、標題が書いてある。

曾てドーヴァー海峡水泳横断の記録をもつビアン・ナージュ氏は、先日来当地のカレー・ホテルに滞在再挙の期を窺っていたが、昨夜月明を利し、遂に夜間横断の快挙に出でた。しかも、今回は水泳着にも着換えず、着衣靴履きのままにて、悠々と三十四キロを泳ぎ切ったのは、前代未聞の記録にて、且つ何人も永久に破る能わざる記録なるべし。

「まア、なんて、素晴らしい壮挙！」

新聞を覗き込んでいるジャンヌが、跳び上って、手を拍った。

「でも、ビアン・ナージュ氏は、このホテルに泊っていたのね。惜しいことをしたわ。サインでも貰って置くのだったのに……。あら、あの男よ、あの青年よ、ここに写真が出てるわ！」

指さされた写真版を見ると、まさにかの青年である。僕は唖然として、暫時、口が利けなかった。だが、嗚呼、僕は救われた。もう、幽霊の出る心配はない。僕は殺人犯から、一挙にして、世界記録樹立の幇助者に出世したのだ。僕は滅茶苦茶に嬉しくなって、葡萄酒を矢鱈に飲んだ。

僕はその午後、とても陽気だった。

「ウム、どうも、あの青年は、見どころがあったよ」

と、大いに青年を賞揚したのである。だが、不思議なことに、僕が陽気になるに従って、ジャンヌが陰気になってきた。彼女は僕に向って、一言も口を利かなくなったばかりか、遂に、頭が痛いといって、部屋に引き籠ってしまったのである。

僕は、仕方がないから、町のキャフェへ行って、ビリヤードに耽ってきた。夕方になって、もう彼女の機嫌が直ったろうと、部屋に帰ってみると、彼女の姿の代りに、一通の手紙が、テーブルの上に、僕を待っていた。

ジョルジュよ、永久にサヨナラ。

あたしはビアン・ナージュ氏の好意を無にしたことを詫びに、これから英国へ出発します。あたしは、急にあの人のことが忘れられなくなりました。あたしは海峡を横断したあの人の力強い腕の中に、すべてを忘れて抱かれてみたいの。

ジャンヌ

☆Fisher 兄弟の“Mon Crime”という短篇を一寸面白いと思ったが、生憎、手許に原本が見つからないので、記憶のままに、こんなものを書いてみた。原作は、確か一人称の書簡体になっていた。固有名詞はいい加減だし、原作と同じ文句は、たぶん、一行もないのではないかと思うが、大いに翻訳小説臭く書き、ともかく作意だけは、伝えたつもりである。

こんな面倒なことをするより、創作の方が早いかも知れないが、これを書くのに、一つのタノシミがあった。それは、僕が外国で生活していたことを知ってる友人や読者は、この作の、少くとも途中まで、一パイ担がれやしないかというタノシミである。彼奴、図々しく自分の惚気を書きやがってとでも、思ってくれたら、〆めたものである。

〈昭和十五年一月・ユーモアクラブ〉

霊魂工業

一

多能木《たのぎ》先生は、西銀座×丁目を歩いていた。櫛の歯が欠けたように、大通りに面して、路地が沢山ある――そのうちの一つに、「酒の店××」という看板を、眼にとめた。

――関《かま》うもンか、飲んでやれ。

少しムシャ・クシャする事があるので、そういう気になった。尤も、多能木先生の職業から云って、飲酒は少しも差支えないわけだ。ことに日本酒を飲むことは、美徳みたいなものだ。拝殿から下げた神酒《みき》を、信者にも分けるが、彼自身の腹の中へ処分するのが、一番粗末にならない事になってる。だから、晩酌は必ずやってるが、料理屋で飲むんだって、ちっとも関うことはない。ことに、何々閣と云うような御殿風の家の大広間で、少しケタ外れの散財をするなぞは、宣伝上、進んで行うべきことになってる。ただ、日中、こんな薄汚い路地の中の、会社員なぞが行くような酒の店に這入るのは、どう考えたって、慎しまなければならない。しかし、酒の虫の呼び声は急だし、それに、一番重大な理由だが、懐中が甚だ軽いのだし――

そこで、多能木先生は、まだ盛塩もしてない入口を、思い切って跨いだ。

「おい、酒だ」

大きな声をだすと、やっと奥から割烹着の主人が出てくるような、人影のない店だった。

「お酒は……」

「なんでもいい、辛口なら」

ロイド眼鏡に、髭を生やした、不愛想な酒場の主人は、うしろを向いて、白鷹の樽の呑口を緩めた。多能木先生は外套の襟に顎を埋めて、もの思いに耽っていたので、やがてチロリとお通しが、眼の前に列ぶまで、ボンヤリしていた。

青柳の串焼きを齧りながら、お猪口を二、三杯あけた時分、

「失礼ですが」と、ヒッソリした店の沈黙を、主人が破って、「もしやあなたは、多能木先生じゃありませんかしら」

ギョッとして、脱獄囚が鉄砲を突きつけられたように、彼は返事もできなかった。

「ええ。しかし……」

「どうも、そうだろうと思った。豊川ですよ、僕」

「アッ、豊川先生ですか。これアどうも……」

奇遇である。××県の中学校で、多能木先生は国文、豊川先生は数学——共に教鞭を握った仲ではないか。しかも、多能木先生は姓の発音から、タノギを「狸」、豊川先生は文字の聯想上、「稲荷」と生徒から呼ばれて、まんざら縁のないこともない綽《あだ》名《な》を持ち合った仲だ。狸と稲荷が相携えて、新地のうどん屋で酒を飲んだことも、一度や二度はあった筈だ。そのうち多能木先生は恩給を待つのがバカバカしくなって上京し、いろいろ辛酸を嘗めてるうちに、年賀状もご不沙汰の間柄となって、同僚もまた教壇を去ったことを知らぬのは道理だが、その豊川先生が同じ東京で、酒の店を開いていていようなんて——

「変りましたねエ、豊川君」

「やア、まったく、面目次第も……」

主人は地の透けて見える頭を、シオシオと掻いた。ロイド眼鏡は老眼であろう。口ヒゲはだいぶ霜が降ってる。——昔は、ノッペリした、美男のお稲荷さんだったんだが。

「しかしまた、ずいぶん面白い商売を、お始めになったですなア」

多能木先生は多少の優越感をもって、訊いた。

「なにか時勢に適した商売で、一旗挙げようと思って、考え抜いた挙句、これを始めたんですが……やはり、駄目です。われわれは理窟に捉われるからいけません」

「というと?」

「なにね、東京へ出て、世相を見渡してみると、誰も彼も、不満な険悪な精神状態に堕ちてることが、よくわかったのですな。これを正当に慰安する道は、まったく無い。映画やスポーツが流行っているが、これア空腹に水を飲むようなものだ。やはり、霊魂と云いますか、大脳中枢――と云いますか、そういう処へ、満足を与えてやらなければいけない。しかも、簡便に、廉価に、スピード・アップで、満足を与えなければいけない。すると、これは如何《どう》しても、酒に帰着すると考えたのですなア」

「なるほど。そこで、酒の店というわけですな。ハッハ」

「いや、笑われても仕方がないです。実際、これアきっと儲かると、一時は確信したンですよ。でも、未だに理論的な誤りはないと思っています。東京中に酒の店が、僕の家一軒きりだったら、これア儲かりますなア。ハッハッハ」

「ハッハッハ」

と、二人は声を合わせて笑い出したが、やっとそれが静まると、主人が云った。

「時に、多能木君。あなたは目下、如何いうご職業です？」

「僕ですか……」

今度は、多能木先生が頭を掻く番がきた。

多能木先生は早く東京へ出ただけに、随分いろいろの仕事をしてきた。初め生命保険の勧誘員をして、東京上中流の家庭を歴訪してる間に、いかに多くの人が医学に依らざる病気の治療を欲してるかを知った。帝都の市民は、財産と地位があるほど、科学や論理を軽蔑する傾向があるのを知った。そこで、彼は民間療法に目をつけた。紅療法をやった。石油療法をやった。温灸をやった。掌療法をやった。オステオパシイをやった。そのなかで、当ったものもあれば、まるで縮尻《しくじ》ッたものもあるが、結局、こういう療法というものは、自動車のボディのように、とかく流行り廃りがあって、決して安全な職業と云えないことがわかった。その上、二、三年前から、怖るべき強敵が現われて、彼の前途を暗くした。

それは、「人間道」や「生命の家」なぞの教団の出現であった。前者には「おくりかえ」という儀式があって、あらゆる病気は、極めて単純な手続きで、一切教祖の体へおくりかえされる仕組みになっていた。後者はさらに簡単で、教団で発行する書物を読みさえすれば、早起きなぞしなくても、病気は忽ち癒るのであった。そして両者とも強力な資本を擁し、百万円払込みの純然たる株式会社組織のものもあった。それはどこまで伸びてゆくかわからぬ勢力で、とても紅や石油の力で、対抗すべきものでなかった。

多能木先生は、そこで、方針を更《か》えた。南の郊外から北の郊外へ居を移して、破産株屋の大きな別荘を借り受け、「霊の素」教団を開くことになったのである。もともと彼は国文に素養があるので、神祇史に通じていたが、山嶽宗教や特殊神崇拝は時勢向きでないことを知って、神体は原始の「大本霊」というものに定めた。これは後に、矢野目博士問題が起きて、国体明徴が喧《やかま》しく云われた時に、布教上、非常に役に立った。建国神と聯関し、或いはモデファイして、いろいろに説教できるからである。

多能木先生は己れを知るので、自分は決して教祖や教団主の位置に立たず、布教師或いは執事として甘んじた。これも、信者の人気を集めるのに力があった。ただ、「大本霊」と信者との接触をはかるのに、何等かの楔《くさび》がなければならなかった。そこで彼は霊媒を連れてきた。「霊媒さん」は予言、占断、疾病の原因なぞに就いて、大本霊の意志を伝達するので、教団で非常に重要な位置をもった。多能木先生は霊媒さんの言葉の註釈者、補足者にすぎなかった。

昨年は多能木先生の事業の絶頂であった。教団のある町ばかりでなく、旧市内からも信者が集まった。土地の有力者、北郊銀行の頭取が信者になり、出資とも喜捨ともつかぬ金を回してくれた。教団の道場は改築され、森厳なファーニチュアの類が俄かに殖えた。

だが、今年になって、二つの災難が、多能木先生を襲った。時勢を考えた多能木先生の説教が、時にファッショ的激化を示すので、次第に北郊銀行頭取の気色を損じたのである。そうして時も時、本元教の検挙があったので、頭取は一層怖気《おじけ》を顫《ふる》い、資金の回収を彼に迫ってきた。

さらにもう一つの災難というのは、教団の宝となってる霊媒さんが、ふとした口喧嘩が基で、多能木先生の許を逃げ出してしまったことである。霊媒は普通人でないから、つまらない事に腹を立て、また腹を立てたら容易になおらない。そうして自分の生活を保証してくれる教団を、平気で飛び出してしまったのだが、これは多能木先生に致命的な打撃を与えた。霊媒さんがいないでは、「大本霊」の能力も、マイクなしの放送みたいなことになるではないか。

多能木先生は、新しい霊媒を探すのに、血眼になった。今日も築地方面に、老婆の霊媒がいると聞いて、首実検に出かけてみたのだが、これは旧式な口寄せ巫女にすぎなかった。その落胆や、事業の前途を思う焦躁が一緒になって、多能木先生自身が霊媒さんのような呆神状態に墜ち、築地からブラブラと尾張町まで歩いてきて、さすがにハッと雑沓に気がついたが、急に酒が飲みたくなった。そこで、人目を避けて裏銀座へ出て、適当な家を物色しているうちに、図らずも豊川先生の経営する店へ飛び込んだというのは、やはり「大本霊」の働きによる奇蹟でもあろうか。

「……と、まア、云ったわけで」

と、多能木先生は右に述べたような経歴を、もう少し体裁よく語り了《おわ》った。職業柄、秘密主義の彼が、ともかくこれだけ腹を明かしたというのは、今日の気分と、旧友に逢った喜びが手伝ってるわけだが、既に三本も列んだチロリが、大いに与《あずか》って力あるのである。「なアるほどな」と、酒の店の主人は腕を組んで、「昔から、学生操縦の腕前でも、多能木君は役者が一枚上だったが、さすがに着眼点が大きいわい」

と、吐息をついて、感心してしまった。

「いや、これが昨年の勢いだったら、豊川君に逢っても鼻が高いわけですが、なにしろ、いま申したとおり……」

多能木先生は下を俯向いて、冷えかけた酒をグッと干した。

「本元教が弾圧を食う世の中ですから、やりにくいでしょうが、しかし……」

「いや、弾圧は信者を一層ファナチックにするから、寧ろ歓迎なンですが、霊媒がいないのは参るですよ。手足をモぎとられたというより、首をチョン切られたようなもンで……」

「そういうもンですかな」

主人も旧友の苦境が次第にわかってくると、気が沈んできた。流行らない酒の店の昼中のことで、ヒッソリと声もなく、柱時計の振子の音ばかり高いのは、二人に陰気な教員室を思い出させるに充分だった。

「霊媒というのは、やはり、宗教を修行しなくちゃアいかんのでしょうね」

突然、主人が訊いた。

「なアに、子供でも、白痴でも、感応力さえもってれば、誰でもいいのです。ただ、その感応力というやつが、滅多にない代物で……」

と、多能木先生は溜息を洩らした。すると、主人が、

「実は、店へくる常連で、不思議な客があるンですがね」

と、声を低めて語りだした。

その客が来始めてから、もう三月にもなるだろうか。最初は、まったく注意を惹かない平凡な客で、隅のテーブルへ陣取って、チビリ・チビリ飲んで、二時間もいると、黙ってスーッと帰ってゆく。一体、こういう酒場では、二、三度も顔馴染みになると、一客は主人を捉えて愚にもつかぬおシャベリをしたがるものだが、その客に限って、一切口を利こうとしない。酒の替りが欲しい時には、黙ってチロリを揚げて見せる。勘定の時も、胸算用をしているのか、大凡の銀貨や紙幣を列べ、無言で釣銭を持って帰る。なんというおとなしい客だろうというのが、そもそも主人の注意を喚起した動機なのだが、その客が時々ボソボソと独言をいう癖があるのを知って、一層不思議に思

った。しかもその独言が、「明日は雨だ」とか、「慶応の勝ちだ」とか「今度は解散だぞ」とか、いちいち予言的性質を帯びているばかりか、翌日になると俄かに雨が降ったり、勝つ筈の早稲田が野球に負けたり、議会が解散になったりするので、主人も今では不思議を通り越して舌を捲いてるわけであった。少くとも天気予報だけは、気象台よりもこの客の呟きの方を信用して、雨と出たら料理材料の仕込みを控えるようにしているのである。

「……とにかく、よほど変った人物で、こういうのがいまのお話の感応力というやつではありますまいか……」

と、主人は話を結んだ。とたんに、多能木先生はチロリを顚覆させんばかりに、テーブルを乗り出して、

「と、豊川君！　会わせて下さい、その人に、会わせて下さい？」

「お易い御用です。大抵、毎晩八時頃になると、店へ姿を現わしますからね」

二

酒の店「××」の不思議なお客、真鍋宜十郎は、いろいろの経緯があったものの、結局、「霊の素」教団の道場に、朝夕を送る身となったのである。勿論、多能木先生の執拗巧妙な口説き振りと、豊川先生の熱心な慫慂《しょうよう》が、効を奏したに違いないが、本

人の真鍋宜十郎が牛を馬に乗り換えるというような突飛な就職を、あまり突飛と考えないような性格に生まれついてることが、話を円滑に運ばせた因であろう。

奇人と云えば、それまでであるが、真鍋宜十郎は容貌からして、よほど常人と異っていた。千疋屋に、何という名だか、彼の膚《はだ》の色に似た果物があったと思うが、淡紅色の薄い皮が、光沢がない癖に、いやに多くの水気を含んで、ちょいと突けば、チュッと液体が流れ出しそうなのである。だから、血色が好いようにも見えるが、白眼はドンヨリと濁って、瞳が動かず、唇は意気地なく、いつも半開きである。極端な無精とみえて、赭《あか》い疎《そ》髯《ぜん》が一寸も伸び、それに鼻水が溜っても平気のようだ。ただ、瞼の皮と、両手の指尖きが、ゼリイのようにいつも戦慄を起しているのが、まさに静中の動であろう。一体、彼の年齢は幾つかと訊かれた人は、正確なところ、三十以上五十以下と答えるより仕方がない。まことに若いような老人のような人物で、一見痴呆のように鈍感な印象を与えるが、時に油断のならぬ警句を吐くこともあり、すべてに於て、捕捉しがたい人物とは、彼の如きを云うのだろう。

彼は自分の素性や身分を、少しも語らなかったが、そんなことは多能木先生にとって如何でもいいので、ただ感応力があるか無いかが大問題だったのに、倖いにも、成績はO・Kであった。人払いをして、神殿に数十分彼を坐らせて、ジッと様子を看ていると、瞑目した奇人は、遂に体を前後左右に振り立て、扇風機のような唸り声を発し、それがやがて暗中の礫《つぶて》のような神秘な言葉と変ってゆく――疑いもなく、これは鎮魂帰神の現象でなくてなんだ。

尤も、エクスタシイに陥った時の真鍋宜十郎の言葉が、酒の店の主人が保証したように、果して正確な予言の効力をもつかどうかを、多能木先生はあまり問題にしなかった。これは職業の秘密というべきものであろう。要点は、神懸かりになれるかなれぬかという処にあるので、予言の適中性は自から別問題なのである。

こうして、教団の新しい霊媒さんは、信者の前に姿を現わすことになった。白木綿の着物と袴のユニフォームは、彼の不思議な容貌と、ひどく調和した。誰が見たって、昨日まで銀座裏の酒場でトグロを巻いてた男とは思えないのだ。

「不足があったら、なんでも遠慮なしに云って下さいよ」

多能木先生は前の霊媒さんで懲りているので、万事不行届きのないように、食物や寝具にも充分気を配っているが、なお念を押して、そう訊いた。

「酒をね」

「ええ。それアわかッてます」

真鍋宜十郎が酒好きだとは、初めから承知のことだから、晩には三本宛《ずつ》膳につけている。酒量のない男と見えて、それで堪能してるらしかった。しかし、多能木先生が、なにか不足はないかと訊けば、いつも判子で捺したように、

「酒をね」

と、くる。

多能木先生は頭を捻って、一升二円七十銭の酒から、一躍五円の「松竹梅」に変えてみた。それでも、彼の「酒をね」の癖は改まらないのである。

「霊の素」教団には、「午の粥」というものがある。

これは「人間道」の朝飯会に倣ったものだが、さすがに原案者の智慧は素晴らしいと、多能木先生も感心している。毎朝早暁に起きて、散歩をして、精神統一をして、質素な朝飯を食う――これなら「おくりかえ」の手間を煩わさずとも、大抵、健康は保証されるわけだ。多能木先生もこの真似がしたいのだが、職業道徳上それは許されず、人造真珠のような「午の粥」を考案したのである。と云って、この方の智慧も馬鹿にならない。新市域に多いサラリー・マンの細君達は、自然、「霊の素」の信者にも多いわけだが、彼女等は一人で寂しい昼飯を食うより、お饒舌《しやべり》しながら大勢で食う方を喜ぶし、また日本人の悪習慣である朝飯の過食を、一度の粥によって、よほど軽減せしめることができる。「霊の素」に入ってから、胃の工合が大変良いとは、彼女等のみならず、地主の隠居や米屋の主人なぞの信者も、口を揃えて語るところである。

で、毎日、約三十人前の粥を、多能木夫人が指揮して、貧乏な信者の細君達に炊かせるのであるが、白米は毎朝「大本霊」の前に供えて、その霊気を移し取ってから、炊事場へ下げる順序となっている。

ある朝、多能木夫人が、神米を下げに拝殿へ行くと、意外な光景を見て、

「あッ」

と、声を揚げた。

霊媒の真鍋宜十郎が、祭壇の白い神酒徳利を口にあてて、ラッパ飲みをしてるのである。

彼女はすぐそれを、良人に告げた。

「黙っていろよ。誰にも話してはならん」

良人は可怖《こわ》い顔をして云った。

それから多能木先生は、怠らずに真鍋宜十郎の挙動を観察していると、神酒の盗み飲みは毎日のことであるばかりか、近所の酒屋へも屢《しばしば》と、枡酒をひッかけに行くことがわかった。分量はほんの僅からしいが、不断に酒気がないと、我慢ができないらしい。

——アル中だな。

多能木先生は、遂に看破した。アル中も、ありきたりの生優しいものではなく、精神病学者が酒客譫妄症《しゆかくせんもうしよう》と呼ぶような症状を、立派に備えてることがわかった。幻聴、幻覚——そういうものが、真鍋宜十郎の眼や耳をしばしば襲って、白日の夢と現実が

継目のない世界を、彼の頭の中でつくり上げてるらしかった。

「あの行列は、素晴らしかったですなア。バス通り一杯に、燦然たる金色の童子が行進したですからなア。しかし、あのまッ白な象の曳いて行った樽は、あれアなんです……いいえ、今朝のことですよ」

こういうことを、大真面目で、度々聞かされると、多能木先生もかなり気味が悪くなった。しかし、

「喜んで下さい。僕もやっと、大本霊の御姿をハッキリ見ましたよ。もう大丈夫です」

なぞと云われては、少し呆気にとられるけれど、結局、本職の霊媒さんと何の変りもない真鍋宜十郎を、むやみに手放すわけには行かなかった。

ただ、外の酒屋の立飲みや、神酒の盗み飲みは、如何あっても止めて貰わなければ、体裁が悪いので、その後は朝、昼、晩と、三度のお銚子を、食膳につけることにした。

それで、真鍋宜十郎の悪癖は、ピタリと止まった。彼の行う鎮魂帰神は、次第に冴えてくるようにみえた。もし、信者に樽柿のような息を吹き掛けさえしなかったら、まったく理想的と云っていい霊媒さんであろう。

三

ダ、ダン、ダ、ダン、ダン……。

多能木先生が拝殿の太鼓を、渾身の力を籠めて打ち鳴らすと、「霊の素」教団の一日の作業が始められる点で、工場のポーと似たものがある。その音を聞いて集まる信者達は、労働者に劣らず勤勉だ。祝詞《のりと》の声も、聞きようによっては、ベルトの唸りのように荘重だ。祭壇に散る霊の火花も肉眼で見えるとしたら、きっと酸素熔接の青い炎のようなものであろう。

そうして、「やまとばたらき」に至っては、純然たる筋肉労働だ。男も、女も、信者は悉《ことごと》くムササビのように脚を突ッ張り、

「曳《えい》！　応《おう》！」

と、大声を発しつつ、全身を揺する。忽ち、滝のように汗が流れる。丹田から爽快の気が湧いて、全身を巡る。これを、日本体操《やまとばたらき》という。

それから、急に静止の状態に入って、大本霊の前の一時間の瞑想だ。冷たい板の間に、一切の邪念を払って、銀行員よりも黙々と静かなる勤行だ。

そして「午の粥」になる。

細長い白木のテーブルに、梅干と沢庵を入れた小皿が、ズラリと列んでいる。信者

が席へ就き、水分の多い粥が配られるが、すぐ食うわけではない。多能木先生が立って、相撲の立会いのように両手を拡げて首を垂れる。信者がそれに倣う。天地の恩を謝する儀式である。それから後は、ゾロゾロと粥を啜る音、女信者の爆発的なお饒舌……。

この間、真鍋宜十郎は如何しているかというと、拝殿の横の六畳の襖を閉め切って、ただ一人、ゴロンと寝転んでいるのである。朝酒の酔いが醒めかかり、昼酒にありつくにはまだ一時間の辛抱という時こそ、彼にとって真に耐えがたい地獄である。

「えい畜生、飲ましゃアがれ……うう、なんてエ世の中だ」

彼は畳の上を反転して、呻く。恐らく彼も、人生の違和を調節すべく酒を飲み始めたのであろうか――とかくかかる場合に、人生へ苦情を云うことを忘れないのである。だが、多能木夫人が昼の膳を持って、襖を開けるとたんに、彼は忽ち生気を吹き返し、キチンと坐り直して、別人の如くなる。

これは、是非そうなってくれなければ困る。

三合の酒が済んで、午後一時になれば、真鍋宜十郎の受持ちの時間だからだ。「やまとばたらき」も、「午の粥」も実は教団の献立として、オウドウヴルだけの価値でしかない。信者達のキュウ・キュウと鳴る空腹を充たしてやるのは、真鍋宜十郎の出場する午後の「霊問」である。これは非常に疲労する作業であるから、せいぜい

二、三回行うにすぎず、時間も一時間半ぐらいであるが、希望者は甚だ多く、前以て多能木先生に予約の申込みをしなければならない。従って、お思召しという料金も、三円から五円が普通で、もし「霊問」の結果が良く、信者の階級も良ければ、百円五百円の喜捨金となって、教団の基礎を固くすることが、決して珍らしくないのである。で、その日の「霊問」の時のことなのだが——

控室には、既に三人の女が待っていた。それは、ちょいと医院の待合室の雰囲気と似たもので、人々は陰気臭く、黙りこくッて、膝に手を置き、自分の番を呼ばれるのを待っている。それにしても控室はまるで婦人室のように、殆んどいつも女性で満たされるのは、如何いうものであろうか。婦人と宗教の関係は密接だというけれど、不満の多い日本人のうちでも、とりわけ日本婦人が魂の怪我や病気をする機会が多いのだろうか。

多能木先生が這入ってきた。霊媒さんと同じように白装束だが、黒紋付の羽織を着てるところだけ違うのだ。

「どうぞ」

最初に、拝殿へ連れてゆかれたのは、料理屋の女将風な、四十女である。

「お座敷の建て増しをなさるに就いて、戌亥《いぬい》がいいか未申《ひつじさる》がいいかと仰有《おつしや》るのでしたな」

と、多能木先生が訊いた。

「ええ、辰巳へ持ってきたいンですけれど、生憎道路へ掛ってまして……」

多能木先生はポンポンと拍手をうち、それから例の相撲式の礼をやって後、祭壇の御簾の奥に向って、貨物列車の通るような、緩い、長い言葉を列べた。

沈黙が続いた。

婦人も、多能木先生も、ジッとうなだれていた。

すると、祭壇に背を向けて端坐していた真鍋宜十郎の体が、嵐の中の樹のように、左右に揺れ始めた。彼の額から、ポタポタ汗が垂れてきた。やがて、彼は非常に苦しそうな唸りを発した。産婦の呻吟とよく似た声だ。その声が、だんだん高潮すると共に、母音らしい形をハッキリ表わしてきた。

「……イ……ヌ……イ……」

そう云い終ると、真鍋宜十郎の唸り声が次第に弱くなって、やがてパチリと眼を開いた。しかし、額一面汗に濡れ、肩で激しく呼吸をしている。

「戌亥がよろしゅうございますな」

多能木先生は、礼拝をしてから、云った。

「ありがとう存じました」

婦人は晴々とした顔になって、篤く礼を述べて、控室の方へ去った。

その次ぎに導かれてきたのは、どう見ても一度は洋行してきたような、ひどくツウ・ピースが身についた奥さんだか、お嬢さんだかで、ハキハキした口調で、

「ただ、こうお腹がつッ張ってしょうがないンですが、大学で診て貰っても、盲腸や子宮に異状はないッて云うンです」

「医者にわかる問題ではありません」と、多能木先生は重々しく云って、「ともかく、うかがって差し上げましょう」

また、祝詞があがった。沈黙が続いた。真鍋宜十郎が唸った。

「……黒豆を、煎じて、飲め……」

婦人は満足して、お辞儀をした。

「普通の黒豆で、よろしいンでしょうか」

「関いません。しかし、こちらで一度お供えしてからがいいでしょう」

多能木先生は、婦人を送り出しながら云った。

最後の婦人が這入ってくると、プーンと拝殿の嗅覚が、薔薇色の革命を起した。よほど濃媚な香水を用いてるらしい。藤色の小紋を着て、黒い羽織をかけているが、ウェーヴの細かさといい、襟白粉の濃さといい、頗る華美な目鼻立ちからいって、映画女優がパトロンに引き取られて、気楽に暮してる——そんな想像を起させる婦人である。どうも、こういろいろの女性がやってきては、宗教に付き物の色情的雰囲気を醸

しはしないかと危まれるが、多能木先生は月日教や本元教の失敗を見てるし、また霊媒の真鍋宜十郎はたぶん女性嫌忌と思われるほど、この方には冷淡なので、「霊の素」教団の風紀は、今のところ非難の余地はない。

美しい婦人は落ち着き払って、祭壇に礼をし、多能木先生に一揖《いちゆう》した。

「さきほど申上げましたとおり、ともかく、その男の生霊を呼びだして頂けばよろしいんです。わたしが云ってやりたいことも沢山ありますし、またその女と如何いう風になっているかということも……」

「でも、死霊とちがって、生霊を寄せると、その当人が疲労したり病気になったりするが、よろしいですか」

「結構ですわ。あんな男、死んだってかまやアしません。それならそれで、わたしの気が済むンですから」

美人は凄く笑った。

時々、こういう難問がくる。これは明らかに多能木先生の標榜する「霊問」の範囲外なのだが、それをいちいち断っていたら、教団の基礎に影響しよう。医者にしろ、弁護士にしろ、専門外の応需をしなければ、飯の食えない世の中ではないか。

「この教団では、本来、そういう仕事はやらンのですが……」

多能木先生は、がの字に力を入れた。

そうして、三度目の作業が始められた。霊媒は眼を閉じ、呼吸を整え、すべてが沈黙に落ちた。

だが、真鍋宜十郎は再び、パチリと眼を開いた。例に依って、油汗が顔一面を湿してるが、鎮魂帰神の妙機は遂に来ないらしい。多能木先生は心配そうに、彼の顔を覗いた。すると、気味の悪い淡紅色をした真鍋宜十郎の頬が、突然、焰のように赧くなり、眼が破裂しそうに大きくなったと思うと、

「帰れ！　貴様ッ……」

と、すさまじい大喝が、拝殿を震わせた。

「帰れ！　帰れ！　貴様は俺を捨てておきながら、まだ飽き足らんで、こんな……」

彼は仁王のように突っ立って、婦人を睨みつけた。呆気にとられた婦人は、やっと気をとり直して、負けずに叫んだ。

「誰です？　あなたは。失礼な……」

「誰です？　なにを云うか、貴様！」

真鍋宜十郎はブルブルと体を慄わせ、いきなり脚を揚げて、婦人の肩先きを蹴った。

慌てて多能木先生が、彼の体に組みついて乱暴を止める間に、婦人の髪も、襟元も、滅茶苦茶に乱れてしまった。

「覚えておいでなさい、交番へ訴えてやるから！」

怒った美人は、勿論一銭の喜捨を払うことなしに、飛び出して行った。

「なんという事をしてくれるンだ、君ア」

多能木先生は酢を飲んだような顔をして、つくづく腹の立った人間の声を出した。

真鍋宜十郎は黙って首を垂れた。いまの騒ぎを忘れたように、静かに、小さくなっていた。

もともと、素人の霊媒なんか連れてきたのが悪いので、多能木先生もそれ以上叱るのは止めて、ただ懲罰の意味で、その日の晩酌三合は取り止めることにした。

翌朝、多能木先生が朝飯の膳をもって、例の六畳へ這入ってゆくと、真鍋宜十郎はまだ寝床へもぐっていたばかりか、ニュウと出した片腕が氷のように冷たくなっていた。

医者がきた。

体を検べると、胸や背中に、鮮紅色の斑点がいくつもあった。

医者はそれを見ると、もう診察を止めて云った。

「また、青酸加里か」

四

その後、豊川先生の経営する酒の店「××」へ、恰《あたか》も真鍋宜十郎の穴を埋めるように、毎晩、多能木先生の姿が現われて、チビリ・チビリと盃を舐めるようになったのである。

「霊の素」教団は、霊媒の毒薬自殺が起きてから、成績面白からず、一時閉鎖のやむなきに到った。従って、体に暇ができ、外聞を関う必要もなくなった多能木先生が、頻繁に「××」の軒を潜るわけなのである。しかし、その酒の店「××」も、ずッと食い込み続きで、果していつまで暖簾を出していられるだろうか。

そこで、多能木先生が酩酊してくると、とりとめのないことを考えるのも、無理ではない。例えば、

「酒と、新興宗教と、青酸加里と、果していずれが有力であろうか」

なぞと。

〈昭和十一年三月・改造〉

伯爵選手

シールズ軍と全日本軍と最終試合の時に、グラウンドが後楽園から外苑に変更されて、私は不都合を感じた。後楽園なら歩いて行けるが、外苑だと、国鉄の混雑が、思いやられる。切符は惜しいけど、行くのを止めようかという気持もする。私の野球好きも、その程度のものである。なにがなんでもカボチャをつくれ、というわけのものではない。

ところが、その日になって、S社の社長が、車で行くから、一緒に見物しないかということで、これは、渡りに船だった。しかし、社長は多忙な男で、あまり野球を見ていないから、定刻に行けば坐れるものと考えてる。飛んでもない。遅くとも、正午には必ず球場に行かなければと、私は堅く注意した。

その時刻に、車が迎えにきた。社長と、R・D誌のB氏が、乗り込んでいる。あな

たも行くのかと私が珍らしがると、

「ぼくは、対巨人戦の試合だって、見てるんだよ」

と、B氏は禿鷹にムクミのきたような表情で、口を尖らす。彼も、日本多忙人中の雄であるが、二回の午後を野球のために割いたというのは、シールズ軍の来朝が何物であるかを、語っている。

「ぼくアね。今朝のY新聞にも書いたがね、見物の日本人の態度が、慨嘆に堪えんのだよ。シ軍がミスをすると手を叩くし、負けたといって、サイダーの空壜を投げるし……」

「サイダーではない。コカ・コーラの空壜である」

私は、彼の慨嘆を、訂正した。

車が外苑へ入ると、案外、閑静である。後楽園の時のような、長蛇の列なぞ見当らない。或いは、既に大部分が入場した後なのかも知れない。それならば、こちらの席も、よい場所はあるまいと、気になってくる。急いで、車を降りて、正面へ回ると、ここも、後楽園と同じように、ドル席と円席の入口がちがう。ちがうのは差支えないが、B氏は雑誌の関係上、ドル席券を持っている。われわれは、無論、円席券である。B氏も自分だけ外国人の仲間入りはできぬと見えて、われわれと一緒に見ようということになる。

円席入口のすぐ正面で、コカ・コーラとホット・ドッグを売ってる。社長は、午飯を食べていないそうで、ホット・ドッグ十本と、コカ・コーラ半ダース入りを買う。後者の提げ函を、B氏が持って、スタンドへ出ると、もうギッシリと礫《こいし》を詰めたように坐っている。その中に、徳川夢声だとか、永井竜男だとか、知ってる顔も見えるのだが、ロクに会釈をする遑《いとま》もないほど、場所獲得のために、心が急く。私が先登で、人を掻き分け、やっと頂上近くに、三人分の席を見出す。社長は、ベーブ・ルースのように横広い体を、横に揺《ゆす》りながら、私に後続してきたが、B氏の小柄な姿は、忽ち人波に呑まれてしまった。そして、再び、浮き上らないのである。私は、伸び上って、諸方を眺めたが、B氏の特徴ある光頭が見当らない。いや、今日は帽子を冠っていたと、社長がいうので、それならば、発見を諦める外ないと考えたが、気の短いB氏が、コカ・コーラ半ダース函をブラ提げて、大いに慨嘆してるかと、私は滑稽にもなってきた。

グラウンドを見ると、日本軍が打撃の練習中だった。皆、相当の当りを示していて、増設の外野補助席へ、ドンドン打ち込む。今から、そう力を出さんでも、試合になって打って貰いたいと思うのだが、日本人のハリキリ好きは、病いである。それに、今日は勝てるかも知れないと考えてるからだろう。

「あれが川上……あれが別当……」

私は、社長に教える。彼は、職業野球を、全然見ていないらしいので、そういう教え方をせざるをえない。そのうち、三塁側に、シ軍の青灰色のユニフォームが現われる。対巨人戦の時も、そう感じたが、今日は天気がいいせいか、一層イキに見える。ユニフォームなぞも、やはり洋服であるから、アメリカ人が似合うのは当然であるが、全日本軍の新調ユニフォームが、こうブイキに見えるのも、意想外であった。どの選手も、ショボショボしてるようで気の毒である。

社長は、猛然たる食慾で、ホット・ドッグを食い始めた。私は、目下胃病中で、手が出ない。日本軍に代って、練習を始めたシ軍を眺めて、無聊を紛らす外はない。

一体、日本人に野球は適してるのであるか。

私は、妙なことを考え始めた。体の大小、腕力の強弱を、必ずしも、問題にしてるのではない。また、広い外苑球場を埋め尽している、この大観衆を無視するのでもない。アメリカに次いで、日本が二番目の野球国であるのは、顕然たる事実であるのだが、一番目に比べると、原子爆弾を持つ国と持たぬ国ぐらいのヒラキがあるのではないか。この感想は実は、先年ベーブ・ルース一行がきた時に発し、今回のシ軍は、野球選手の態度や行儀の点で、それを裏書きしたに過ぎないのであるが、どうも、野球は、全然アチラのものという気がしてならない。

日本人の野球は、野球というより室球、四畳半の遊戯のような気がして仕方がない、野球は広い所でやるものだが、それを将棋盤のように分割して、一コマの面白味を追求してるようなところがある。ファイン・プレイだとか、なんとかいうのが、一コマの中の働きを、標準にしている。従って、選手の試合振りも、ファンの眼のつけどころも、ひどく個人本位である。野球は十八人でやるもの、九人のチームとチームの団体競技であることが、忘れられてる。個人の芸ばかり見せたがり、また、それを見ようとする。独楽回しの芸人と、その見物ソックリである。技神に入るなぞということを、褒め言葉にするが、技だの芸だけで、よい野球ができるものではない。どうも、日本の野球は、大切なものを置き忘れてきたらしい。それが、野球だけの過失だったら、話は別であるが、一番大切なものを置き忘れて、コセコセと、枝葉末節を追いかけてる癖は、百般にわたっている。これ、すなわち国民性である。国民性が、野球に適さぬのである――

こういう風に、日本人が日本のアラ探しをするのは、やはり国民性の一つであろうが、私もその癖を免れぬらしい。自分だけ、敗戦国民でないようで、愉快である。戦後にこんな傾向が流行するのも、無理もないといえる。私も、野球に適さない六万の観衆を、睥睨《へいげい》するような気持で、場内をズラリと見渡し序《ついで》に、コカ・コーラを持って行方不明になったB氏の所在を、あちこちと索《もと》めた。天気はいいが、風は冷たい日で、べつに舶来飲料水を欲してるわけではないが、気になったことは、やはり気になる。

だが、三塁側からネット裏のドル席を見回しても、その方角の円席を眺めても、不思議と、B氏の姿が眼に入らない。燈台下暗しということがあるから、今度は、われわれのスタンドの手近かなところを物色してみても、B氏の年輩の男すら、見当らない。私は、更に、精密な視線を送って、近い下段の左右を、一人々々、眼の届く限り、見回したのは、少し片意地の心理になっていた。

すると、私のシートから下って三段目の、やや左寄りの方向に、想いがけない人物の横顔を、発見したのである。B氏でないのは、いうまでもない。いや、禿鷹がムクんだような、当年六十歳の老ライターとは、およそ縁遠い、白皙秀眉《はくせきしゅうび》の青年の横顔なのである。

「おやッ」

私は、思わず、嘆声を発して、その横顔を熟視した。岸である。岸勝馬である。彼のような古い野球人が、シ軍の試合を見にくるのは当然であるが、その風貌が、全然昔と変らぬというのは、どうしたことであろうか。実際、私の頭に残ってるのは、彼の優れた野球の芸よりも、抜群な彼の美貌なのである。あんな好男子は、私も曾て見たことがない。大体、彼の顔は、ギリシャ的で、彫りが深いのであるが、眼と眉毛が、まったく日本的に釣り上ってる。しかも、狂信国家主義的に釣り上ってるわけではなく、精々、早川雪洲程度である。その眉毛も、髪も、黒いエナメル色をしている。そして、色が抜けるほど白い。少しも血の気を感じさせない。冷たい白さであるが、虚弱と反対の印象を与える。何よりも特色のあるのは、唇である。真一文字という形容は、彼の唇のためにできてる気がする。いつも結ばれた、肉の薄い唇であるが、その色の鮮かなこと、まるで一線の朱を曳いたようである。血の滴る刀傷といってもいい。彼の顔は甚だ高貴で、美しいのであるが、この唇があるために、残忍の気を加えるのである。私は「悪霊」というロシヤの小説の主人公が、彼に酷似してるような気がして仕方がない。

とにかく、彼は絶世の好男子であったが、その上に、日本を三百年間支配した一族の息子でもあった。そして、維新の功労者である岸家の養子となり、たしか身分は伯爵であった。血は争われないというのは、彼のことで、彼の美貌も、傲岸冷血な態度も、その出生を外にして考えられないのである。ただ、驚くべきことは、彼が未だにその美貌を衰えさせないということである。あれから、三十余年を経過してるのに、少しも容貌が変らないとは、なんたる奇蹟であるか。尤も、服装だけは、明るい灰色のギャバージンで、鍔広の帽子と共に、ひどくアメリカ好みに変っているが、却って、それが似合う。ピストルでも、ポケットに忍ばせているとしたら、なおさら、彼の放恣無慚な性格にハマリそうである。

私は、暫時呆然として、彼の横顔を見ていた。他人の空似ということはない。彼ほどの性格的な好男子は、二人と世にあるわけがないからである。しかし、ふと、私は古い記憶を思い出して、再び心に嘆声を発した。

「バカな……。彼は、もう二十年ぐらい前に、死んでいるではないか」

貴族院議員伯爵岸勝馬の写真と、黒枠とを、私は確かに新聞で見た覚えがある。あの岸勝馬も、遂に死んだのかと、感慨無量だった覚えがある。死んでしまった人間がいかに絶倫の野球児であったにせよ、このスタンドに姿を現わすわけはない。私の眼の迷いにちがいない。しかし、彼のような好男子が、再び世に現われたということは、私にとって、それに劣らぬ不思議さである。実に、他人の空似にせよ、なんと瓜二つであろうか。なんという美貌であろうか。私のすぐ前にいるフラッパーが、私が上から見てるとも知らず、ウットリとその横顔に見惚れてるではないか。

「そうだ、岸勝馬は、すでにこの世の人ではない。しかし、彼に完全に匹敵し、酷似する美青年が、ここに一人いる」

私の認識は、そこまで合理的になったのであるが、その間も、私は絶えず、その美青年を注視し続けた。すると、今度こそは、奇蹟が起ったのである。レフトの方向から、一陣の風が吹いてきて、彼のアメリカ風の鍔広の帽子を、心持ち吹き上げたのであるが、その時、彼はおもむろに右手を上げて、帽子の位置を直した。彼も、恐らく、岸勝馬と同じように、身躾《みだしな》みのいい青年だったのだろう。しかし、その蒼白い、そして逞しい指が、帽子の山にかかった瞬間に、キラリと輝いた指環と宝石が、私をギョッと、血の気を失わしめたのである。それは、岸勝馬が、その昔、指にしていたのと、ソックリその儘なのであるからであった――

その頃、東京で野球をやってるのは、慶応、早稲田、一高、そして学習院だけであった。勿論、野球は学生だけのものであり、大学野球といっても、早慶二校のみであった。それに対抗して、高等学校の一高が屢〻、凱歌を揚げることがあったのだから、偉とするに足りるが、一番弱かった学習院も、現在の六大学リーグの東大（昨今は元気であるが）の位置よりも、懸隔が少なかった気がする。

しかし、学習院チームは、およそ特色に乏しかった。術の慶応、力の早稲田、熱の一高という風に、チームの性格を大別できても、学習院となると、摑みどころがなかった。強いていえば、上品でノンビリした野球で、底力がなかった。それに、選手の粒が揃わず、ひどく技倆の落ちる連中が、混っていた。その頃は、どこもチーム・ワークに欠けていたが、殊に、学習院がそうだった。それが、ともかく、早慶と試合ができたというのは、三島投手と岸捕手のバッテリイのお蔭だった。

この二人は、特別に光っていた。三島投手は、小説「不如帰」の武男さんのモデルだとかいわれた子爵の弟で、野球の外に、ランニングの選手でもあった。大きな体で、赭ら顔に、口髭を蓄えていた。学習院高等科生のくせに、昔の学生は、大人臭い真似をしたものである。しかし、声が女のように甲高く、態度が紳士的なので、有名だった。審判に文句がつくようなモツレができた場合、この人は、ひどくアッサリ譲ってしまうのである。

だが、捕手の岸勝馬は、そうでなかった。彼も、喚いたり、飛び出したりする選手ではなかったが、黙々たるうちに、闘志満々、どんな強敵をも冷笑するような、不敵な面魂で、また技術も、飛び抜けていた。当時は、難球を外さず、そして二塁に好速球を投げ得れば、名捕手の資格充分の時代であったが、岸は、その点、誰にも劣らなかった。少くとも、一高の捕手より、彼が数倍優れ、その上打撃もきいた。実をいうと、三島の投球は素直過ぎ、岸捕手があるために、このバッテリイの名が謳われたので、岸は学習院のピカ一選手だったのである。

私は、その頃、慶応普通部の四年生だった。もっと正確にいうと、早慶戦が中止となって、翌々年あたりのことである。早慶戦は中止となっても、あのように長期間にわたるとは、誰も考えず、両大学は内容充実に大童《おおわらわ》で、他日の決戦を期していたと思われる。

その頃に、岸勝馬が慶応に転校するという噂が立ち、われわれ中学生も胸を轟かせた。岸が加われば、母校の野球部は俄然強力となる。当時、塾には空前の名手福田捕手がいて、捕手の必要はないが、一塁に穴があり、岸はそこへ回されるという噂で、そうなれば、完璧のチームができあがると、私たちは喜んでいた。

或る日、その噂が実現された。しかも、それが、私達の教室に於てなのである。岸勝馬が、私達と同じ制服を着て、私達の四年B組へ入ってきたのである。私達は驚倒した。岸といえば、もう立派に大人である筈なのに、私達チンピラに伍して、机を並べたのである。

事実、岸は、小人島へ流れついたガリヴァーであった。体は私たちの倍ぐらいある印象を受け、顔も態度も、完全なオトナであり、第一、髪をキレイにわけていた。中学生が髪をわけるなぞ、戦後の現象で、当時は破天荒のことだった。

その上、驚いたことに、彼はお供をつれてきてるのである。書生風の男だが、教室にも一緒に入って来、授業中は外で待ってるのである。そして、岸はその男を対手に、放課時間中、キャッチボールを試みるのである。従って、グローヴをいつも携帯し、グローヴに塗るタールの罎と共に、教室の黒板の裏に置いとくのである。学校が退けても、それっぱなしである。まるで、グローヴなぞ幾つ盗まれても平気という態度で、それを宝物のように大切にする私達は、度胆を抜かれた。

そのうちに、もっと驚くことができた。岸が指環を嵌めてることを、級友が発見したのである。稜形の金台に、なにか黒く輝く宝石がついた指環である。これは、髪をわけること以上に、私達の眼を驚かせた。当時の中学生で、学校へ指環を嵌めてきたのは、全国中に彼以外になかったことを、私は断乎と保証してよい。

彼の態度は、いつも傲然としていた。まるで、私達は眼中にないのである。野球部関係の同級生が、岸さん、岸さんと、側へ寄っても、まるで、返事もしないのである。私達を平民のガキと思うのか、乳臭のチンピラと見るのか、てんで対手とせずなのである。

ただ面白いのは、授業が始まってからだった。彼ほど何も知らない学生を、私達は見たことがなかった。クラスの最劣等生よりも、彼は無能力だった。数学や英語で、教師に指名されても、一切無言である。聞けば、彼の年齢は、学習院高等科を卒業するほどなのに、まだ中等科生だったそうである。あまり落第をし続けるので、退学するか、転校をするかという運命に墜ち、私達の学校を選んだものらしい。私達の学校も、今とちがって、当時は非常にルーズだったが、中等学校を出ていない者を、大学部に編入するほど、無茶でもなかった。野球選手で、岸と同様に、普通部に籍を置いた者は、他にも数人あった。

岸の入学は、クラスの異彩というより、椿事に近かった。さすがに、岸も、あまり学課ができないので、体裁が悪くなったのか、遂に休課の日が多くなった。しかし、教室へは来なくても、グラウンドには顔を出すようになった。

岸は、本選手のユニフォームを着て、練習に加わっていた。美男子だが、肩幅広く、隆々たる筋骨で、弾丸のような球を投げ、自らもそのような球を怖れなかった。当時、球を怖れないというのが、選手一人前の資格だったが、岸はまったく眼中球なき態度である。そして美技を演ずる。だが、練習振りが、いかにも自分勝手で、水に油が混ったようである。速いモーションで球を回すというようなことは、一向やらない。彼は学習院流の野球を、そのまま慶応球場に投げ込んで、頑として変えないといった態度である。また、先輩選手の桜井とか、古川なぞに対しても、傲然として頭を下げない。従来の新人選手の態度と、全く異っている。そして、彼だけが、長髪にしている。例の指環を手から放さない。

そのうちに、練習試合が行われ、岸は一塁を守った。ところが、走者として正一塁手のMが、一塁に出た。誰が見ても、岸の方がMより上手で、やがてMの位置は岸に奪われることがわかっていた。運命の二人が、一塁のベースに於て接触したのだから、自然、火花を散らすのである。争いを挑んだのは、Mの方だったかも知れないが、塁に戻るフリをして、岸の脚を蹴った。さア来いキタレというのが、岸の態度で、シャモのように脚を蹴返すばかりでなく、投手の牽制球を、わざとドシンとタッチしたりする。よく草野球で、やる手である。そのうちに、打者が球を打って、Mは走り、取組み合いまでには至らなかったが、この光景は苦々しく、先輩の眼に映じたにちがいなかった。

本試合に岸が出場したのは、恐らく、一、二回であったろう。程なく、彼は教室にも、グラウンドにも姿を現わさなくなった。長髪を刈ることと、指環を外すことを、野球部から要求されて、ツムジを曲げたという噂も聞いた。だが、それよりも、岸は、団体競技である野球に、堪え難くなったのだろうと、観察される。学習院時代はピカ一で、一人野球をやる癖がついていたが、慶応へくると、そうはいかない。ここの野球はアメリカ流の新式を学び始めている。岸は名選手だが、時代遅れのベースボール・マンであることに、気がつかないのである。

岸は、それぎり、野球からも、学校生活からも、身を退いた。やがて、彼は撞球の名選手として、世に知られた。その頃、撞球のプロはまだ存在しなかったが、日本で有数の名手のうちに、彼の名が数えられた。その外に、投網と銃猟で、彼は名を響かせた。品川の投網名人の漁夫と競争して勝ったとか、猟友会の催しで一等を獲たとか、新聞を賑わした。彼はそんなスポーツを、野球をやめてから始めたのではなく、野球と同時に習得して、学生時代からエキスパートだったのである。スポーツの天才ともいうべき男で、驚くべき運動神経と能力を持っていたにちがいない。それが、日本を三百年統治した家族の血と、どういう関係があるか、ということも、考えようによれば面白い。

しかし、それだけスポーツ万能の彼が、野球にはまったく適しなかったと、私は断言する。野球は、そういうものである。ゴルフならば、彼はプロになる資格があった。しかし、野球はダメである。個人のプレイが、いかに巧妙でも、馬力があっても、それだけでは田舎野球に過ぎない。そういうことを、昔の野球は知らなかったのであるが、岸は古い時代の代表的な古さを身につけた選手だった。

岸は、やがて、政界へ出て、伯爵議員のナントカ会で、頭角を現わすようになった。あんなに学科のできない男でも、政治の世界では通用するのかと、私は疑問に感じたが、同時に、赤坂や新橋で艶名をはせる噂も聞いた。その方ならば、個人スポーツであり、あの稀代の好男子であり、素晴らしい戦績であったろう。だが、忽然として、彼の死が新聞で報じられた。そして、それから、もう二十年ぐらいになるのだが――

ふと、拍手の音で気がつくと、全日本軍の選手が、テンデンバラバラの走り方で、各自の守備につくところであった。先攻シ軍の第一打者が、三色のマスコット・バットを一緒に担いで、バッター・ボックスに歩いてくるところだった。

「あれは、何という選手？」

と、社長が訊いた。

「さア、たしか、ホールダーだったかな」

と、私はうわの空で答えた。なぜといって社長の方に眼を転じた瞬間に、それまで人の肩越しに見えていた美青年の顔が、どこかへ消えてしまったのである。そんな筈はないから、私はタメッスガメツ、その方角を探すのだが、どういうものか、あの苦味走った横顔は、遂に見当らないのである。そのうちに、スタルヒンが、第一球を投げる。ストライク・ワン！　私は野球も見たし、人生の不思議も研究したし、気もソゾロだった。面倒臭いから、私は、これを怪異現象ときめてしまうことにした。つまり、あの美青年は、岸勝馬の亡霊なのである。日本的変則野球の妄執が晴れず、冥途から見物にきたが、シ軍の本格野球に接して、忽ち頓悟解脱したのであろう。

〈昭和二十五年・文芸読物別冊春の号〉

文六神曲編

一

ひどく客の多い日で、最後にきた文福座の連中が、ドヤドヤ帰っていくと、私は、ホッとして、呼吸をついた。べつに、客嫌いというわけでもないのだが、応対に疲れるのは、いかんともなしがたい。しまいに、頰から口の筋肉が、靴の皮のように硬張《こわば》ってきて、ちょっと、ものもいえなくなってくる——

そこへ、湯が沸いたと、知らせてきた。なんでも、雪か氷雨でも降ってきそうな、暗い夕暮れで、寒さと疲れを、早く、入浴で忘れたかった。

いつものとおり、三回、湯に浸って、体を擦って——特に、長湯をした覚えもないのであるが、体を拭く時になって、眩暈《めまい》と悪心を感じた。

こういう経験が、前にもあったので、ハハア脳貧血かと、気にも留めず、流し場のスノコの上に蹲《しゃが》んでいた。

しかし、どうも、サッパリしないので、いつまでも裸ではいられず、衣服を着て、茶の間へきた。一向、気分が癒《なお》らない。女中さんに枕を持ってこさせて、横になった。

そのうちに、嘔《は》きたくなった。

「金盥《かなだらい》持ってきてくれんか」

といった声に、娘が驚いて自分の部屋から出てきた。

「いや、なんでもない。嘔けば、癒るよ」

私は、指を口中に挿入して、嘔吐を促した。なかなか、出てこない。やっと、少しばかり、ゲーといった。そして、金盥に吐き出したものを見ると、血であった。血といっても、少し褐色を帯び、ゼラチン状のものも、含んでる。

勿論、私は驚いたが、娘を心配させない工夫が、先きに立った。

「胃潰瘍の血だよ。心配することはない……」

一昨年の秋から、胃病になり、軽い潰瘍とわかったのが昨春で、医師も、それほどむつかしい養生は、命じなかった。私も、タカを括っていた。血を吐くところまで、病気が進んでるとは思わなかったが、肺結核の喀血より、軽い病気にきまっていた。

「とにかく、医者を呼んで貰おう」

私は、寝床をとらせて、本式に臥た。

先年、九州旅行の帰りに、唾に血が混って、ひどく神経を起し、K大病院で診て貰ったが、婦人の月経時に同じような現象を呈することがあるとのことで、可笑しくなり、同時に、血も止まった。それが、口から血の出た最初の経験であるが、こん度は正真正銘の吐血である。よほど、不安になってもいい筈だが、案外、心は平静だった。

そのうちに、医者がきた。胃の方の主治医は、東京のG病院のT博士だが、土地のお医者さんのN博士にも、一、二度、診察を受けたことがある。その人がきたのである。

「ハッハハ、やりましたね。しかし、これくらいの吐血、胃潰瘍としては、少い方ですよ。心配しないで下さい」

元気で、年若なNさんは、金盥の血を見て、事もなげにいった。やっぱりそうかと、私は安心した。私の周囲には、胃潰瘍患者が多く、得川無声という男なぞ、何遍か血を吐いて、ケロリとしている。私も、吐血をそれほど驚かないのである。

しかし、とにかく、絶対安静と、絶食と胃部に氷袋をあてることを命じられたのには、閉口した。私は、右を下にする寝癖があり、正しく仰臥《ぎようが》すると、暫時にして、腰が痛くて堪らない。なにしろ、病気をバカにしてるので、そんな苦行が、ひどく我慢できないのである。

その晩は、わりと、よく寝た。

翌日は、平静。N先生きて、この分なら大丈夫という。しかし、やれ注射、便器差入れというのに、娘だけでは困る。こういう時は、細君がいい。その細君が死んでしまったので、どうにもならない。N先生の世話で、逗子から看護婦がくることになる。

翌々日となる。腰が痛いので、やりきれないが、気分は悪くない。絶食しても、腹は空かないし、爽快な飲料が欲しい程度である。吐血は、依然としてない。

十時頃、N先生来診。

「今日一日、血が出なかったら、もう安心していいでしょう。喉が乾いたら、番茶ぐらい飲んでもいいですよ」

そこで、べつに、番茶は欲しくもなかったが、何か口へ入れたく、看護婦に、吸飲器で、飲まして貰おうとした。すると、急に、嘔きたくなった。

「金盥……」

それが、間に合うか、合わぬかというところで、ゲッときた。今度は、指なぞ突っ込む必要はない。自然且つ多量に、逆流する。生暖かく、腥《なまぐさ》い臭いが、鼻一ぱいに抜ける。チラと見た金盥の中は、約半分ぐらい、ドス紅いもので、満たされる。

(やったな……)

と、その時始めて、大事到来という気持になった。

それから以後、記憶が非常にアイマイであるのは、貧血のために、精神朦朧となっていたのかも知れない。忘れ得ないのは、それから引続き、何度も嘔吐が起って、血は少量であったが、胸苦しさが骨身に徹したことと、血を吐く私を、N医師が文字通り腕を拱《こまぬ》いて、ひどく深刻な顔で、眺めていた姿である。後で聞くと、N医師も、胃の吐血の現場を見たのは、開業後最初で、どう処置のできるものでもないから、腕組みする外はなかったということだった。しかし、私としては（医者に見放された）という印象を、受取らざるをえない。

（死ぬかな、こりゃア……）

と、その時、始めて思ったのである。

しかし、妙なもので、一方、七転八倒の狂態を演じ、「苦しいッ」とか、「何とかしてくれ」とか叫びながら（自分では知らぬ、後で聞いたことだが）、他方、イヤに冷静に、わが死のことを考えている。ほんとは、冷静だか何だか知れたもんじゃないが、とにかく、ワシも一巻の終りかいネとか、イヨイヨかネとか、この辺で失礼しても、娘はなんとかやってくヨとかいう風な不真面目めいた思念が、しきりに往来したのである。

今から考えると、これは、真実、私が死と直面しなかったからであろう。人間、ほんとうに死ぬ時は、もっと厳粛な考えになるのであろう。尤も、案外、軽薄な気持のうちに、スーッと往生するのかも知れないが、私の経験はそこまで語る資格を欠いてる。それよりも、そんな不真面目なことを考えながら、われ死を見ること帰するが如しなぞと、嬉しがってる形跡もあった。生にあまり未練を感じないというところを、確かに威張ってみたい料簡《りようけん》らしい。どうも、明治生まれの日本男子というやつは、変態なところがある。

しかし、私の肉体の方は、そんな余裕はなく、昼だか夜だか夢うつつで、滅多に来ない弟の姿が見えても、主治医のT博士が、東京から呼び寄せられたのを知っても、敢えて驚かず、ゲーゲー吐くことに専一していた。T博士の診察後、土地のN先生と弟の三人が、別室でヒソヒソ何か協議していても、一向神経に触らず、況《ま》して、T博士が枕頭に現われ、

「どうです、手術しましょうや。後がサッパリして、一番いいですぜ」

と、ニコニコ笑いかけられても、切るなら勝手にお切りなさいと思うだけで、ただ面倒臭かった。

しかし、再び、別室へ帰った三人が、ウイスキーを飲んだということだけが、記憶に残ってるのが、不思議である。あの場合、健康人がウイスキーを飲むことに、羨望を感じるわけもないのに、よく憶えてる。半死半生で、遠く離れた部屋で、人が何を飲んでるか、知るわけもないのに、それだけはよく憶えてる。離魂現象でも起ったの

だろうか。

だが、それからの以後の記憶が、まったくなく、いつか、翌朝になった。嘔気が少し止まって、ラクになったのか、雪がチラつく天候のことも、葬式の出棺の前のように、家の中がザワついていたことも、ハッキリ思い出す。十一時頃に、東京から病人車がきて、その運転手が私を運び出す手順を見に、病室へ入ってきた時に、臥ている私に向って、死者に対するような敬虔な目礼をしたのを、戦後として奇特な行為だと、感じたりした。

担架に乗せられ、門の外の病人車まで運ばれる時に、私は、一年近い過去に、妻の死体を病院から家まで運んだ時のことを思い出した。また、病人車へ担架が納まる時に、妻の棺が霊柩車へスッポリ入っていく映像を思い出した。しかし、そういうことを、縁起悪く考えるのは、健康人の心理であって、ただ似てると思うのみで、冷たい、乾いた気持がするだけである。

病人車というものも、始めての乗車だが、霊柩車の方が、必ず乗心地が優れてると想像したのは、車内が非常に狭い上に、N医師と看護婦が同乗して、身動きもできない感じだからだった。臥ている私は、心理的に窮屈なだけだが、私の側にいる看護婦は、小柄な女なのに、ハミ出しそうに、身を竦《すく》めている。況して、大兵肥満のN先生は、私の足の方に坐しているが、極度の恐縮で、身の置き所もないという人の恰好で、私はかなり滑稽を味わった。

後で聞くと、その時の私の脈は、かなり悪かったそうで、看護婦は、度々検脈して、N先生に報告していた。二人が同乗してくれたのも、その危惧からであろうが、私の意識は、非常にハッキリして、平静で、どこが瀕死の病人と思うくらいだった。平塚、藤沢――と、車の進行してる場所も、臥ながらよくわかり、東京に近づくにつれて、雪が白く積ってると、やはり大磯は暖かいのだ、というようなことなど考えた。病人車はノロノロ走るので、東京都内へ入ってからも、築地のG病院まで行くのに、だいぶ手間が掛った。曾ては、度々、酔っ払って歩いたことのある新橋付近を、車が通る時には、不養生の戒めのようなものを感じたが、後悔までには遠かった。

病院に着くと、T博士が外まで迎えてくれた。そして、もう引受けたというようなことをいって、笑ったが、この時は、ちょっと嬉しかった。娘や弟も、先着していた。それから担架のまま、地下にある手術室まで運ばれたまでは、割合いにハッキリしてるが、後が不明である。

裸にされて、眼匿《めかく》しをされて――その辺まではウロ覚えだが、肝心の手術がいつ済んだのかも知らない。全身麻酔ではなく、腰椎麻酔とかいうのだから、意識はあるので、断片的な記憶は、いろいろあるが、それを繋ぎ合わせるものを、全然欠いてる。少し唸った憶えはあるが、痛みの記憶はない。恐らく、三日間の苦痛で、私も疲労困憊の極、フラフラになっていたのであろう。

二

とにかく、私の記憶が多少ハッキリしてるのは、私自身の病室に臥かされてからだった。病室のことだから、何も装飾はないが、工場のような鉄枠の窓が、寝台の頭部にあり、その側に暖房のチューブがある。足の方の右手に入口があり、正面は壁で、少し突き出してる部分がある。

熱が高いので、氷枕と氷嚢。それから、鼻から胃へゴム管を通され、ちょっと、身動きができない。このゴム管は、水の入った大きなガラス壜に繋がれ、一旦、胃へ入った水分を、自動的に汲み出す仕掛けになってる。しかし、この鬱陶しいゴム管のお蔭で、私は大吐血後始めて、水を飲むことを許されたのである。その水のうまかったこと——、生涯のうちで、こんなに喉の乾いた時はなく、一本の冷たいサイダーを与えられるならば、生命と交換するとも惜しくなかった。

輸血、リンゲル、ペニシリン、葡萄糖——と、頻繁に注射をされるが、こうなれば、度胸を定めずとも、俎上の鯉となる外はない。経過がいいのか、悪いのか、知りたいとも思わない。腹を裂かれて、胃袋をチョン切られたことはわかってるが、体を動かさなければ痛みはないから、あまり意識しなかった。麻酔が体に残ってるので、頭も心も鈍麻してるからであろう。

その上、熱が高かったので、何を考え、何があったのか、いい加減なものであるが、翌日が暮れ翌々日となると（正直なところ、時間感はノッペラボーであって、後でそんな区切りをつけるに過ぎないが）、いつとはなしに、私の頭に、非常にハッキリした暗示が、植えつけられた。

——汝は、本日、日没と共に死ぬであろう。

手術の経過がいいとか、発熱は当然の現象であるとか、医者はいってるが、それは大ウソであり、気休めであって、実は、絶望的な重態——今日の日光が東京の空を去ると同時に、生命を終ることを、覚悟して貰わねばならぬ。それは、真に死ぬ者のみに与えられる恩恵として、汝に予告されるのである。だから、心静かに、往生せよ
——

誰の声とも、わからなかった。いや、誰か人間の声だったら、私も、少しは疑問を起したろうが、自分の内側から、声というより、観念で、そういうものが、いつの間にか、ピッタリ貼りつけられると、どうも、抜き差しできないのである。

「よかろう」

私はそう答えた。特にお願いして、少し寿命を延ばして貰おうという気には、どうしてもなれなかった。生まれて五十余年、あんまり愉快なこともなかったので、この

先き、タイしたことがありそうにも、思えない。少しは心残りなこと、処理しなければ恥かしいことが、ないでもないが、気にし出したら、キリがない。なアに、人間、誰も、そう跡を清くして、退散できるわけのものではない。この辺で、負けて貰って、手を打つがいい。死よ、こちらはO・Kである。

短時間の間に、まったく心の準備が整ったのは、不思議なほどだった。不思議といえば、鵜の毛ほども、死の恐怖がないことだった。死の道は平坦であり、渡るに易く、出生の時と同じように、滑らかな自然であるように、思われた。少し厳粛で、少し悲しげな外光に照らされてるが、冥途というような暗さは、まるで感じられない行途だった。

その暗示を獲たのは、恐らく、正午か、それを過ぎても遠くない頃と思われた。この日は、発熱が最も高く、四十度を越したこともあり、輸血やその他の注射も頻繁だったが、そんなことをしてもムダではないかと、私は医者の努力を笑いたかった。しかし、そのことを述べたところで、どうせ、医者は最後まで努力するという執念を、捨てはしないから、為すままに為さしめるがいいと考えた。

寝台の側に、看護婦の外に、弟の妻がいた。娘は交代で、木挽町の知人の宅に寝にいってるらしかった。私は娘がいないで、却っていいと思った。

「君、おれは、今日の夕方に死ぬからね」

私は弟の妻に、ちょっと知らせて置く方がいいと思った。

「そうですか」

彼女は、一向驚かないで、答えた。

(ハハア、こいつ、知ってやがるな。それなら、却って都合がいい)

「それについて、ちょっと頼みがあるのだが、近所で、ウイスキーを買わしてくれないか。ポケット壜でいいのだ。コカ・コーラに、混ぜて、ちょっと一口、飲んでみたい……」

私は、彼女が私の運命を知ってるなら、ちょいとツケ込んでやれ、という気になった。なにしろ、口渇が激しく、冷たい水分なら、何でも欲しいのだが、一生の最期に飲むならば、アルコール性のものが欲しかった。

「いけませんよ、お兄さん、そんなムリおっしゃっちゃ……」

「いや、医者に聞いてご覧。きっと、許してくれるから……」

私の酒友が、チフスで死ぬ間際に、一杯の日本酒を飲むことを許されて、こいつアうめえやといって、瞑目したことを、私は知っている。

「伺ってはみますけど、ダメですわ、そんなこと……」

彼女は、病室を出ていったが、じきに戻ってきた。

「いけませんて、やっぱり」

「そうか。それなら、頼まない」

私は、クルリと、枕の上の頭を、横向けたそうである。自分で覚えているのは、ただ、人間の固陋《ころう》さ——いつも習慣とか、常識とかに縛られて、必要な特例を認めることのできぬ悲しさを、痛感したことである。ことによったら、涙の一滴ぐらい、零《こぼ》したかも知れない。

冬の日没は早く、私は、たいがい四時頃に息を引き取るだろうと、覚悟していた。そしたら、三時頃に、突然、便通があった。これは異例であって、手術後数日して、まずガスが出て、それからまた二、三日して、大便が出るのである。ところが、手術の翌々日に、べつにイキミもしないのに、異臭フンプンたる軟便が出てきた。異臭は、胃の出血が腸へ下り、コールタールのような形状となって排泄されるからである。

（なるほど、これが、カニ・ババというやつだな）

ＫＡＮＩ・ＢＡＢＡという、日本語らしくない言葉が、死糞を意味する古い民間語であるのは、説明するまでもない。私の母も、伯父も、友人も、皆、カニ・ババを垂れて後、死んだ。

私は、死期の近づけるのを感じ、仰臥したまま、天井を眺めた。天井は、少しシミはあるが、まず純白の漆喰で、灰色に塗った壁と接続している。その接続点あたりから、番茶を焙じる時のような白い煙が、静かに、這い上っている。そんなところに、煙の立つ道理はない。しかし、歴然と、靄に似た白気は、天井を掩い、写真機レンズのシボリのように、中心を狭めつつある。

（お迎えというやつかな。それとも、もう視力がアガってきたのかな。要するに、白い異気が、漠々と視界を封じるようになったら、オサラバの時であろう）

私はそう解釈したが、心は極めて平静、胸の上で手が組みたくなった。宗教的要求は、殆んど感じられないのであるが、合掌ということをしたら、平静な心が一層平静になりそうな気がしたのである。

その通りにやってみると、果して、工合がいい。両足も伸ばし、仰臥の姿勢が、快適といっていいほど、心意とのバランスを感ぜしめる。思い置くこと、更になし。何にも惜しいものがない。山勘書房の未払い印税、四十万円ほど残っているが、社長の山田勘造も困ってるだろうから、私の死を喜ぶであろう。それも可なりである。

私は、死の準備全く整えるを感じ、静かに眼を閉じた。ちょうど、時刻も日没頃らしく、予感の時がきたのである。

ところが、次第に消え去っていくべき意識が、どうも、旧態依然である。ソッと、細眼を開けてみると、天井の白気は、眼を閉じた時と、少しも増減がない。天井の中心は、依然として、漆喰のシミを明らかにして、白濛々の世界になりきらない。

（どうしたことだ、これは……）

その頃から、私の混乱が始まった。人が、折角、死を受入れる万全の態勢を整えるのに、どこかに、それを妨害し、攪乱しようとする奴がいる。私はその意志を、ハッキリ読みとることができた。

「どうだね、まだ、死にはせんだろう」

「まだまだ……。その前に、こっちの仕事があるよ」

私は、病室の扉の外で、そういう囁き――というには、相当、不遠慮な高声を聞いた。

いつか、夜になってると見えて、廊下に接する換気窓の磨《すり》ガラスが、薄い茜色の灯影を映している。廊下の電燈であろう。病室は、風呂敷を被せた電燈が、昨夜も、看護婦が必要の時以外は、スイッチを切ってある。私の熱が高くなってから、そうしたのである。従って、病室の中は暗黒に近い。

煩いほど、廊下を人が通る。病院のことだから、瀕死の病人がいても、一々、顧慮していられないのかも知れないが、今日の騒がしさは異様である。何人《なんぴと》か、私の死に関して、タクラミをやってる形跡がある。二、三人の子供の声と、足音が聞えるが、病院に子供がいるわけもない。第一、その子供等の声に、聞き覚えがある。私が神田にいた時の知人、I家の子供たちである。女の子二人と男の子。I家は、カトリック教のうちのある宗派（日本で信者の数は少い）を信仰し、子供たちにも洗礼を受けさせている。なぜ、あの子供たちが、病院へきてるのか。

「眠いなア。早く、家へ帰りたいな。まだ、文六さん、危篤にならない？」

「もうじきよ。いま、市川神父さんが、病室に匿れていて、文六さんが危篤になりかけたら、うまく改宗させて、塗油式をするのよ。その時に、あたしたちが、お聖歌を歌うんだから、もう少しお待ちなさいよ」

ヘンなことをいう子供等である。しかし、思い当らぬ節がないでもない。私の娘はカトリック教徒（天主公教会派で最も流布されてる）で、I家の宗派とちがうが、私が無宗教で死ぬのを、ひどく嘆いているらしい。死際にカトリック教へ入信させたい意志を、私の病床へきて仄めかしていた。私は、こんなに平静に死ねるなら、宗教の必要を認めないから、それは真ッ平だと、断った。しかし、娘はその意志を捨てないばかりか、何人か（まったく見当がつかない）と相談して、或いはその人に唆《そその》かされて、臨終の私の意識朦朧の時を狙って、入信を承諾させ、直ちに聖油を足に塗り、香を焚き、子供たちの聖歌合唱のうちに、昇天の儀式を行おうというタクラミらしい。狂信的オセッカイに妨げられて堪るものか（糞を食らえ！　人が、せっかく、かくも平静に瞑目しようとするのを、
私はひどく憤慨した。そして、どこまでも、彼等のタクラミに抗《さから》おうと決心すると、死際とは思えない闘志が湧いてくるのである。

ベッドの側に、看護婦が、ジッと私の呼吸を測っている。中婆さんの看護婦だが、こいつが怪しい奴で、彼女もカトリック信者であるらしく、タクラミの一党であることは、疑う余地がない。

彼女は私に見せないように、床の上で、何かコソコソやってる。それは、儀式を行う前に、室を清める必要から、香を焚いてるらしい。その匂いと煙りが、私によく感知される。また、彼女は、私に清潔な寝衣を着せ、殊に、度々足を拭いたのは、聖油塗布の準備にちがいない。

更に奇怪なのは、私の脚の方の隅に白布で龕《がん》の形をしたものが、いつか造られ、その中に誰か匿れているらしい。先刻の子供の声で、それがあの稀《めず》らしい宗派の神父の市川という男であることが、見当がついた。彼は病室が清められ、私が意識朦朧としてくる瞬間を待って、嫌応なしに、私を改宗させようという魂胆を持っている。私は誰よりもその男に、最も憎悪を感じた。タルチュフ以上の偽善者、悪牧師が、彼であることを、直覚した。

私は彼を室から追い出してやりたかった。しかし、まだ腹を切って三日目で、身動きもできず、大きな声も出せない。何をもって、彼と戦おうかと、悲しくなったが、ふと、いい思案を思いついた。

私は死期が迫ってるので、既にカニ・ババを垂れた。一回では、まだ出足りないと見えて、多少の便意がある。腹も相当張ってる気持である。

（然らば、この糞をもって戦おう）

私はＩ家の宗旨が、ひどく形式的で、日本神道と同じように不浄を忌み、病室や私の肉体の浄化ということを、ひどく気にしているのが、わかったので、もう一度、カニ・ババを垂れてやれば、また香を焚き直したり、衣服を更えたりして、終油式を行う手順を、妨げてやることができるのみならず、カニ・ババの臭気は非常なものであるから、私の足のすぐ下に跼《かが》まってる市川神父も、辟易して退散するかも知れぬと、考えたのである。

「便をする」

私は静かに、看護婦にいった。

「まだ出ますか」

彼女は、慌てて、差込み便器の用意を始めた。

私は力を入れて、イキんでみた。驚くべき多量の泥土的なものが排泄され、臭気は排泄者自身をも、鼻を反《そむ》けさせた。

「あら、もう、なさったんですか」

さすがに看護婦は、苦情はいえぬが、タクラミの手順の狂った落胆を、顔に表わした。それよりも痛快なのは、白布の中の悪神父がノコノコ、這い出したことである。

薄闇の中でよく姿は見えぬが、

「ムッ……これは、堪らん」

彼は、鼻を抑えて、部屋の外へ出ていったのは、私の勝利というべきだった。

しかし、私の反抗的態度を看破してから、彼等一味は、戦術を変えてきた。それまでは宗教家的忍耐をもって、私が危篤に陥るのを待っていたのだが、今度は、強行的に彼等の目的を遂げることを、決意したらしい。

まず、看護婦が電燈をつけて、私の寝衣やシーツを変え、公然と、終油式の準備にかかった。それが済むと、電気が消され、いやに静寂になり、上の部屋（四階）の一室から、子供の合唱する聖歌の声が、洩れてきた。それは、練習をしてるのか、それとも、既に儀式の一部を始めたのか、よくわからない。白布の龕の中には、いつか、また悪神父が入り込み、私の様子を窺っている。時々、何か合図の物音がする。そればかりか、龕の中に電話機がとりつけてあって、上の部屋と連絡するらしく、ヒソヒソと話し声も聴える。これは、相当大掛かりなことをやってるなと、私も対抗の臍《ほぞ》を固めた。

娘が室へ入ってきた。

「パパ……静かになさいね。なにもかも、パパの幸福になることだから、皆さんのいうとおりになさいね」

と、厳粛な、そして、涙ぐんだ声でいった。娘は、完全に、タクラミの一味の虜になってることがわかった。

「いいよ、いいよ……」

私は首を振った。

娘が落胆して、部屋を出ていくと、今度は手術着を被た医員（見馴れぬ顔の医員である）と、注射器とガーゼを持った病院看護婦が、入ってきた。

「注射をしましょう。そして、少し、静かに、お眠りなさい」

なま若い、しかし油断のならぬ悪相を備えた医局員が、近寄ってきた。

（ドッコイ、その手は……）

私が容易に死なないので、死期を早めるために、そんな注射をするのだろう。私は〝自主的に〟静かに死ぬ覚悟はできてるが、人に殺されるのは抵抗しなければならない。しかし、いつの間に、この医局員や看護婦は、陰謀宗教団に買収されたのだろう。

「そうですね。T博士がきて、注射をするなら、やって貰いますよ」

私は一策を考えた。私の主治医であり、副院長でもあるT博士まで、彼等に買収されてるとは考えられない。

「T先生は、今日はお休みです」

「H先生でもいいですよ」

私は、私の手術の執刀をした医員の名を挙げた。

「困りますね、そんな我儘をいっては……。今日は日曜で、宿直は私一人です。さ、注射をしましょう」

彼は、私の腕をとったが、私は激しくそれを振り払った。

「どうせ、死ぬ体だから、時と場合によっちゃア、あなたのいうことを肯《き》いてあげますがね。それには、あなた方の陰謀の正体を、ハッキリ明かしてくれませんか。ねえ、ストレッチャー・アタックはいけませんよ」

そういうと、果して、彼はギクッとして、看護婦と顔見合わせた。それほど、私が感づいてるとは、知らなかったろう。

アタフタと、看護婦が出ていった。やがて、婦長の木戸さんを連れてきた。私は、救われたような気がした。

木戸さんは私が外来患者時代からの馴染みで、温厚で、淑やかな、その上、美人でもある中年増である。この人なら、私は信用している。

「木戸さん、何とかして下さい。僕は、注射して貰いたくないんです」

私は、彼女に訴えた。

ところが、彼女の牝鹿のような優しい顔が、いうにいわれない残忍な表情を浮かべながら、

「L先生とも、電話でご相談の上なのです。さ、お注射致しましょう」

「木戸さん、あなたもですか」

私は、芝居がかったことを叫んだ。タクラミの手が、かくも八方に伸びてると知った、驚きのあまりだろう。

「ええ、あたしもですわ、ホッホホ」

美人が悪魔に変形するのは、非常に容易な芸らしい。彼女は落ちつき払って、正体を現わした。

「あたし達は、今日のチャンスを狙っていたのですよ。日曜で、医局も、事務も、眼を憚る連中は、一人も出勤していません。これから、明日の午前九時まで、この病院も、あなたの生命も、あたしの占領下にあるのです。ジタバタなさっても無駄ですわ」

「なるほど。そううまく罠にかけられちゃ、抵抗も無益ですかね」

と、私も、負けずに冷静を装いながら、

「しかし、木戸さん、この期に及んで、つまらぬ隠し立ては、やめましょう。あなたも悪人なら、私を殺す理由をハッキリいって、冥途の土産にさして下さいな」

「そうですね。どうせ、あなたの生命は、コッチのものだから、何を喋ってもいいわけね。では、話すわ……。私たちはね、この先生（怪しき医務員）も、この病室へくる看護婦全部も、R・K教の信者なんですよ。あなたの知ってる神田のI家と、同じようにね。R・K教は、明治時代に少し発展したきりで、衰微の一方でしたが、敗戦を機会に、盛り返しの運動の指令が、ヨーロッパの本部からきてるのです。そのためには、どんな非常手段をとっても、宣伝をやる必要があるんです。私たちは、あなたのお嬢さんが、流派はちがっても、カトリック信者なのに眼をつけて、一番に抱き込んだのです。お宗旨のためなら、親子の情愛なんか、すぐ捨ててくれますよ。それに、あなたを改宗させるんだから、こりゃア協力してくるわけですよ。尤も、あなたの生命を頂く計画までは、お嬢さんは知りませんがね……」

「待って下さい。なぜ、僕の生命がR・K教の宣伝にお役に立つのですか。それを明かしてくれなければ……」

「簡単ですよ、あなたが〝放蕩学校〟なんてバカな小説を書いて、虚名を博したからですわ」

「え？　〝放蕩学校〟が理由……」

「バカ当りですよ、あの小説は。世間も、どうかしてますね。映画競作なんて……。でもそこが、私たちの狙いどこでね。あなたの入院も、新聞に出たし、重態ということも知れ渡ってるし、そのあなたが、臨終の前に、R・K教に入信したとなれば、相当、宣伝価値があるじゃありませんか。あんな無信仰な小説を書く男でも、宗教に縋って死ななければいられなかったということで、R・K教の魅力がどんなものか、世間に知らせることができますよ。なにも、あたしたちは、あなたが本気で、入信してくれなくてもいいのです。儀式をやって、その写真でも新聞に出して貰えば、目的は達するんです……。ところが、今日死ぬ筈のあなたが、夕方から、容態を持ち直してきたんですよ。ことによると、あなたは助かるかも知れない、それでは、私たちが困るんです。どうしても、人目の少い、休日の今日カタづけてしまわなければなりません。それで、注射によって、死んで頂くことにしたんです。この注射薬なら、どんなに綿密に、死体解剖をやったって、発見される心配はありません。あなたが皮切りじゃない。もう二、三人、この手でやって試験済みなんですよ。さア、ちっとも痛くはないから、やらして頂きましょう。じきにお楽になりますわ」

美人が、ニッコリ笑って、かかることをいうのは、凄かった。だが、私も負けてはいられない。

「まア、そう急がずに……。こうなったら、僕も、悪アガキはしません。潔く、あなたの方の前に首を差し伸べますから、安心して下さい。しかし、R・K教というのは、相当のものですな。必要の前には、殺人を平気で敢行する勇気に、感服しましたよ。どよほど組織と団結が、シッカリしてるのでしょう。少し、実体を話して下さいよ。どうせ、僕は殺されるんだから……」

と、時を稼ぐために、ムダ口をきいた。

私は、勿論、彼等の毒手にかかって死にたくはない。ことに、臨終の入信なんて、考えるだに恥かしく、その光景が新聞写真に出されたりしたら、孫子の代まで、顔を赤くしても足りない。なんとかして、それだけは免れたい。彼等の裏を掻く方法が、唯一つある。それは、私が明らかに自殺と判断される方法で、自殺してやることである。そうすれば、私の死因の追求が行われ、アワよくば、彼等の陰謀露見する端緒が、開かれるかも知れない。

自殺するには、病室の窓から飛び降りることである。病室は三階であり、下はコンクリートの中庭になっているから、大抵、私は目的を達するだろう。

「ねえ、詳しく話してくれたら、すぐ、注射を受けますよ」

私は、催促した。話を延ばしてるうちに、何とか、彼等のスキを発見したいからである。

「そうね。あたし達の仕事の国際的背景を知ったら、あなたも驚くかも知れないわ。日本では、まだ、勢力が微弱だけど、世界の各地で、信者の潜行運動が始まってるのよ。下らなく有名な奴は、真ッ先きに狙われて、あなたと同じ運命に葬られてるわ。そして、そいつ等の財産は、ソックリ頂戴する仕組みになってるのよ」

「すると、赤の方の関係でも……」

「いいえ、全然……。ソヴィエットも、アメリカとも縁のない、第三強国の出現を、私たちは狙ってるの。やがては、世界制覇の宗教帝国を目標にしてるんだけど、それは飽くまで縦の次元においてなのよ。今のところは、まア、フリー・メーソン的な秘密結社なんだけれど……」

「や、面白い。そんな豪壮な大野心を、あなた方が持っているとは、知らなかったですよ。木戸さん、あなたも虫も殺さない顔をしていながら、タイした婦人でしたな。僕は、外来患者当時から、あなたの淑やか振りに岡惚れしてたんだが、見事に、一パイ食いましたよ。あの時、口説いても、所詮、ムダでしたな……」

これは、必死な境の必死なお世辞である。しかし、迫らざる微笑の表情は、相当、演出したつもりだった。

「誰が、胃潰瘍患者なんかに……」

彼女は、侮蔑の笑いを返したが、意味ありげな流眄《ながしめ》を、傍らの医局員に送った。途端に、私は二人が情交関係にあると看破し、この悪人原の間に、何とかツケ入る隙はないものかと思案した。

「いや冗談ですよ。死際の病人が、惚れたも腫れたもありゃアしないが、しかし、あなた方の陰謀には、まったく、魅せられましたよ。僕も、そういう仕事は、嫌いではない。体が丈夫だったら、あなた方の結社へ入れて貰って、一働きしてみたいんだが、今となっては、何をかいわんでさア……。ところで、大秘密を明かして貰った御礼に、僕も、潔く、あなた方に生命を進呈することにしましょう。さア、ズブリと、やって下さい」

私は、右手を捲って、差し出した。勿論、計略である。死中万一の活を求めるには、こんなハッタリでもかける以外に方法がない。もし、彼等が注射をしかけたら、途端に手を引ッ込めて、また、新規に時を稼ぐ工夫をする心算《つもり》だった。私は謀殺されるか、自殺するかの羽目で、所詮、死は免れないのだから、ハッタリも真剣だった。

「そうね。あんたが得心ずくなら、入信の手記を一筆書いて頂戴よ。それを証拠物件として、世間に発表しますからね。終油の秘蹟なんかの写真は、あんたが死んでから撮影するわ。誰か、鉛筆と紙、持ってない？」

と、木戸婦長は、落ちつき払って、殺人の準備にかかろうとするのを、悪相の医局員が、ジロリと私を眺めながら、押し留め、

「待ちなさい。コイツ、ちょいと、度胸があるじゃないか。ほんとに、観念してやがるぜ」

と、木戸婦長に囁いた。コイツというのは、私のことらしい。

「そう。思ったより、ヘナじゃないわね」

「どうだろう、コイツを生かして、働かしてみたら？」

「危いわよ。途中で、いつ転向するか、知れやしない」

「その時は、ズブリと、一本打てばいいさ。度胸は買えるし、第一、〝放蕩学校〟を書く宣伝力を持ってるし、なんかの役に立たないもんでもないよ」

二人の話は、非常に低いヒソヒソ声なのだが不思議と、私の耳には、筒抜けなのである。私はシメタと思った。

「そうね。じゃア、とにかく、四階へいって、市川神父さんと、相談しましょう……。付添さん、油断なく、この患者を看視してね」

そういって、彼等は、室外に去った。私の想像の如く、彼等の本部は四階にあり、巨魁は市川神父であることがわかったが、そんなことはどうでもよかった。一刻も早く、彼等が再び姿を現わす前に、窓から飛び降りて、自殺を遂げてやらねばならない。

「看護婦さん、また、ウンコがしたくなった……」

私は、付添看護婦に、ウソをついた。先刻、第二のカニ・ババを垂れた時に、寝衣やオシメを汚し、もう、病室に備品がないことが、わかっている。代りのオシメは、乾燥室にとりに行く必要がある。

「すぐ、出そうですか」

人のいい、婆さん看護婦は、すぐ、私の計略に乗った。

「いや、そんなでもないが、とにかく、オシメを当てて置いて下さい」

彼女は、慌てて、病室を出ていった。間髪を容れず、私は、ベッドに起き上った。ギュッと、切開部が烈しく痛んだが、そんなことは、問題ではない。厄介なのは、一方の鼻の穴からブラ下ったゴム管である。臥たままの位置を測って、ガラスの水槽に導いてあるゴム管は、私を繋ぐ鉄鎖のように、少し体を動かしただけで、鼻孔の奥、咽喉、胃部と管の通ってる部分に、気味の悪い疼痛を起した。

「えいッ、邪魔なI」

それでなくても、まる二日間、私の鼻先きにブラブラしていた不快なゴム管に、私は腹を立てた。死に行く身になんの必要があるか。私は、力任せに、ゴム管を引き抜いた。腹の底で、瞬間の痛みがあったが、ヌルヌルと、生暖かいミミズのような長い管が、鼻の穴から抜け出た。末端は、吸着作用を持った、自転車ハンドルのゴム・カバーのような形になっていて、それに血液と、少しばかり桃色の肉が、付着していた。

私は、ニッと笑いを洩らした。人が見ていたら、相当、気味のよくない笑いだったろう。しかし、運命の坂をゴロゴロ転がり出した気持で、勢いよく、ベッドから、床へ降りた。とたんに、体がフラフラしたが、悪人共の裏を掻く意気は火の如く、ベッドの縁に摑まりながら、窓際に歩み寄った。壁の側の卓に、コカ・コーラの飲みかけの罎が見えた。看護婦が飲み過ぎを惧れて、私の眼の届かない、こんな場所に、隠して置いたらしい。私は、それに手を伸ばした。死を前にしても、人間は口腹の慾を忘れることができない。

(末期の水だもの……)

そんな理窟をつけて、私は、コカ・コーラを、ラッパ飲みにした。乾き切った口の中になんという美味! 私は、真に、思い置くこと更になし、という気持になった。

最早、決行の時だった。私は、躊躇なく窓側に蹌《よろめ》き寄り、ハンドルに手をかけた。ペンキを塗った鉄枠のついたガラス窓は、ひどく頑丈で、観音開きになる合わせ目に、ハンドルがついてる。両側の磨りガラスは、普通品の表面に塗料でも施してあるのか、まったく外部が見えず、氷のような夜気を、仄かに感ぜしむるのみである。

私はハンドルを捻った。ひどく固い。片手では、とても開かず、両手を重ねて、力を籠めた。なにぶん、衰弱が烈しいので、それだけの運動でも、呼吸はフイゴの如く、胸は早鐘である。しかも、悪人共や看護婦が帰ってくる時は、目睫《もくしょう》に迫ってるので、私はひどく狼狽しだした。必死の力を籠めるのだが、ハンドルが錆びついてるとみえて、どうにもいうことをきかない。そのうち、廊下に足音が聞えた気がして、もういけないと思った。渾身の勇を揮って、絶望的な力を、腕と腹とに入れると、切開部に、灼くような激痛が起ったことまでは、憶えているが……。

三

いつ夜が明けたのか、また、時刻はいつ頃であるのか、まったくわからなかった。とにかく、明るい光線が、一ぱい病室に漲って、見舞品の花束や果物の匂いが、鼻を刺戟した。

「あら、よかった……。七度五分に下ったのね」

娘の声が聞えた。看護婦も、検温器を見て、ニコニコしていた。

なにか、頭から鉄兜でも脱いだような、爽やかな気分を、私は感じた。

（昨夜、死ななかったのか）

朝を、迎えたということが、不思議だった。昨夜は、悪夢を見たのだろうか。ソッと、私は鼻のあたりに触ってみた。やはり、ゴム管はついていなかった。すると、夢ではない。だが――

私はひどく疲労を感じ、何を考える余力もなかった。そのうちに、また、眠ってしまった。

ほんとに正気になったのは、翌々日の朝からだったろう。熱は、六度台に下り、氷嚢も氷枕も、とり去られていた。気分は、まったく、静かだった。

朝の回診に、T博士が小肥りの軀を、現わした。彼は、私の額を叩きながら、

「どうです？　一昨日の晩のこと、憶えていますか。病院始まって以来の厄介な患者だって、評判ですよ。酒は飲ませろという、ゴム管は引きちぎる、ベッドを降りて暴

れ出す——一体どうして、そんな料簡になったものかね。あなたの経過は、至って順調なのに……」

懇意な間柄だから、いうことに遠慮がない。私は、何も答えられず、こういう時には、ニヤニヤしてるのが無事だと、黙っていた。

「お熱が下って、結構でございますわね」

T博士の背後から、声をかけたのは、以前のとおり、淑やかな、白い牝鹿のように美しい木戸婦長だった。あの毒婦振りは、どこへいったのか。日本赤十字精神の権化のような彼女の顔を見ていると、やはり、あの晩のことは夢か、幻覚と思う外はなくなる。

私は十六歳の少年のように、ハニカミながら、T博士に訊いてみると、結局、多量の輸血と、手術後の高い吸収熱のために、脳症を起したのらしい。日中から夜にかけて、昂奮がひどかったので、鎮静剤の注射をするために、日曜日で数少い医員や看護婦が大騒ぎをしたが、私は、どうしても肯かなかったらしい。殺されると思ったから、肯かなかったのは当然だが、まるで記憶にない饒舌をして、拒絶したという。新憲法まで持ち出したというから、イヤになる。

R・K教なぞ、平素、まるで頭にないことが、どうして幻想になったかわからない。尤も、狂信教情熱というやつは、常々、最も怖れてるから、そこが源かも知れない。

終油の秘蹟なんて、カトリックの儀式も、まるで知らないことが、幻想に出てきたのだが、これは、いつか外国小説かなんかで読んだことが、意識の底に潜んでいたのだろう。幻想と現実が一致してるのは、私の娘がカトリック教徒であることは別として、付添看護婦の中婆さんが、やはり、その宗旨だったことが、後にわかった。これだけは、どうして、私が感知したのか、まったくわからない。

しかし、やがて数日して、患部から糸を抜くようになっても、私の羞恥は、人知れず、胸のなかにあった。あれは仮想の死であったにせよ、死を迎えて、あのようなダラシない、ケチ臭い人間と、自分を想像していなかったからである。

私の地獄覗きが、こんな貧弱なものとは思わなかった。も少し修養しますから、ホンモノの死よ、なるべくユックリ迎えにきて下さい。

〈昭和二十六年七月・小説新潮〉

南の男

週刊誌Aに頼まれて、旅行記の取材に、二十年ぶりで、鹿児島へきた。同行の記者やカメラマンは、鹿児島は初見だった。
「景色も、料理も、女も、ほかの土地とは、全然、変ってるんですからね」
と、私は、飛行機の中で、得意になって、鹿児島の特色を、吹聴した。
何しろ、私は、他人から鹿児島県人とまちがえられるくらい、この土地のことには、くわしいのである。鹿児島小説というべきものを二篇書いたし、戦前と戦時中と、二度も、長期間、この土地を調べるために、滞在した。鹿児島に関する文献も、いろいろ読んだ。そして、この土地が好きになり、今は、自ら〝通〟をもって任ずるくらいであるが、最初から、確乎たる目的意識があったわけではない。強いていえば、梅原竜三郎の桜島風景を見て、遊意をそそられたぐらいのところである。そして、戦前に始めてこの地を訪れたのだが、西鹿児島駅へ着く前に、トンネルを出たら、ニョッキリと、車窓の前面に顔を出した桜島の魅力に、一目惚れしちまった。ちょうど、夕陽を浴びて、北斎の赤富士のような効果だったが、もっと、蛮味があった。

「その美しさといったらねえ……」

私は、その時の桜島を、美人にたとえて、記者のH君や、カメラマンのN君に、説明しようと試みたのだが、どうも、銀座のどのバーにも、美人は多いが、該当者はいなかった。一種異様の美人でなければ、困るのである。

しかし、もっと困ったのは、鹿児島へ着いた日は、天気が悪くて、桜島は山裾まで、雲に掩われ、同行の両君に、実物を示して、自慢するわけにいかないばかりでなく、写真撮影が、仕事にならないことだった。私たちの宿は、市の東端の海岸にあって、島津分家の殿様の別荘跡なので、眺望がよく、桜島も真正面に見えるはずだったが、生憎のことだった。宿の女中さんは、この天気を、

「今は、新芽流しですからねえ」

と、標準語を使って、説明してくれた。鹿児島の梅雨は、熱帯性の豪雨が降るが、四月ごろに、東京の雨期に相当するような天候が、続くのだそうである。それを、〝新芽流し〟と呼ぶ——

「それとも、島津雨かも、知れんとですよ」

「島津雨とは、何だね」

私は手帳を出して、新しい鹿児島知識を、書きとめにかかった。

「好いとるお客さんがくっと、雨が降るとです。それを、島津雨いいます」

「ぼくは、好かれてるのかね」

と、訊いたが、女中は、それに答えず、

「昔、連合艦隊が、錦江湾に入った頃は、きっと、島津雨が降りよりまして……」

つまり、〝やらずの雨〟の鹿児島語らしい。でも、私も連合艦隊並みに、鹿児島の天候を動かしたのは、うれしい。

その夕の食事には、トンコツ料理が出た。トンコツは豚骨であって、豚の骨つき肉を、コンニャクや大根と共に、焼酎や黒砂糖や味噌で煮込む。しかし、以前は、そんな料理は旅館で出さなかったものだ。そういえば、トンコツに調和する飲料の焼酎を、試みに註文すると、すぐ持ってきた。これも、昔はないことだった。よい旅館や料理屋は、焼酎を飲ませるのを、不名誉のこととしていたが、この頃は、郷土色を売り物にするようになったのか。そんな智慧を、鹿児島人も出すようになったのか。

天気は悪いし、焼酎の酔いも回ったし、私は、早寝をすることにした。早寝をする客は、女中さんが喜んでくれる。サッサと寝床をしき、枕もとに、スタンドと水飲み道具を置いて、一丁上りという風に、引き取って行った。

ところが、床へ入ると、眠られなくなった。旅行の第一夜の寝つきの悪いのは、私の癖だが、この部屋が広過ぎて、静か過ぎるのが、かえって、眠りを妨げるのである。雑誌社の人と旅行すると、作家を優遇して、一番大きな部屋をとってくれるが、副室を入れると、三十畳ぐらいの大きな部屋に、ポツネンと、一人で寝ているのは、寂しいというより、落ちつけなくて、眼が冴えてしまうのである。

私は、仕方がないから、起き上って、旅行カバンの中から、睡眠薬をとり出した。実をいうと、睡眠薬は、私の体によくないそうで、主治医から厳禁されてるのである。でも、睡眠薬を携帯してると、その安心のために、眠れるという事実があるので、いつも、旅のカバンに入れてくる。明日から日程がつまってるのに、今夜、眠れなくては、疲労するので、一錠だけ呑むことにした。ソムメイユというスイスの薬だが、一錠でも、ずいぶん効力がある。

枕もとの水差しの水で、薬をのむ時に、床の間の西郷南洲の書幅と、ひどく大輪の八重桜を生けた、帖佐《ちょうさ》焼の壺が、眼に入った。南洲の書は、明らかに偽物だが、八重桜の方は驚いた。今朝、東京の家を出る時に、門前の吉野桜を、もう咲く頃と、見上げたが、一輪も綻んではいなかった。そういえば、空港からここまでくる間に、燃えるような楠の若葉を、度々見たが、こっちは、もう、晩春なのかも知れない。女中さんも、今日の雨を、〝新芽流し〟といっていた。やはり、ずいぶん気候が、ちがうのである。

私は、再び、寝床に入って、薬の効いてくるのを待った。今度は、スタンドの灯も消して、部屋をまっ暗にしてみた。そのせいか、気持が静かになり、呼吸が整い、やがて、トロトロしはじめた。

といっても、まだ、ほんとの眠りに入る前のひと時であって、意識は霧のように、頭の中に展《ひろ》がっていたと思うのだが、突然、床の間の前にある小机の上で、電話のベルが鳴り出した。

私は、腹が立った。せっかく、きざした眠気が、これで、一遍に吹き飛んでしまった。こうなったら、容易に寝つけるものではないのである。恨み重なる電話である。私は、ベルの音が、聞えぬフリをした。旅館なぞというものは、お客が電話口に出なければ、便所にでも入ってると思って、呼び出しを止めるだろう。

そう思って、私は、うるさいベルの音を、辛抱したのであるが、いつまでたっても、鳴り止まない。サツマ人は素朴ではあるが、一面、執拗なところがあって、アッサリということを、知らぬのである。

遂に、私は、根負けがしてしまって、スタンドの灯をつけ、卓上電話の機械を手にとった。その代り、腹一ぱいの怒声を、送話口にブッつけた。

「何だ、今頃！」

私は、旅館の交換手をド鳴りつけたつもりだったが、聞えてくるのは、男の声で、それも宿の番頭ではなく、外からの電話を、繋いだものらしかった。

「これは、これは……。もう、おやすみだったのでしょうか」

年配の男の声で、言葉遣いも、東京の山の手調だった。

「ええ、もう、とっくに……」

「いや、まだ、そんな時間でもありませんので……つい、お電話して、失礼しました。あたし、六郎太でございます……」

「六郎太？　どこのお方でしたかな。何か、おまちがえじゃありませんか。ぼくは……」

「先生でございましょう。よく、わかっております。今日、鹿児島へお着きになって、S荘にお泊りになることは、新聞で承知してました。それで、あまり、お懐かしいものですから……」

私は、親しげに話しかける対手が誰だか、どうしても、見当がつかなかった。

「失礼ですが、お名前を、ちょっと、思い出せませんので……」

「困りましたな、先生。宗像《むねかた》六郎太でございますよ。あんなに、くわしく、つッこんで、あたくしのプライバシイに、お触れになって置いて……」

「あ、あの六郎太……」

私は、やっと、思い出して、独語した。私が戦前に書いた、最初の鹿児島小説の〝南の風〟の主人公だった。私は多作といえない作家だが、それでも、過去の作品に出てくる人物の名を、いちいち記憶できるものではない。みんな、その場の出まかせで、つけた名前なんだから。

それでも、電話の主に、そんな応対をしたのは、睡眠剤が効いて、私の頭がボンヤリしていたからにちがいない。次ぎの瞬間に、ハッと、正気を取り戻すと共に、怒りに燃えてきた。私の小説なんて、皆、デタラメであり、フィクションに過ぎない。主人公も、私の貧弱な想像力の産物である。宗像六郎太なんて人物は、どこにも存在しないのである。すると、この電話は、悪戯である。悪質な悪戯である。

「誰ですか、君は？　人をからかうのも、いい加減にし給え」

私は、最初の時より、もっと、大きな声で、ど鳴った。

「何をおっしゃるんです、先生。お情けないじゃありませんか。あたしに、そんな……」

「シラを切っても、ダメです。何の目的で、こんなイタズラの電話を、かけるんですか。作家を、嘲弄する気ですか」

「先生こそ、ご自身を嘲弄なさってるじゃありませんか。ご自分でお書きになった人物に対して、そんな態度をおとりになるのは、無責任というより、ご自身を……」

「そりゃア、ぼくだって、バーの女に子供をこしらえたんなら、責任をとるよ。しかし、デタラメに書いた小説の人物にまで、父親的義務を背負わされるのは、まっ平だね」

「そんなデタラメを、お書きになったんですか」

「おう、デタラメだとも。デタラメの上に、インチキなんだ。ぼくの小説なんて、みんな、そうなんだ。悪かったね」

私は、感情に激して、飛んだことを、口走ってしまった。自分で、自分の作品の悪口をいう奴があるものか。見知らぬ対手というものの、大体、見当がつかぬこともない。電話の主は、言葉の調子からいっても、鹿児島人ではない。東京からきたジャーナリストか、さもなければ、同業の作家でもあるのか。文壇の一部には、イタズラ電話が流行してるというから、そんな連中でも、この土地へ遊びにきているのか。とにかく、私をからかい、そして、私の口から、私自身の悪口をいわせて、サンザン笑ってやろうという計略であって、私は、見事、そのワナにかかったのだろう。

「いけません、先生。ご自身の作品を、そんなに悪くおっしゃっては……。作中の人物として、あたしも迷惑します」

「うるさいよ。いつまで、君のイタズラの対手をしとられんよ。ぼくは、眠いんだ。じゃア、失敬……」

私は、電話を切ろうとすると、執拗な対手は、必死な声で、叫び続けた。

「いいえ、それは、困ります。あたしは、二十八の時に、先生に見捨てられて、今は、五十一歳になりました。もう、老年です。その間の空白を、何とかして下さい。つまり、あたしの後半生を、生かして下さい。それに、先生だって、お年ですからな。いつまでお元気でもないでしょう。万一のことがあれば、あたしの魂魄《こんぱく》は、永劫に、宙を迷わなければなりません。いえ、いくらインチキ小説の人物でも、魂魄というものは……」

「何をいうか」

私は、ついにカンシャクを起して、ガチャリと、電話機の音を立てた。

（畜生！　なんて、イマイマしい奴だ）

私は、悪質なイタズラの主の横面を、ひっぱたいてやりたかった。その上、一番腹の立つのは、今の電話で、睡眠剤の効力が、すっかり、吹き飛んでしまったことである。神経が昂奮して、再び枕についても、とても、眠れそうになかった。

時計を見ると、十時ちょっと過ぎである。

（この上は、酒の力をかりる外ない）

私は、旅館のポーチのようなところに、バーの設けがあったのを、思い出した。近頃は、日本旅館でも、ホテルの真似が流行である。そこへ行って、ブランデーでもひっかければ、或いは、酔いに乗じて、眠れるかも知れない。

私は、廊下へ出て、バーの方へ歩いて行くと、途中のH君たちの部屋の障子が、まだ、電燈で明るく、内部で、笑い声が聞えた。私は、二人を誘って、バーへ行こうと、障子を開けた。

「どうも、眠られなくて、困ってね……」

部屋へ入ると、H君とN君が、ウイスキーの角壜を間に置いて、だいぶ、ご機嫌だった。

「そりゃア、いけませんね。こっちは、早寝ができない習慣だもんで、さっきから、始めたところですよ。まア、一杯……」

N君が、グラスをさし出した。

結局、私は、バー行きをやめて、そこへ、居ついてしまった。そして、三人で、一本カラにするまで、飲み続けたので、すっかりいい気持になった。しかし、酔いが回っても、私は、あのイタズラ電話のことは、口にしなかった。その内容を口外すれば、二人も、私の精神状態を軽蔑するにちがいない。ジャーナリストに対しては、なるべく、威儀を保つ方がいいのである。そして、大いに酩酊して、部屋に帰ると、今度は、うまい工合に、ぐっすり、熟眠することができた。

翌日も、雲は低かったが、雨はやんでいた。

その日は、鹿児島の市内見物のスケジュールだった。私は、曾遊の場所ばかりだが、戦後の変化を見たく、また、カメラマンは、どこもかしこも写して置く必要があった。

最初に、磯御殿へ行った。島津公の旧別荘であるが、名園であり、正面に桜島と錦江湾を控えて、景色がよく、鹿児島へ来る人が、誰でも訪れる場所である。桜島は、時々、雲の間から、紫色の山頂を現わすのみだったが、大マカで、力強い石と樹木の配置は、いつ見ても、気持のいい庭だった。しかし、美しい背後の山に、ケーブル・カーが動き、隣接地は遊園地となって、気分の俗化はひどいものだった。ただ、維新前の洋風石造建築、集古館は、昔のままの美しさを保ってるので、私たちは、そっちの方へ歩みを移した。途中、古びた石垣に沿って、霧島ツツジが赤く、竜舌蘭が青く、踏む土の適度に固い砂の感触が、快かった。

ふと、私は側を歩いてるH君を見て、話しかけた。

「昨夜は、つい、眠れないもんだから、あんた方の部屋を襲って、失敬しました」

すると、H君は、頭をかいて、

「おや、部屋へお出でになったんですか。そりゃア、申訳ありません。いや、実は、夜の鹿児島を研究のために、N君と天文館通りのバーへ出かけましてね……」

「え？」

私は、それ以上のことを、聞かなかった。ウカツなことをいっては、自分のモーロクを露呈する惧《おそ》れがあった。

外出したH君やN君と、彼等の部屋で、ウイスキーを飲むはずはなかった。しかし、宗像六郎太と称する男の電話は、どうなのだ。あれだけはホントで、酒を飲みに起きてから後が、夢だったのか。

（そんなことはない。最初から、夢を見ていたのだ。あんな奇怪な電話を、夢でなければ、かけてくる奴があるもんか）

それで、万事、解決した。私は、気が軽くなり、集古館を見物した。もっとも、夢と現実の区別のつかなかった自分の頭脳の状態に、多少の不安を感じないでもなかったが、

（気にしない、気にしない……）

と、自分にいいきかせた。

それに、私が鹿児島へきて、そんな夢を見ることは、決して、不自然ではない。宗像六郎太という私の小説中の人物は、東京生まれだが、鹿児島県人を両親に持ち、母や妹と共に、鹿児島へやってきて、奇妙な南の夢に憑かれるのである。そして、西郷隆盛の生存を信じるようなことになるのである。その夢は破れたが、なお夢を捨てず、サンチョ・パンザのような従者を連れて、南の国へ渡るために、汽船へ乗るのが結末

であって、その時の彼は、二十いくつかの青年だった。

そんな結末は、無責任であって、彼が東南アジアの土を踏んでから、どんなことになったか、何も書かないのである。ちょっと余韻のようなものを残して、書き逃げするのは、私ばかりでなく、小説家の常套手段である。小説の主人公にして、もし霊あらば、文句をいうにきまってる。そういう点で、気がトガめるから、六郎太が電話をかけてくるような、夢を見たのだろう。

とはいっても、私も、六郎太のことを、小説の完結と共に、全然、忘れ去ったわけでもない。いや、ほんとは、最近まで忘れていたのだが、出発の前日に、S・C社から短篇の依頼を受けた。だが、どうも、小説のタネ切れになってしまって、旧作の人物でも染め直して使おうかという気になった。そして、六郎太のことを、思い出したのであるが、そうかといって、一度書いた青年時代の彼を、また用いるのも、興が乗らない。書くとすれば、初老になってからの彼のことだが、どうせ、あんな気のいい、処世に暗い、野放図な男が、立身出世をするわけがない。空気銃の名人という以外に、能なしの男だが、女に惚れられるという一徳を持ってる。小説の中でも、宝塚歌劇出身で、小料理屋の女主人の美人に、惚れられる。また、彼のような男は、利己心がないから、真に女を愛することを、知ってるかも知れない。真に女を愛する者なら、一人の女だけを愛するというような、ケチな真似をしないだろう。だから、彼は、後半生を、女たちに覆われて送ることになるが、そのために、親の遺産も、東京の邸宅も手放し、遂に、両親の縁故をたどって、鹿児島に落ちのびる。しかし、そこでも、老残の彼を愛し、彼に奉仕する一人の鹿児島女性がいた。鹿児島の女性というものは、男の側から見ると、一つの理想像であって、常に男を重んじ、男の下位に立ち、男より先きに湯に入らないし、男の後でなければ、食事もしない。東京の亭主どもの昨今の惻状と、照らし合わせ、六郎太がいかに幸福な晩年を送っているかということを、詳細に書いてみたいと思ったのだが、これは、ヘタをすると、女性の読者を失う結果になりかねないと、気がついた。

近頃は、日本もアメリカ並みで、小説を読むのは女性であり、作家も、皆、その点を心得てる。私だって、見す見す、人気を失墜するような真似はしたくない。それに、旧作人物の染め返しなんて、一向、賞めたことではないのだから、これは、宗像六郎太の後半生なぞに、触れない方がいい。永遠に、過去の塵の中に、埋蔵すべきであると、決心した。

そんな事情があったから、私も、あんな夢を見たのだろう。自分の後半生を書いてくれなんて、六郎太が電話をかけてきたのも、五臓六腑の疲れではなくて、私の頭の中に、原因が潜んでいたものと、すべてが氷解したのである。

鹿児島市内の名所として、磯御殿と列ぶのは、城山であるが、ここも、最近は、山の上にホテルが建ったり、遊園地化したというので、その変化振りを見るために、車を回した。

昨日、着いた時にも感じたことだが、鹿児島も、戦災のために、生まれ変ったような近代都市になった。道路が広くなり、高層ビルが軒を列べて、まことに立派になったが、その代りに、鹿児島の市街らしい特色は、薄れてしまった。表通りを歩いてると、東京や大阪と変らないが、住宅街の方は、ずいぶん貧弱だった。武家屋敷風のドッシリした家構えは、どこにも見当らなくなった。もっとも、名物の石塀だけは、依然として、残ってる。東京では立派な門構えというのが、一つの見栄であるが、この地では、石の堅固な塀をめぐらすのが、それに当る。その石塀は、戦火にも焼け残って、家だけ燃えてしまった跡へ、バラック的な住宅が建ってるのが、どうも貧乏たらしい。

そういう家を、随所で見かけるのであるが、城山へ登るために、岩崎谷の街道を車が走ってる時にも、数軒を見た。その時、車の速力は、かなり出ていたと思うが、その中の一軒が掲げていた標札を、私は、何気なく目にして、飛び上るほど驚いた。

（あ、宗像！）

また、六郎太が出てきたのである。

昨夜の電話は夢であったが、今日の標札は、チャンと、肉眼で見たのである。私は、よほど、車を止めて、その標札を確かめようかと思ったが、何の目的で、そんなことをするのか、H君やN君に知られるのが、恥かしいから、敢えてしなかった。鹿児島へ来てから、私の頭の調子が、少しおかしくなってるのではないかと、疑いも起きたからである。

(いや、頭の調子は正常でも、車中の一瞥の錯覚ということがある。あの標札も、宗像ではなくて、宇野とか、宮島とか、類似の文字が書いてあったのかも知れないのだ。気にしない、気にしない……)

そのように、私の考えが、落ちついてきたのは、城山の頂上に着いてからだった。なるほど、山の上の俗化は甚だしいが、密生した亜熱帯植物の新緑は、眼も覚めるばかりで、パノラマ的展望も、昔と変らず、心はそっちの方に奪われたからだろう。ただ、桜島だけは雲中に没して、美しい眺望も半減したのは、残念だった。

もう、時刻は正午だった。山の上に新築されたホテルで、食事をしてもよかったのだが、そうもできないスケジュールだった。

というのは、名物の酒鮓《さけずし》を食う約束になってるのである。酒鮓というのは、この地方のチラシズシであって、スシといっても、酢を用いずに、鹿児島で地酒とか、赤酒とか呼ぶベルモットに似た甘い酒を、米飯に混じるのである。そして、いろいろの魚や貝、カマボコ、サツマアゲ、卵焼等を上に載せる外に、タケノコと木の芽を、大量に具として用いる。つまり、晩春から初夏へかけての家庭料理であり、非常に南国的な、豪華なスシである。ちょうど、その季節に当ったから、私は旅行記を通じて、酒鮓を、天下に紹介したいと思って、東京にいる時から、土地の人に註文して置いたのである。

ところが、酒酢は独特の容器を要する上に、製法に秘伝があり、近頃では、どこの家庭の主婦も、お手上げなのである。よほど、お婆さんでないと、その製法を知らない。料理屋へ頼めば、つくってくれるが、それではキレイゴトの別物になってしまう。飽くまで家庭料理なのだから、素人につくって貰わなくてはならない。

そこで、結局、私の希望は、鹿児島の料理学校の校長さんが、応じてくれることになった。そして、食べる場所も、学校へきてくれというのである。教室でものを食うのも、殺風景であるが、この際、我慢の外はない。

「さて、いよいよ、酒鮓ですね」

と、城山を降りる車の中で、H君がいったが、桜島の美景とひとしく、私は同行の両君に、酒鮓のいかに美味なるかを、途中の飛行機の中で、さんざん、吹聴してきたからである。

車は、やがて、繁華街に出て、運転手は、大きなビルの前で、ストップさせた。これは、立派な料理学校ができたと思って、私は、戦後の鹿児島の発展振りに驚嘆したのであるが、運転手が導いたのは、その横の路地の奥のバラックだった。それも、終戦後間もなく建てたのか、ずいぶん古びた、汚いバラックだった。

黒板と調理台のある教室と、それに続いた八畳ほどの和室と、それッきりの建物で、私たちは、奥の方へ案内された。すでに、餉台《ちやぶだい》の上に、ソバ屋の釜あげウドンのような、酒鮓の桶や、赤い琉球塗りの大振りな鮓皿や、草の葉で巻いたアクマキや、流し羊羹の類まで、一ぱいに列んでいた。

洋装の生徒さんが、お茶を持ってきた。やがて、校長先生と覚しき中年の女性が、黒っぽい服を着て、現われた。

（あ、島津顔だな）

私は、一見して、そう思った。鹿児島美人のタイプは二つあって、庶民的で、肉感的なのを、串木野型と呼び、それと反対な、貴族的で、痩せ型の方を、島津型とか、島津顔とかいうのである。この型の美人は、必ず、士族出身である。

「ようお越し頂きましたが、こげん、むさくるしかところで……」

校長さんは、努めて標準語を話したが、鹿児島ナマリは、争われなかった。そして、挨拶を終ると、すぐ、鯛の吸物を運んできたが、味加減が、まことに結構だった。それと、最初に出たサシミ風のものの味が、すばらしかったので、私は、躊躇なく、讃辞を呈した。しかし、魚の正体は、わからなかった。

「それは、フカの皮の湯通しで……」

校長先生にいわれて、すぐ、思い当った。サメのことを、こっちではフカというのである。サメの腹の皮らしいが、まるで、干海鼠《きんこ》の中華料理のような、ゼラチンの多い舌触りが、珍味だった。

そして、本当の酒鮓桶の蓋がとられた。地酒の香が、プンと鼻を打ち、青柳や、鯛のそぎ身やを点じた木の芽の緑が、見るから食慾をそそった。

「どうです、イケるでしょう」

私はH君やN君を、顧みた。

校長先生も、私たちが健啖振りを示すので、気をよくしたらしく、最初のうちの賢夫人的な警戒を、次第に解いて、世間話をするようになった。

「この酒鮓に限らんことですが、郷土料理を残したいと思うて、生徒さんに教えようとしても、誰も、希望者はなかとです。酒鮓よりも、イタリー風のピラフがええとか、豚骨料理よりも、紅露羹《クーローヨー》の製法を教えてたもんせとかいうて……」

彼女が慨嘆の言葉を洩らすと、手伝いの生徒さんが、教室の方で、クスクス笑った。

「それは、残念ですな。そんな風ですと、戦後、鹿児島の女性の気風も、ずいぶん変ったと見えますな」

私は、調子を合わせて、アイヅチを打った。

「変った段ではございません。まるで、世の中がちごうてしまいました。鹿児島も、男女同権ちゅうことになりまして、オナゴも平気で男よりも先きに、風呂へ入りますし、洗濯竿の区別もないようになりましたし……」

それを聞いて、私は驚いた。前回の来遊の時には、女子は最後に入浴し、洗濯盥から物干竿まで、男女の共用を許さない習慣も、まだ守られていたのである。そして、夫婦といえども、アベックで道を歩くというようなことは、もの笑いの種だった。

「そういえば、今、城山へ行ってきたのですが、手をつないで歩いてる男女が、幾組もいましたな」

私は、東京人の眼で、何の不審も感じなかったのだが、ここが鹿児島であることを、再認識しなければならなかった。

「天文館通りの喫茶店や、鴨池公園あたりへ、行ってご覧なされませ。もう、わたしたちは、眼を開けておれんような有様に、よう出会いまして……」

彼女は、端正な顔だちの眉をしかめた。それは、単なる風俗批評というより、ずっと、強い調子があった。

しかし、彼女も、まだ老婆という年ではなく、女性の一人である資格が充分なのに、男尊女卑の弊風が革《あらた》まったことを、喜ばないのは、どういうわけであろうか。よほど、封建思想が、身に浸みた女性なのだろうか。私は、彼女を軽蔑するよりも、その出生に興味を持った。

「失礼ですが、校長さんは、どこで料理の研究をなさったのですか」

私は、遠回しに、彼女の過去を探ろうとした。

「いいえ、研究なぞ、何も致しません。亡くなった主人が、食事のやかましか人で、そいで、いろいろ……」

「へえ、鹿児島人で美食家は、珍らしいですな」

実際、この土地の男子は、質朴剛健であって、味覚を問題にしなかった。

「はア、そんでも、主人は島津藩の家老の家に生まれまして、若い頃、イギリスに長く留学しちょりましたので……」

「なるほど、外国仕込みの食通ですか。で、校長さんのご実家は？」

「わたくしの家も、代々、島津に仕えたものでござります」

「それじゃ、生粋の鹿児島上流人ですな。しかし、近頃は、島津の殿様も、土地会社を始めたという噂ですから、有為転変がひどいでしょうな」

「はア、わたくしなぞも、余儀なく、こげな学校を開きましたようなわけで……。明治時代に栄えた名家の大半は、東京へ移住のまま、戦後に没落しました。華族さんの多いことにかけては、全国一といわれた鹿児島なのですが……」

「じゃア、落ちぶれても、故郷へ帰ってくる人は、少いのですね」

「はア、先祖のお墓は、こちらにありますのに……。でも、宗像男爵のご令息は、戦後に、こちらへお住いです」

「えッ?」

　私は、飛び上った。

　六郎太の父親は、彦之進といって、有名な汽船会社の創業者であり、実業界に尽した功労によって、男爵を授けられた――ということを、私は小説に書いたのである。その宗像男爵が実在して、その息子の六郎太が――

「もしかしたら、その令息というのは、岩崎谷に住んではいませんか」

　私は、城山口で見た標札のことを、思い出した。

「よう、ご存じで……。あの付近は、宗像家の所有地でしたが、大分、お売りなされて、今では、あのお家のところだけ残っちょるとか……」

「そして……そして、その息子というのは、もしかしたら、六郎太と申しはしませんか」

「はい、そん通り――六郎太どんごあんど。あなたは、東京で、お知合いで?」

「いや、いや、ちょいと、その……。そして、六郎太の近況は、どんな工合ですか。それが知りたくてたまらないのです」

私は、混乱の絶頂に達し、判断や反省の能力を、まったく失って、そんなことを、質問してしまった。すると、校長さんは、急に声をひそめて、

「人にはいえんことですが、六郎太どんな、並外れの女好きで、身持ちが定まらんので、今もって、お独り身ごあんど。その上、お酒や女道楽のタタリで、中風にかかって、臥とられるですと……」

「脳溢血ですか。そこまでは、私も空想が働きませんでしたよ。でも、独身で、そんな病気にかかっちゃ、さぞ、不自由なことでしょうな」

「ところが、あなた、感心なオナゴがおりましてな。朝晩つききりで、看護しちょるのです。鹿児島の女でなけにゃ、好いたトノゴに、そげなサービスのでけるもんじゃござはんと。食事から大小便の世話まで、なんでんかんでん、ひとりでやっとりなさるとですと。それで、あんた、まだ年が若うて、美人で……。何と、ムゾか（可愛い）女じゃござはんか。戦後の嵐が、なんぼきつうても、鹿児島女は、やっぱ、日本一ごあんど……」

「いや、六郎太の奴、うまいことを……」

と、いいかけて、私は、やっと、正気になった。というより、ベルの音で、眼がさめたのである。

枕もとで、目覚し時計が、けたたましく鳴っていた。私は、とりあえず、ベルの音

を止めて、あたりを見回すと、わが家の寝床の中だった。そして、何のために、目覚し時計をかけて置いたかを、思い出した。

（そうだ。今日は、週刊誌Aに頼まれて、鹿児島へ行く日だった。八時に羽田発の飛行機へ乗るのだから、社の車がそろそろ迎えにくるぞ。早く、支度しなければ……）

私は、寝床を蹴って、跳び起きた。

〈昭和三十九年九月・小説新潮〉

愚連隊

愚連隊という語は、私の故郷、横浜から発生した。いつ時分にできた言葉かというと、日露戦争の少し前から、ではないかと思う。だから、ひどく古い言葉である。そんな言葉が、なぜ昨今、復活したのか、私にはわからない。新しい流行語が、ヒンピンとして、工夫されるのに、チンプな柄の染め返しも、ちょいとオツだというのか。復古調なのか。

とにかく、愚連隊の文字を、新聞で見ない日はない。本年最大の流行語であろう。この語の発生当時は、無論、こんなに、ハデに使用されていたわけではない、昨夜、愚連隊二名、寿町署の手に捕わるなんて、六号活字で、横浜貿易新聞という新聞の社会面の下の方に、出ていたに過ぎない。

一体、愚連隊という字からして、バカな字で、オロカ者が連なるというのは、アテ

字であろう。グレるという語は、その頃からあったから、グレた者が隊をなすという
だけの意味だろう。だから、世間がつけた名前であって、固有の一派の称ではない。

まず、戦前語の不良に相当するか。愚連隊といったところで、大悪人や、兇盗を連想する者はない。いい若い者が、仕事や学業を抛って、盛り場の伊勢佐木町あたりを遊び歩き、喧嘩の用心に、ドスの一本も懐中していれば、立派な愚連隊といえた。ヤクザの親分とか、何々組とかいうものに、関係のあるような、職業的な不良ではなく、愚連隊の大将株でも、せいぜい、半プロであったろう。

その愚連隊は、伊勢佐木町の裏通りあたりに、巣をなすと、聞いていたが、少年の私は、一度も、実体を見たことはない。しかし、母親から、

「あの人は、愚連隊らしいから、決して、遊んではいけないよ」

と、堅く戒められた友達があった。

私は、東京の小学校の寄宿舎へ入れられる前に、横浜の小学校にいたことがある。その時の上級生で、Aという少年がいた。私より、五つ位、年長であるから、顔見知りに過ぎなかった。ところが、私が東京の寄宿舎にいた時に、当時、台湾坊主と称した禿頭病《とくとうびょう》ができて、それが、伝染病と考えられた時代であったから、快癒するまで、自宅で療養しろと、家へ帰されたことがある。

実に、その時は、嬉しかった。公然と、ズル休みができるのである。一銭銅貨大の

ハゲに、毎日、薬を塗るだけで、後は勝手に遊んで歩ける。私は、禿頭病が、なるべく、早く癒らないように、念じていたが、暑中休暇中なぞとちがって、遊び対手がないのが、キズであった。

そんな時に、ふと、Aと交際し始めたのである。Aは、小学校高等科を卒業して、年は十六ぐらいであったが、上の学校へも行かず、或いは行けず、といって、小僧や職工になりもせず、毎日、遊んでいた。

Aと遊ぶのは、面白かった。彼は、野球は上手、相撲も強く、その癖、粗暴ということもなかった。非常な任俠家なのである。彼は、私によく駄菓子なぞを、オゴってくれるので、金持の息子かと思っていたら、ある日、彼の家を見て驚いた。

横浜には、外資の石油会社が二、三あったが、彼の家は、その石油空罐置場の中の番人小屋であった。尤も、煉瓦塀に取り巻かれた立派な構内であり、彼の家も、小さいだけで、汚くはなかった。父親は、その石油会社に勤め、母親は、彼にいわせると、ママハハだった。

そのママハハと、仲の悪いのが、彼のグレ出した原因らしかった。父親は、ひどく厳格な人物で、そういう息子に高圧を加えるらしかった。父親は、ある日、私の家を訪ねてきて、私の母親を驚かせた。

「お宅の坊ちゃんが、私のセガレと遊んでいるそうですが、あれには、私も手を焼いて、勘当同様にしてるので、どんなことがあっても、私には責任は持てませんから、左様ご承知下さい」

と、いうようなことをいって、サッサと、帰っていったのである。

母親がAを愚連隊ときめたのは、それ以後のことだが、私は、Aを信用していたから、ソッと、遊んでいた。そして、彼が父親から、一銭の小遣銭も支給されないのに、いつも、私にオゴってくれるナゾも、解けた。

彼は、倉庫の空の石油罐を持ち出して、売るのである。私を、煉瓦塀の外に待たせて、塀の向側から、一つか二つ、空罐を投げ出し、身軽に、塀を飛び降りる。荒縄を石油罐に繋ぎ、ガラガラ音を立て、往来を引きずって歩く。そのうちに、屑屋が通りかかると、すぐ、金に代える。その頃、石油罐は、八銭ぐらいで売れた。子供の一日の小遣銭は、一銭か二銭の時代であった。

Aは、私に駄菓子をオゴってくれるばかりでなく、煙草ものめといったが、これは、一向うまくなかったから、従わなかった。彼は、また、私の喧嘩の後楯にもなってくれた。文字どおりの後楯で、ジッと、背後で見てるだけで、加勢の手は出さないのである。出しては、卑怯だというのである。十六歳の彼が、手を出せば、対手は、一ぺんに負かされる。そんなことは、彼としても、私としても、なすべき所業ではないというのである。私が、三人ぐらいの対手と、喧嘩しても、彼は、声援するだけで、参加しない。しかし、彼が暴れ者である名は通っているから、背後に佇んでくれるだけで、私は、三人の対手と戦っても、負けずに済んだ。すると、よくやったと、彼が賞めてくれるのである。

彼は、生まれながらの正義派で、悪い人間の反対だった。従って、愚連隊ではないと、私は堅く信じていたのだが、ホンモノの愚連隊というのが、一人、出現した。それは、Aよりも更に、一、二歳、年長で、Aの友人であり、やはり、私の小学校の先輩であり、Sという男だが、愚連隊であると同時に、壮士芝居の下回りと、なっていた。

横浜には、ハンケチ芝居というのがあって、輸出ハンカチーフの加工をする女工さんたちが、ヒイキにする芝居を、意味していた。それには、カブキもあり、新派もあった。新派のことを、壮士芝居とか、単に壮士ともいった。

Sが入ったのは、そういう壮士芝居の劇団であった。根拠は、横浜にあるらしく、時々、地方巡業に出ていくが、また、横浜へ帰ってくる。たいがい、羽衣座という劇場に出演していた。

ある日、Aが、羽衣座を見に行こうという。Sが、タダで芝居を見させてくれるというのである。それには、朝八時頃、弁当を持って、羽衣座の裏口に待ってる必要があるというのである。

私は、家に隠して、弁当をこしらえて貰って、約束の場所へ行った。Aも、待っていた。やがて、Sが出てきて、案内するから、下駄を懐ろに入れろという。下足番の厄介になるような、入場の仕方ではないのである。

正面桟敷の端の方に、連れられたが、まだ時間が早くて、一人の観客も入っていない。その頃の開演は、早かったから、十時頃になると、幕が明いたが、ほとんど観客の姿はなかった。よほど流行らない芝居だったのであろう。

芝居の筋は、明治初年の華族のお家騒動のようなものだった。座長で、Sの師匠である陰気な役者が、大悪人をやった。紋付きか何か着て、常に、ピストルを懐中している男である。二幕目ぐらいに、その大悪人に向って、一人の捕手《とりて》が、花道で、立ち回りを演じるのが、それが、Sなのである。

「この次ぎの幕に、おれが出るから、よく見てろよ」

と、彼が予告にきたから、よくわかっていた。

おかしな芝居で、大悪人その他は、ザンギリ頭なのに、捕手の彼は、カブキに出てくる扮装で、十手も持っていた。大悪人が、悠々と、花道の引っ込みにかかると、揚幕から、Sの捕手が出てきて「御用！」とか何とかいって、十手で打ってかかる。大悪人は、平然として、ピストルも出さない。ちょっと、柔道の手のようなことをすると、Sが下手なトンボをきる。そして、威風に怖れて、揚幕へ逃げ帰るのであるが、その時、桟敷にいる私たちの方を見て、ペロリと、舌を出して見せた。

私とAは、そんな風にして、二、三度、羽衣座を見物したが、しまいには、出方に叱られて、劇場を追い出された。Sも一緒に叱られた。出方に叱られるくらいだから、Sも、よほど、下ッ端の役者だったにちがいない。

それきり、私は、もう、タダ芝居を見にいかなかった。やはり、子供心にも、そういう見物の仕方は、気持がよくなかったのだろう。

それから暫らくして、ある日の午近く、私が往来を歩いてると、Sに呼びとめられた。彼は、八丈のような、女の着物のような着物を着ていた。

「今日は芝居が休みなんだ。おれの家へ、遊びに来い」

私は、Aを信用していたが、Sの方は、人格劣等と考えていた。彼の家へ、一人で遊びにいくのは、気味が悪いと、思った。しかし、断るのも、怖かった。愚連隊だから何をするかもわからぬと、思った。

シブシブ、彼の跡をついていくと、彼は、途中のパン屋で、軍用パンの屑を、二銭買った。日露戦争中に、軍用パンというものが、売り出された。石のように堅いのと、クラッカー式のと、二種あった。前者は、此間の戦争の時も、小型のが、森永あたりから、売り出された。クラッカー式のは、この頃は、軍用パンといわない。銀座のバーあたりで、チーズに添えて出している。塩味で、歯触りの悪くないものである。日露戦争では、兵隊が、あんなものを、食っていたのか。

その軍用パンを製造してるパン屋で、焼く時に、屑ができる。半分とか、三分の一に、割れているやつである。それを買うと、大変安い。二銭買うと、紙袋一ぱいあった。

「おれは、これを、飯の代りに、食ってるんだ」

と、Sがいった。よほど、貧乏な役者だったにちがいない。

そして、驚いたのは、彼の家だった。裏町のシモタ屋の二階を、借りてるのだが、部屋代を払わないとみえて、六畳ぐらいの部屋の五畳分ぐらい、畳をあげられて、一畳しか敷いてない。

その上に、坐れというのである。そして、軍用パンの袋を明けて、さア食えという。それだけなら、まだよかったが、彼は、遂に愚連隊らしきことをいい始めた。

「お前、小遣いを、持ってるだろう。軍用パン食わせてやった代りに、あるだけ、置いていけ」

こっちは、十二歳で、向うは十八ぐらいだから、喧嘩しても、敵う道理はない。結局、彼のいうことを聞く外はないと、観念したが、思わぬ救いの神が、現われた。

階段に足音をさせて、

「Sさん、いる？」

と、桃割れに結って、黒襟のかかった着物をきた娘が、部屋へ入ってきたのである。

私は、まだ、春情を解さぬ頃であったが、この娘が、十人並み以上の美人であることは、よくわかった。役者のところへ、一人で訪ねてくるなんて、どうせ、当時の不良娘にきまっていた。或いは、ハンケチ女工の一人だったかも知れない。

彼女は、子供の私に、一顧も与えないで、Sと睦まじく、会話を始めた。何か、曲物に食物を入れて、Sのところへ、持参してきたらしく、Sは、それをツマんで、悦に入っていた。

そのうちに、二人の態度が、次第に、怪しくなってきた。Sは、子供の私に、そういうところを、見せつけて、一興を味わおうという料簡らしかった。

「およしよ。子供のいる前でさ」

娘は、そんなことをいいながらも、Sの膝に抱かれて、くの字に脚を曲げていた。

私は、非常な、不快感に襲われた。何しろ、一畳しかないタタミの上で、眼近かに、そんな光景を、見せられて、嘔気のようなものを、催したのである。ちょいと、覗いてやれ、なんていう興味は、全然、起きる年齢ではない。その癖、性的知識は欲してるのであるが、現場の刺戟は、恐怖を生じさせるのである。

私が、慌てて、帰りかけると、二人は、声を立てて笑った。階段を駆け降りて、外へ出ると、タカリを助かったという喜びは、少しも感ぜずに、腐ったものでも食ったような不快感が、全身に充ちた。

それに懲りて、二度と、Sに会わないようにした。そのうちに、私の台湾坊主も、快方に向って、東京へ帰ってしまったから、横浜の愚連隊とも、縁が切れた。Aは、その後、父親と大喧嘩をして、家を飛び出したという話を聞いたが、Sの方は、まったく消息を聞かないで、今日に及んでいる。

とにかく、原始の愚連隊とは、そのようなものだった。

〈昭和三十一年十一月・オール讀物〉

ヒゲ男

　あれは、明治年間のことだったが、私の叔父がドイツから帰ってきた。
　この叔父は、騎兵の将校で、馬に乗ることが大変上手で、馬のことに詳しくて、馬の神様とかいわれていた。そして馬の研究に、陸軍からドイツに遣られて、数年間して、帰朝してきたのである。
　以前から、風采のいい男だったが、ドイツから帰ってきて、すっかり、男振りをあげた。その頃すでに、フランス式軍服は廃され、ドイツ風に変っていたのだが、そのカーキー色の軍服を、彼は、ベルリンであつらえてきた。まるで、当時の婦人服のように、腰がキュッと締まり、胸が張り、身動きが窮屈ではないかと、思われるほどだったが、いかにも、伊達姿だった。その上、彼は、軍刀まで、ドイツで買ってきた。
当時、少年の私は、ひそかにそれを抜いて、振り回したことがあったが、刀身一面に、唐草模様が彫ってあるのである。無論、指揮刀であって、あんなものでは、豆腐ぐらいしか、斬れないであろう。十九世紀のヨーロッパの軍人は、貴族出身が多く、商人や技師よりもオシャレであって、社交界の婦人にモテたらしいが、叔父は、多少、その風に感染してきたにちがいない。

そんな軍刀や軍服よりも、一番眼につく叔父のオシャレ振りは、口ヒゲであった。八字ヒゲであった。当時、あんな立派なヒゲを生やした日本人は、まったく稀れであった。八字ヒゲとか、泥鰌ヒゲとかいうのはあっても、あんな逞しい、そして装飾的な（つまり、人工的な）ヒゲの形は、見られなかった。

そのヒゲの手入れが、また、大変なものだった。ヒゲを切る鋏、ブラシ、櫛、それから、アイロンのような道具を、叔父はドイツから買ってきたが、どんな風に使用するのか、見たことはない。ただ、夜、眠る時に、ヒゲの形を崩さないように、ヘヤーネット様のマスクをかけるところは、実見している。このヒゲ押えの道具と、それから、朝起きて、叔父が黒パンを食べることが、少年の私に、印象が深かった。

叔父が立ててるようなヒゲを、カイゼル・ヒゲと呼ぶようになったのは、後のことで、同様のヒゲが、日本でも少しは流行し始めた頃であろう。無論、ドイツ皇帝ウイルヘルム何世だか、第一次大戦後オランダに幽閉されたあの人間のヒゲが、モトになってるのである。

そのカイゼル・ヒゲを立てて、叔父は、盛んに道楽をしたものと、思われる。ドイツの女との間に、一子をもうけたという噂が、どことなしに伝わってきたが、後年、私がドイツへ行った時に経験した事情から考えると、まんざらウソとも、思われなかった。確実にわかってるのは、神楽坂あたりの放蕩だった。この叔父には、日本趣味が欠けてるので、ドドイツ一つ唄えなかったろうが、もっぱらヒゲの方で、芸妓の人気を集めたらしく、熱い仲の女もできて、叔母がひどく嫉妬した。

この叔母の方が、私の肉親であって、叔父はその良人であるが、叔母は体格は立派でも、容貌は特に傑《すぐ》れず、その上、強情を張るところも、私と似ていた。嫉妬の方も、最初はヤセ我慢をするので、次第に内攻して、手のつけられないことになり、一度や二度の喧嘩では、解決はむつかしくなってくるのである。そのくせ、叔母は叔父に惚れていたのだと思う。カイゼル・ヒゲを蓄えて帰朝した叔父に、もう一度、惚れ直したにちがいないのだが、ドイツの落し子の噂や、神楽坂の放蕩で出端を挫かれた。叔父を独占できたら、叔母は良妻となったにちがいないが、逆になったシコリが、いつまでも残って、この夫婦は、稀れに見る不仲となった。

あんな仲の悪い夫婦は、私も見たことがないが、喧嘩が始まると、口をきかなくなる。落語の強情競べのように、どっちも降参しない。それで一緒に食事をしたりするのだが、一方は苦りきって酒を飲み、一方はムッツリと飯を嚙んでるところは、滑稽味があった。しかし、夫婦であるから、どうしても口をきかねばならぬ用事が起きてくる。その場合、叔父は女中にいいつける。女中が叔母のところへ聞きにいく。手数が掛かるのだが、決して、直接に口をきくことをしない。

その頃、日本にも、カイゼル・ヒゲの仲間がいないことはなかった。政治家にもいたが、代表者は閑院宮殿下だった。しかし、第一次大戦でドイツが敗北し、ドイツ皇帝が幽閉されると共に、日本のカイゼル・ヒゲはすっかり廃ってしまった。

そこへいくと、叔父は偉かった。依然として、あのヒゲを逆立てていた。しかも、軍人の方は大佐で予備となり、馬政局に入ってセビロを着るようになったのだが、ヒゲは改めなかった。尤も、セビロのカイゼル・ヒゲも、そう似合わないものでもなかった。そのうちに、チャップリン・ヒゲというものが流行し始めた。これは、分量からいって、カイゼル・ヒゲの半分もなく、手入れの方も簡単であり、会社員なぞが課長次席ぐらいになると、すぐこのヒゲを蓄えた。

叔父のカイゼル・ヒゲに、大分白いものが見え始めた頃、私はフランスへ行くことになった。その頃、叔父も寄る年波で、乗馬には遠ざかって、撞球や釣魚に凝っていたが、

「おい、お前、フランスから帰る時に、リールを一つ、買ってきてくれ」

と、私に頼んだ。釣魚のリールは、フランス製が一番いいそうである。そして、そ

のいいリールを売ってる店が、パリのセーヌ河岸のベル・ジャルディニエ百貨店の近くにあるというようなことまで、私に教えた。

「それからな、わしのようなヒゲを生やしてる奴が、ヨーロッパにまだおるか、その点も、注意してきてくれ」

これは、少し低声で、私に頼んだ。

そして、私はフランスに出かけた。

四年ほどパリで暮す間に、勿論、私は叔父の頼みなぞ、忘れてしまった。しかし、フランス人に対しては、熱烈なる興味を懐いていたから、彼等の顔を注意して眺めたのは、女に対してばかりではなかった。男の顔だって、面白かった。巡査の顔、タクシー運転手の顔、ホテル、料理店、キャフェのボーイの顔、バスや地下鉄の車掌の顔――そういう顔を眺めるのは、フランス研究だった。そのうちに、ふと気づいたことは、そういう連中の大部分が、ヒゲを生やしていることだった。フランス語に巡査ヒゲという言葉があり、大きな厚いヒゲのことなのだが、十九世紀あたりにできた言葉にちがいなく、私の行った頃パリの巡査のヒゲは、短いのが多かった。巡査ヒゲは、むしろ、タクシーの運転手が生やしていた。その頃の運転手は中老か、老人が多く、従って肥満漢が多く、これが美髯《びぜん》を生やし、海軍帽をかぶってる姿は、堂々としていたが、今のパリの運転手より、下町風の気軽さがあった。彼等は殆んど辻馬車の御者であり、自動車時代になって、運転手に転身したのである。

キャフェのボーイは、ヒゲと無鬚と半々だったが、私がよく通ったソルボンヌのキャフェ兼撞球屋のボーイ頭は、叔父を憶い出させるほど、見事なカイゼル・ヒゲを生やしていた。パリでも、まだカイゼル・ヒゲが生き残っているのかと思ったが、そのうち、毎日出かける安飯屋の主人は、これはまた典型的なカイゼル・ヒゲを生やしてることを発見した。

安飯屋でも、常連は大切にするから、主人は間もなく私の顔を覚え、私が席につくと、大きな腹をつき出しながら、手にしたナプキンでテーブルの上を払い、今日はいい天気だというようなことをいって、註文をきくのである。フリの客には、決してこういうことをしない。パトロンつまり主人は、ボーイ特有の服装をせず、黒っぽい服に固いカラをつけて、ただ片手にナプキンをブラ下げてることで、客に非ざることを識別させるようなものである。そして、何か威張ってるところがあって、客にペコペコ頭を下げない。チップをやったって、受取りはしない。そういう品格ある人物だから、あんなハデなヒゲを生やしても、おかしくないのであろう。

だが、私のパリ滞在が長くなるにつれて、ハデな口ヒゲを生やしている連中に、あまり社会的地位の高い者がいないことに、気がついてきた。キャフェのボーイ頭や、安飯屋の主人ばかりでなく、一度は、盛り場の祭市《フェート》の見世物で、重量揚げをしてみせる男が、桃色の肉ジュバンを着て、驚くべき立派なカイゼル・ヒゲを所有してるのを見た。その頃政治家のブリアンもまだ生きていたが、彼のヒゲは手入れをしない無精ヒゲだった。

そのうちに、チャップリン髭は別として、他のすべてのヒゲを生やしてる連中は、十九世紀的人物が多いということも、知るようになってきた。口ヒゲの先端を、ゼンマイのように捻り上げたり、アゴ・ヒゲまで蓄えて、三角形に揃えたりする中老男性が、いることはいるが、そんな男は、山高帽をかぶり、縞ズボンを穿き、モーパッサンの小説の挿絵に出てくる紳士と、そっくりであった。恐らく、モーパッサンの書いたような旧時代の情事に耽り、第一次大戦前の物価の安さに憧れてるにちがいなかった。そして、モンパルナスの芸術家も、新聞に出るような政治家、実業家の写真も、現代の活動家は一本の毛も、顔に生やしていなかった。

ヒゲ男は時代遅れということがわかってきたが、私はべつに叔父のことを思い出す必要もなかった。ただ、四年目に日本へ帰ることになって、その旨を通知すると、釣りのリールを買って来いと、念を押された。セーヌのベル・ジャルディニエ百貨店近くの河岸へ行くと、果して、釣道具屋が数軒あり、そこで私は頼まれものを買った。

私は帰朝して、久し振りに叔父に会ったが、私が外国の空気に浸ってきたせいか、叔父が昔のようにハイカラ男に見えなかった。ヒゲだけは天を指していたが、白いものが混り、唇の周りは茶色に汚れていた。頭髪も、ドイツ軍人式の角刈りをするには、毛の分量が乏しくなっていた。

彼はリールを手にして、大いに喜んだが、ヒゲの流行については、何も口にしなかった。ドイツが敗北してから、日本でもすっかり不人気になったのだから、ヨーロッパでカイゼル・ヒゲが流行してるわけがないと、思ったのかも知れない。実際、私はパリ滞在中に、ベルリンへも出かけたことがあったが、カイゼル・ヒゲの男なぞは、一人も見かけなかった。

また、叔父も、私の外遊中に、寄る年波で、すべての公職を退き、恩給暮しの身の上となって、好きな放蕩はもとより、身の回りのオシャレも、思い止まらざるをえなくなってることが、次第にわかってきた。釣魚だけが、残された唯一の道楽になってるらしかった。

それから何年か経て、ドイツにヒットラーが出現する頃には、叔父も、どこにでもいるような日本の爺さんになってきた。釣仲間の連中は日本趣味家が多いらしく、次第にその感化を受けてきた。ことに釣りに行く日は、故意でもあるかのように、コジキのような服装をして家を出た。しかし、ヒゲだけは異彩を放っているから、気味が悪いようなものだった。

私は叔父と会っても、彼が一向ドイツのことを口にしないので、もう昔のことは忘れたのだと思っていた。

「叔父さん、ドイツもすっかり盛り返してきたじゃありませんか」

ある日、私の方から話を切り出しても、彼は応じなかった。

「ダメだよ、ヒットラーなんか。タカが軍曹上りじゃないか」

私はヒットラーがチャップリンのようなヒゲを生やしてるから、叔父の気に入らないのだと思ったが、それは皮相の見だった。彼の愛してるのは帝制ドイツで、ナチの国家ではないことが、次第にわかってきた。

そして、ヒットラーのポーランド進撃が始まった年だったが、叔父はある日鮎釣りに出かけた。上州のどこかへ行って、一泊の予定だったが、その日の夕方に、ボンヤリして帰ってきた。

「おれも、年をとったのかな。竿が重くていかん……」

それから間もなく、彼は胃の異状を訴え出した。叔母が付き添って、陸軍病院へ診察を受けに行くと、胃ガンだといわれた。勿論、当人には知らされてなかった。

手術も手おくれということで、彼は自宅で臥ていたが、案外、死期までの時間が長かった。その上、激痛のない症状で、当人はノンキな顔をしていた。ただ、皮膚が何ともいえないイヤな色になり、眼がトロンとして、力がなかった。そして、長いこと顔を剃らないので、顔じゅうヒゲだらけになった結果として、あの立派な口ヒゲがアゴヒゲと連結して、境界を失ってしまった。もうヒネリ上げようにも、ヒゲの先きというものがなくなってしまった。ヒゲの持主よりも、ヒゲの方が先きに死んでしまったようなものだった。

叔父の死後、十数年経て、彼のことなぞ私の念頭になかった頃に、私はある雑誌の頼みで、英女王戴冠式に列するために、またヨーロッパの土を踏むことになった。

私は二十五年振りのパリに、先ず到着して、風俗の変化に驚くことばかりだったが、さすがに、もうモーパッサンの小説の挿絵に出てくるような紳士姿は、一人も見たことはなかった。あの安飯屋の主人や、キャフェのボーイ頭の生やしていたようなヒゲも、どこへ行っても見当らなかった。チャップリン・ヒゲさえも、至って少なかった。ヒゲは完全に時代から見捨てられたようだった。ヒゲの匂いのする接吻なんて、十九世紀小説に書いてあっても、パリの女は理解しなくなったらしく思われた。

ところが、ある夜、サン・ジェルマン街のキャバレを訪れてみると、赤いシャツを着て、細いズボンをはいてるようないい若い者が、アゴヒゲを一ぱい生やし、若い女と抱き合っていた。それも一人だけではなかった。そのヒゲは、アブラハム・リンコルンのヒゲのようであり、また、病床に臥した叔父のヒゲのようでもあった。

実存主義者は、皆、あんなヒゲを生やすのだと、古いパリの友人が教えてくれた。さア、こうなると、ヒゲの運命もわからない。

〈昭和三十二年十月・文藝春秋別冊〉

因果応報

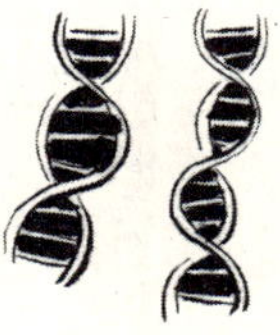

「篤《あつ》ちゃん、さ、早く……」

妻は、すっかり、外出の服装を済ませて、今度は、篤《あつし》の着換えをさせるために、栗茶色の半パンツと、レモン色のシャツを抱えて、子供部屋へ行った。

親戚の祝い事があって、一家が夕飯に招かれているので、私たちは、三時五〇分の湘南電車で、東京へ出かけることになっていた。私は出不精の性分で、そんな会合は、あまり嬉しくないが、妻は、人の集まる場所が大好きで、午飯が終ると、早速、お化粧を始め、着物や帯の選択に、愉しそうな時を送っていた。

しかし、篤は、妻よりも、もっと、今日の外出を、喜んでいた。一昨年ぐらいまでは、自動車に乗るのが、何よりも面白いらしく、

「ブー乗る、ブー乗る……」

と、いつもセビっていたが、幼稚園へ通うようになってから、親たちと同行で、湘南電車に乗る味を覚え、これはタクシーよりも、バスよりも、よほど魅力があるらしかった。馬入川の鉄橋や、戸塚のトンネルという景物があるばかりでなく、検札にくる車掌さんの様子にも、新鮮な興味を感じたとみえて、家へ帰ってから、

「エー、ドナタモ、ジョーシャケンノハイケンヲ……」

と、帽子を脱ぐ真似をしていう口上も、まちがいなく述べて、親たちを笑わせた。

湘南電車に乗る愉しみは、最上らしかったが、篤は幼稚園へ通って、人見知りをしなくなってから、客好き、お呼ばれ好きにもなった。人の集まる席には、ハシャギ回って、私たちがハラハラするほどだった。食べる愉しみはそれほどでなく、ジュースにサンドウィッチでもあてがわれれば、文句なしなのだが、それよりも、そういう席の空気が、いかにも嬉しそうで、昂奮状態を示すのを、常とした。会合嫌いの私の子供としては、不思議なことのようだが、私だって、ヘンクツになったのは、中年頃からであり、幼い時は、篤に劣らず、客好き、外出好きだったのである。

そんなわけで、篤は、昨日から、今日の東京行きを愉しみにし、今朝は、起きたとたんに、午後の出京のことを、話し出したくらいだった。それが、午飯の後ぐらいから、次第に、様子が変ってきた。

「ぼく、眠くなったんだよ」

そんなことをいって、畳の上へゴロゴロし始めた。近頃は、悪い癖を覚え、何か気に入らないことがあると、眠くなったと、いい出すのである。最初は、どこか体でも悪いのかと思い、また、正常の眠気なら、午睡をさせる必要があるので、親が側へ寄っていくと、そのどっちでもないことが、多かった。親の注意を惹くために、そんなことをいうのだと、わかってきた。

「じゃア、湘南電車の中で、寝ればいい」

「いやッ。電車の中なんか、寝ない」

と、わざと、体を反りかえって見せる。こういう時は、捨てて置くに限ると、私は、外出の身支度にかかった。そして、私がネクタイを結んで、背広を着て、ゆっくり居間へ帰ってくる時分に、篤はいつか子供部屋へ行っていて、そこで、母親から、着換えを迫られていたのである。

「さ、篤ちゃん、早く……。グズグズしてると、電車におくれますよ」

妻は、レモン色の新しいシャツを手に持って、催促するが、篤は背を畳に貼りつけるようにして、起き上らない。

「そんなシャツ、いや」

「じゃア、どんなシャツ？」

「白いのでなくちゃ、いや」

ている。

「でも、白は古いのばかりよ。これになさい」

横浜のフクゾーで買ってきた新しいシャツとパンツを、妻は、しきりに着せたがっている。

「そんな、黄色いの、いや」

それを聞いて、私は舌打ちした。いつとはなしに、妻は子供に、そんな癖をつけたのである。五歳未満の男の子に、衣服の好き嫌いがあるわけもないが、着せる前に、いちいち相談するようなことをいうから、いけない。私はそのことを、注意してやったことがあるが、妻は、あなたがオシャレだから、篤もそうなったんですよと、逆ネジを食わせてきた。私は自分をオシャレだと思っていないから、子供に遺伝するとは、考えていない。妻がそんな癖をつけたのが悪いと、考えている。

一体、私のところでは、篤が非常におそく生まれた一人息子のせいで、私も妻も、かなり甘い親であることを、認めざるを得ない。しかし、私は、妻の方がより甘い親であると、思っている。叱るべき時に、叱ることを知らない親だと、見ている。ところが、彼女の方では、私が甘過ぎるからと、頭から、きめこんでいる。そして、篤にいいふくめて、私のことを、

「ヤーイ、甘パパやい！」

なぞと、からかわせたりする。

私は、決して、彼女より甘い親だとは、信じていない。叱るべき時、シツケをつける時の分別は、持ってるつもりである。ただ、それをあまり実行しないのは、仕事に追われるからに過ぎない。子供を叱ると、こっちの気持も動揺するから、すぐに机に向うわけにはいかない。仕事は契約行為であるから、期限を遅らせてはならない。子供のシツケも大切であるが、仕事の方を先きに、考えるのである。だから、私の分も補うために、妻が大いに子供をシツケて欲しい。ところが、彼女は、自分の分さえも敢行しない。そのことが、いつも、私の不満として、残るのである。

私は、今日こそ、子供をシツケてやろうと思った。衣服なぞ、親が着せるものを着るようにシツケるのである。しかし、待てよと、思った。今日は、少し機会が悪い。なぜといって、後二十分もすれば、タクシーが迎えにくることになってる。どうせ、シツケにかかれば、反抗するだろうから、その時間を見込むと、電車の時間に間に合わないかも知れない。これは、他日に譲った方が賢明だと思って、私は子供部屋に出向いた。

「そんなら、ほかの服にしてやれ」

「だって、せっかく、ヨソイキに買っといたのに……」

妻は、不服そうだったが、それでも、子供の望む白シャツと、紺のパンツに、着換えさせ始めた。

ところが、いつもなら、自分の望みが叶うと、喜色を現わす篤が、逆に、グズリ始めたのである。着換えが済んでも、ゴロンと畳の上にひっくりかえり、白い眼を剝いている。すると、服装の問題で、ダダをこねたのではないのが、明らかとなった。私の見込みどおり、満五歳にもならぬ子供が、オシャレを欲するわけがないのである。何か、モヤモヤしてるのであろう。甘やかされた子供にありがちな、ヒステリーを起してるのであろう。

「ムシのせいだ。関《かま》わないで置く方がいい」

私は居間に引き揚げた。理由不明の不機嫌や、ダダこねに対し、昔の人は、子供がムシを起すといったが、重宝な表現であるから、私も妻も、よくそれを用いるのである。

妻は、子供の側で、グズリの対手となっていたが、やがて、タクシーの運転手が、玄関へやってきた。

「さ、行こうね」

私は、わざと、快活な声を出して、子供部屋へ行った。子供は、こっちの調子に、乗るものなのである。前のことを、覚えてるような顔をするのが、一番いけない。

「さ、オデケだ、オデケだ……」

妻も、おどけて、そういった。篤は、ついこの間まで、お出掛けのことを、オデケといっていたのである。

ところが、篤は、両脚を突ッ張って、反抗の姿勢を示した。

「ぼく、行かない」

「そんなことといって、オイテキボリにされたら、どうするのよ。パパも、ママも、行っちまうよ」

「いいよ、ぼく、オルスバンする」

「湘南電車に乗れないよ」

「いい」

「きっと、今日は、おいしいアイスクリームが出るよ」

「アイスクリーム、食べたくない。ぼく、東京いかない……」

私は、篤が熱でもありはしないかと、額に手を当てて見た。むしろ、平常より冷たいくらいの体温を感じた。

——よし、それなら、今日は、少し手荒くやってやるぞ。

私は、そう決心した。妻のような態度で、篤を扱っていたら、いつまで経っても、悪い癖は直らない。一度、きびしくシツケる必要がある。

「篤！　起きなさい。すぐ、出かけるんだよ」

私は、大きな声を出した。実際、運転手は外で待っているし、グズグズしてれば、電車に乗り遅れてしまう。次ぎの電車まで待てば、招待の時間に間に合わなくなる。子供のグズリに、とりあってはいられないのである。

「いやだい。行かないやい」

篤は、私の声に負けない強さで、叫び声を揚げた。それは、親から、より以上の阿《あ》諛《ゆ》や甘言を要求する態度に見え、私の眼にも、小憎らしかった。

――よし！

私は、いきなり、篤の体を抱え、膝の上に背向けにして、尻を二つ打《ぶ》ってやった。爆発的な泣き声と、私の胸や顔を掻きむしろうとする小さな手の活動に、一切、辟易しないことにして、彼を抱いたまま、玄関に出た。

門まで歩く間も、最大の泣き声と、最大の抵抗が続いた。妻も、仕方がないという顔つきで、篤の靴を片手に持って、蹤《つ》いてきた。扉を開けて、タクシーが待っていたが、私は、無言で、ジタバタする脚を、腕で抑えつけながら、座席の中に運び込むと、体じゅう、ビッショリ汗をかいていた。

やがて、破れんばかりの泣き声を乗せた車が、走り出した。

＊

私は、生来、短気な性分で、若い頃は、何かというと、腕力をふるった。二つちがいの弟との取組み合いは、親類中でも評判であったし、学校で友人との喧嘩も、何回やったか知れなかった。

しかし、妻帯するようになってから、私は、わりと、暴力を用いなくなった。癇癪は、年じゅう起してるが、妻を打つことは、稀れであった。十五年も同棲した亡妻は、温順な性質だったせいもあるが、手を加えたことは一度もなかった。女だの、子供だのに、腕力を用いると、何ともいえない不愉快な気分が、後まで残るのである。殴りたくて、ムズムズする時があるが、悪酒の宿酔《ふつかよい》よりもっと堪らない、あの後口を考えると、我慢する気も湧いてくるのである。

といって、私は、親や教師が子供に腕力を用いることを、絶対に、反対というわけではない。よく新聞に、教師の腕力沙汰が出ているが、ある場合は、それもやむをえないと、考えている。そういう腕力が、正しく、効果的に生かされる場合も、あるからである。ただ、私が教師だとしたら、殴る役回りには当りたくない。女や子供を殴った後味は、思っただけでも、ゾッとする。それよりも、P・T・Aの評判でもよくしとく方が、身のためだろう。

しかし、わが子のシツケとなると、そうもいかない。私は大決心をもって、篤の尻を打ったのであるが、いかに理由は公明正大であっても、酢と泥と混ぜて呑んだような、心中の不快は、どうしようもなかった。親戚の招待なぞなかったら、こんな事件は起らなかったろうと考え、私自身も、篤と同じように、外出はいやだと、ダダをこねたくなった。

そのうちに、ふと、思いがけない記憶が、甦ってきた。五十年――いや、六十年近い昔のことで、まったく忘れ果てていた情景が、アリアリと眼に浮かんできた。その日、私は、今日の篤と、まったく同じ行為を、演じていたのである。恐らく、あの日の私と、今日の篤の心理は、寸分もちがわないのであろう。そして、同様に、両親を――特に父親を、苦しめたのであろう。

私は戦慄した。

――遺伝だ。この方が、ほんとの遺伝だ。オシャレなんかは、別な話だ。

＊

私の父も、私と同じように、長男の私を、年をとってから儲けた。といっても、四十歳の時の子であるが、明治中期の日本では、おそい子持ちといわれた。婚期も早かったし、また、人が老い易い時代でもあった。私の父は、その頃、すでに、横浜の貿易商として、土地で知られていたし、私の記憶からも、残された写真を見ても、デップリ肥って、老成した姿は、文楽の山城少掾とか、首相時代の吉田茂とかに、似ていた。

父は、結婚後十数年目に男子が生まれたので、ひどく、私を可愛がったらしい。まだ生き残っている伯母たちの話によると、子供を叱らない父親として、また、シツケをしない育て方の標本として、親戚の間に、I式（私の家の姓）教育という言葉が、よく交わされたそうである。つまり、おそい子持ちの父親の甘さを、嘲笑したのだろう。しかし、私の親を弁護するわけではないが、父は福沢門下だし、アメリカの教育をうけたし、封建的な親の在り方に、反感を懐いていた結果とも、思われる。

とにかく、私は十歳の時に父を喪うまで、父から叱責の声を聞いた記憶が、まったくなかった。いわんや、父から暴力を蒙ったことなぞ、皆無——といいたいのだが、そのような優しく、甘い父親から、たった一度だけ、痛い目に遭わされたことがある。いや、ほんとは、痛くも何ともなかったのだが、とにかく、今日の篤のように、私も父の膝に抱えられて、尻を一つ、打《ぶ》たれたのである。後にも先きにも、父の手が私の体に加えられたのは、その時限りなので、幼い頭の中にも、アリアリと、記憶が刻み込まれたのかも知れない。

その時、私は算《かぞ》え年の六歳だったと思う。今の篤の年齢とそう変りはない。そんな幼い時の記憶が、こんなに明瞭に残るものかと思うと、篤のことを考えて、私は怖くなるのだが、その日は風のない、今にも降り出しそうな曇天であった。その低い雲の色まで、私はハッキリと、思い出すことができる。そして、その日が十二月三日であったことも、これは記憶ではないが、想定することができる。なぜといって、その日は父の父（私の祖父）の命日であり、その法事をするために、一家が横浜から鎌倉の建長寺へ出かける朝の出来事だったからである。

その頃、鎌倉や江の島へ行くということは、私たちにとって、今の子供が関西旅行をするよりも、もっと大きな期待であった。私や、姉や弟も、鎌倉行きを愉しみにして、前日、前々日から、胸を躍らしていたにちがいないのである。ことに、私は今とちがって、外出が好き、人の集まる場所が好きであり、それを大ゲサに喜ぶことは、今の篤とまったく変らず、恐らく、前夜は昂奮して、晩くまでハシャぎ回っていたと、想像される。

そして、その当日がきたのだから、喜びは張り裂けんばかりで、空が曇っていようが、少しは寒かろうが、問題ではなく、早くから飛び起きて、ヨソイキの着物に、着換えさせて貰った。しかし、多分、朝飯は食べなかったと、思われる。私は、子供の時に、嬉しいことがあると、食事ができなくなった。行先きで、ご馳走を食べるのは、無論、大喜びなのだが、家を出る前の食事が、胸が一ぱいになって、どうしても、喉を通らないのである。そして、母親に叱られながら（母親はよく子供を叱ったし、時には、指尺で打ったりすることもあった）、食べるマネをしたかと思われる。

私も、篤と同じように、感情的な子供で、喜びや悲しみの受け方が、大ゲサだったのだが、その日に限らず、あんまり嬉しくなって、喜びの波の高さが、絶頂に達すると、不思議な方角に、崩れていくのである。それは、自分ではどうすることもできない力に、押されてしまうので、決して、グズってみせようとか、親を困らせてやろうとかいう心理ではない。ただ、ふと、悲しく、つまらなくなるのである。そして、今まで一番愉しみにしていたことが、一番面白くなくなるのである。遊びに行く愉しさが、忽然と消えて、逆に、家に残っていたくなるのである。そして、その意志を、どこまでも、張りとおしたくなるのだが、もし、それが思いどおりになったりすると、また悲しくなって、ワアワア泣かずにはいられないという、不幸な心理だった。

あまり、甘やかされ過ぎた子供には、こんな心理が起きるのかも知れない。大人の眼から見れば、理由のないダダであり、憎らしい子供の意地張りである。しかし、当人の子供にとっては、こんな不愉快で、悲しい時間はないのである。しかも、私はその経験を、何度持たされたか知れない。そんな幼い時代から、二十歳を過ぎても、その衝動は、しばしば、私を見舞った。ただ、青年になって、孤独を愉しむことを覚えてから、その不思議な癖は、自然と消えてしまった。

しかし、六歳の私は、まだ、静かに煙草をフカしたり、愛読の書をひもとく術を知らないから、その異常心理に襲われたら、キリのないことになった。

「さ、グズグズしてると、汽車に乗りおくれてしまうよ」

恐らく、私の母は、今日の篤に対して、妻がいったと同じ言葉を、私に、何度か繰り返したにちがいない。いや、もっと、セカセカと困った調子で、私を促したにちがいない。

なぜといって、その頃は、今ほど頻繁にダイヤが組まれていないから、横浜から鎌倉へ行く列車は、二、三時間置きだったであろう。一汽車乗りおくれたら、大変なことになるのである。そして、私の家から、当時の横浜駅（桜木町駅）までは、かなり距離があるので、人力車を頼み私が盛んにダダをこねてる時には、車は門の外に待っていた。

さすがに、甘い父親も、汽車の時間が迫ってきたので、自身で私を説得にかかった。叱言めいたことは、母親に任せて、口を出さない人なのだが、この時は、自身で、私をナダめたり、すかしたりした。そうなると、一層、意地を張りたくなるような性質だったので、私は、よほど、父親をテコずらせたにちがいない。

そのうちに、刻々、時間が迫ってくるのに、私は、今日の篤のように、畳にへバりついて、動かないので、甘い父親も業を煮やし、遂に、私の尻を打ったのである。

私が、最大の泣き声をあげてるうちに、とうとう、出発の時間に遅れてしまった。今日の私は、篤を抱き上げて、無理にタクシーへ乗ってしまったが、私の父親には、それだけの勇気がなかったらしい。

それどころか、父は子供を打ったことを、ひどく後悔したらしく、汽車に遅れたことなぞ問題としないで、私を抱き上げて、玄関脇の小部屋の窓から、外の景色を見せて、私の機嫌をとった。私がドンヨリ曇った空の色を、よく覚えているのは、竹格子のはまったその窓からの眺めだったと、思われる。そして、その時に、母親が、父の甘さに腹が立ったのであろうか、

「何ですよ、そんな大きな子を、抱いたりして……」

と、たしなめた一言を、今でも、ハッキリ覚えている。六つになった男の子を、父は抱くことは稀れであったが、その時は、そうせずにいられなかったろう。

私は、その時に、まだ泣きじゃくっていたろうが、父には胸一ぱいの好意をささげていた。打たれたために、どうにもならない厄介な心理が、一ペンに吹き飛び、何もなかったように素直な気持になっていた。清潔好きの父は、年中、石鹸の匂いをさせていたが、私はその匂いが好きであり、抱かれると、それが嗅げた。

そんなにハッキリと、情景を記憶してるのに——例えば、その日は、父が珍らしく、和服を着ていたことや、茶色のアストラカンのトルコ帽のようなものを冠っていたことなぞも、よく覚えているのに、尻を打たれた痛みは、全然、記憶にないのである。恐らく、父は、今日、私が篤を打ったように、手の力にブレーキをかけて、私を打ったのだろう。

結局、わが家の一行は、二時間余も遅れて、建長寺に着き、

「お前のお蔭で、あたしは、ずいぶん坊さんに、あやまったよ。あすこの坊さんは、

威張ってるからね」

と、後年まで、母にいわれたが、とにかく、無事に、お経をあげて貰ったことは、あの寺の暗い内陣の記憶が残ってるから、確かである。しかし、その後で、三ツ橋かどこかで、午飯を食ったにちがいないのだが、それは、何事も覚えていない。

父は私の十歳の時に歿したから、私のもの心がついて、一緒に暮したというのは、せいぜい、五年ぐらいなものだろう。期間が短かかったせいか、父の記憶は、いいことずくめである。父の死後五十余年になっても、私の単純な愛慕の感情は、少しだって、減ることはない。むしろ、年をとってから、父の気持を理解することが、深くなってくる。篤が生まれてから、一層、その傾きが強い。

沈黙院という戒名を、生きてるうちに、親戚間でつけられたほどで、父は極めて口少なの人だったから、私にも、チヤホヤするという態度ではなかったが、ゆったりと、大きな愛情で包んでくれた記憶が、いろいろの点で、今から、思い返される。空気銃だとか、サーベルだとか、望むものを、すぐ買ってくれた時も嬉しかったが、一ばん身に沁みて、父を懐かしむのは、尻を打たれたこの日のことだった。そして、父は、それきり、生涯、私を打たなかった。

＊

タクシーの中で、篤は泣きじゃくっていたが、一時の勢いは、もうなくなっていた。

惰性で泣いているので、泣くべき衝動は消え去っているのが、よくわかった。

私は、ホッとしたが、それでも、子供を打ったことの不快は、泥の沈澱のように、胸の底に溜っていた。父は一回きりしか、私を打たなかったが、私は、もう、五、六ペンぐらい、篤を打ってる。初犯ではないのに、こんな、堪らない気持がするのである。五十余年前の父が、私を始めて打った時の気持を考え、それがアリアリとわかり、何という済まないことをしたかと、胸がふさがった。

もう一つ、私の心を暗くしたのは、篤が、私の子供の時の悪癖を、そっくり受けついでることだった。その他にも、篤が私に似てる点は、いくらもあるが、喜びの絶頂に達すると、必ず、自らそれを破壊するような行為をすること――それが、自分ではどうすることもできない心理から出ることを考えると、そんなものを遺伝させられた篤の不幸が、気になってならなかった。人間の幸福というものは、心の統制が比較的うまくいくか、どうかで、きまることで、その他に何もありはしない。私は、それが上手でないので、失敗ばかり重ねてきた。

――この子も、私のように、悩みの多い一生を、送るのか。

私は、まだ泣いてる篤を、なるべく見ないために、眼を閉じた。人間が子供をこしらえると、親に似るとは、神様の不手際ではないか。親に似ない子が生まれてこそ、よい人間ができあがるのに――

私は、まるで、葬式にでも行くような気持で、駅へ着くと、妻にも口をきかないで、切符を買い、重たい足で、ブリッジを越した。親戚の招待を、ツクヅク、呪いたい気持だった。

やがて、橙色と緑の湘南電車がやってきた。妻が篤の手をひいて、先きに乗り込んだ。車中は、案外、空いていた。私たちは、三人で、差し向いの座席を、占めることができた。

発車ベルが鳴り、車が動き出した。とたんに、篤の表情が、変ってきた。まだ、頰は涙で洗われた地図を描き、眼ヤニが黄色くコビリついたりしてるのに、眼は一心に、窓の外に注がれ始めた。

「顔を拭いてやるといい」

私が妻にいったので、彼女が、ハンカチを持って、近づくと、篤は拭かせる間も惜しいといわんばかりに、すぐ、窓ガラスへ、顔を近寄せた。列車が、やがて、馬入川へかかると、

「あ、鉄橋だ……」

篤は、大きな声を出して、私と妻を見返った。その顔つきにも、声にも、もう、泣いた形跡は、少しも残っていなかった。いつもの元気な、ニコニコした、そして、少し我儘な、四歳半の男の子に返っていた。

――おや、これは、軽症だぞ！

私は、心の中で、叫んだ。こんなに早く、篤が平常に返ろうとは、思っていなかった。私の子供の時は、グズリ始めると、こんなナマ優しいものではなかったことを、後年、母から、何度嘆かれたか知れないし、自分の記憶からいっても、それを肯定しないわけにいかなかった。感情のコジれることにかけては、私は、よほど念入りの子供であったらしい。

今、篤を見ていると、私に似たグズリ方を始めてから、時間にして、二十分ぐらいのものである。泣き出してからは、五分か、七分ぐらいである。それで、ピッタリ、鎮まってしまったのである。これは、私の比ではない。現に、篤は、五十余年前の私のように、親たちを列車に乗りおくれさせもしないし、好きな湘南電車に乗ったら、とたんに、素直になってしまった。遺伝の痕跡は見えるにしても、私の半分の負担も、持ち合わせてはいないらしい。

――これなら、そう心配することはないかも知れないぞ。

向側に、篤と並んで腰かけてる妻に、私はほほ笑みかけたが、彼女は、どうして良人の機嫌が急に直ったか、わからないらしく、マゴついた笑いを、返してよこした。

〈昭和三十三年十月・主婦の友〉

金髪日本人

一

その頃は金解禁時代で、また彼の苦境時代で、こんな商売もして歩いた。

「奥さん。上等ラシャ、たいへん安い。七円でコート一枚できる」

大風呂敷に、長い羅紗のヤール反物を包んで、郊外の家賃三、四十円級住宅を、歴訪する。羅紗売り——今はデパートでも、公然、国産羅紗が幅を利かす世の中だから、あの間延びのした郊外風景はフッツリ見られなくなったけれど。

つまり、彼はその頃、ロシヤ人だった。

それから、アメリカ人、フランス人、イタリー人、などいろいろの国民に化けたものである。

でも、真逆《まさか》、フィリッピン人には、化ける積りはなかった。これは彼の罪ではなかった。彼とてもガイ人なるものに、相当の知識は持ってるのであるから、スラブ人種を名乗ったものが馬来《マレイ》人種に化けようなぞと、無謀な考えは起さなかった。しかし、「あのオ、あなたフィリッピンの方ではありません？」

鈴懸の青葉が、ペパミント・ゼリイみたいに透き通る樹下だった。勇敢な、云わば無邪気な少女が、突拍子もなくそう訊くのだった。

「サインして頂戴」

彼は少女の赤い万年筆を借りて、大胆にも、Abecoffと署名した。

アベコフなんて比島人はいないだろうに、少女はひどく彼を信用し、一緒に洗足のホテルへ出掛けたほどである。これは極東オリンピック大会のあった年の話だ。

ロシヤ人の時は、アベコフ。

アメリカ人の時は、アベイス。

フランス人の時は、アベー。

日本人の時は、阿部松太郎という本名が、群馬県吾妻郡小栖村の村役場の戸籍簿に、チャーンと載っている筈だが、それを十年近く、彼は使用しなかった。

語尾の変化で、たちどころに、世界の人種のカメレオンが勤まるなんて、そんな重宝な人間があるとしたら、時節柄、どこの国の諜報局でも、捨てて置くまい。もとより阿部松太郎に、そんな破天荒な芸があるわけはない。他国人と云えば、毛唐と、黒ン坊と、南京サンと、三種にカタづけてしまう、気楽な習慣があればこそだ。実際、わが国では、いろんな意味で、他国人を優遇する。この大ザッパなところが嬉しいと云うので、猶太人《ユダヤ》とネグロが東海の楽園だと褒める。そうは云っても、阿部松太郎という男が普通の日本人として生まれついていたら、こんなバカげた物語は起らなかったろう。

二

白ッ子というものがある。色素欠乏症と称する病気だそうだ。われわれは黒き味噌を食い、黄色い沢庵を食うためか、頭髪と皮膚を見給え、慶応ラガーのユニフォームみたいに、鮮かな虎斑だ。黄と黒の色素の恵み深きところに、われ等の民族美がある。それを、千人に一人、いやさらに高い比分率で、ナショナル・カラーの反逆者が生まれるのだ。

「にしア、白ッ子だぞ。傍へ寄らア、伝染るだべぞ」

阿部松太郎は小学校の友達から、そう嘲られた。校庭でも、畦道の遊びでも、彼はいつも指をくわえて、白い横眼を使う子供だった。シラッコという字が、彼の夢魔だった。シラッコ及びドイツ。当時、欧洲戦争酣《たけなわ》で、我軍は青島を攻囲した。戦争ごっこで、阿部松太郎は始めて仲間に入れて貰ったが、「世界の憎まれ者」の役回りは、当然彼へ来た。ドイツの捕虜はシオシオとワラ縄に繋がれ、鎮守の森へ曳いて行かれるのだが、誰が見たって実戦彷彿だ。白ッ子の小坊主は、それからドイツというアダ名を貰った。

後年、阿部松太郎が各国人に化けても、ドイツ人だけは一度も名乗らなかった。子供の時の苦しみがよほど身に浸みたに違いないが、ほんとを云うと、彼の外観は何処の国の人間よりもドイツ人に似てるのだ。色素欠乏症特有の細い猫ッ毛の髪は、麻糸のようなプラチナ・ブロンドだった。肌は剝いたリンゴのように白い。首筋が日本人に絶対に見られないバラ色をしている。この特徴は北欧人に多いが、阿部松太郎の鼻は、代々の小作農として虐げられた家庭を示すように、平身低頭の姿を示している。早く云えば、団子ッ鼻だ。団子ッ鼻の西洋人というと、ソーセージを食う祟りだと云うが、ドイツ人に一番多い。

しかし、阿部松太郎は鼻の難点を除けば、肩幅の広さと云い、足の長さと云い、如《ど》何《う》見ても立派な西洋人で、おまけに眉や唇を敏活に動かす表情とか、震動盤が付いてるような深い声とか、そんな日本人離れのした特徴を考えて行くと、如何やらこれは体内色素の病人とばかり受け取れぬ節がある。ことによったら、実際の話、漂流魯人かなにかの血が彼の脈管を流れていないとは限るまい。憚りながら、わが大和民族の血液ときたら、五目ソバみたいに複雑な合成物なんだから。

ともかく、阿部松太郎が農を嫌って、東京へ飛び出し、それから横浜を流浪する事十数年の歴史は、一切端折ることに致して、彼が日本人を廃業するキッカケからお話しにかかるとしよう。

それまで、彼は横浜桜山の米人ハリー宅で、コック兼小使を五年も勤め上げたのだが、隣家のアマさんをコック部屋へ引っ張り込んだが因となり、首になった。西洋人はこんな場合、温情主義を顧みない。その月の給料を日割りで、十何円というのを貰ったきりで、それをキレイに真金町遊廓へ叩き込んで、久し振りに東京の土を踏もうと、桜木町構内に立った時は、嚢中剰すところバラ銭ばかりだった。

彼は神奈川の切符を買って、品川で降りた。川の字の縁で、それくらいの融通はつくだろうと、悪くフテて考えた。勿論慧敏な日本鉄道省員が、そんな甘手に乗るもんでない。

「モシ、モシ……」

切符を突き付けられて、阿部松太郎が眼を白黒していると、飛んだ救いの神が現われた。

「君、君。外人にはもっと親切にしてやるものだよ」

その紳士は彼の乗越し賃金を払ってくれた上に、駅前のレストオランでビールまで振舞ってくれた。

「僕も外国に着いた時は、随分不自由をしましたよ。ことに乗物は一番困ったです」

紳士の英語は、横浜仕込みの阿部松太郎と、略似《ほぼ》た程度だった。彼は言葉少なに、YESだの、NOだのと返事をするだけだったが、それは化けの皮が剝げるのを惧れるよりも、もっと別の意味からであった。

空腹に回ったビールの酔いで、気持の余裕を取り戻した彼は、粗忽な紳士の肩越しに、壁の鏡に映る自分の姿を、一所懸命に見ていた。

(なるほど！　如何見たって、これア毛唐だ。東京はこの手で、旨い事があるぞ)

既に阿部松太郎の頭に、チラと浮かんだ智慧が、ロシヤ人の羅紗行商だった。

三

それから数年たち、満洲事変が起き、国威隆々として揚り、JAPANがNIPPONとなった。なにがイキだって、白い矩形に赤い円心——日の丸の旗ほどイキなものはないと、われわれが考えるような時がきた。佐野鍋山が転向し、フェリシタ夫人は訴訟に敗れた。ことによったら、第二の攘夷運動が捲き起るのではないかと、気の早い外紙特派員が通信を書いた。

その心配は、誰よりも阿部松太郎の胸に応えたのだが、事実はまさにその反対だった。映画劇場の玄関給仕に黒人が使われ、踊場のジャズにフランス人が雇われた。阿部松太郎も米国人アベイスとして、まんまと百円の月給を貰い、キャフェ「銀座楽園」のバーテンに採用されたのである。

白の上着に、黒のタキシード・パンツを穿いて、酒棚の前に立つ姿が、どうも目立ったらしい。

「今度のバーテンさん、外人よ」

女給に宣伝されなくても、階下の客は颯爽たる彼の姿を、疾《とう》に知ってる。「銀座楽園」では急にカクテールの売上げが殖えた。その癖、彼の知ってる混酒法は、横浜でハリー氏に教わった三種を出でないのだけれど、シェーカアを振る手付きだけは、五年の月日がものを云った。

彼はいつもニコニコしていた。これが非常な効果があった。ニコニコしてる西洋人というものは、必ず日本人に好かれる。それから、言語を発しないで済む方便になる。彼は下手な日本語を使う事が上手になったが、それを出来るだけ差し控えるに越したことはない。

マネジャーは、もともとマネキンのつもりで彼を雇ったのだが、案外腕利きなバーテンを発見して喜んだ。一本のジョニ・ウォオカーを二本に化けさせる術や、始めから栓の抜いてある独逸《ドイツ》ビールの製法など、文句でも云うかと思ったら、実に器用にノミこんでくれた。

同じ白服を着て、カウンターの中で働いてる先任のバーマン鈴木も、これが日本人の新参だったら、小姑根性を出すところを、阿部松太郎には至極優しかった。一体に白服人種は、コックでもボーイでも、外人好きにできてるが、鈴木は特別だった。阿部の髪の分け方、身振りを早速真似だしたくらいだから、後になって阿部が借金を申込む最初の人間に見立てられた。

通人のお客や、酔っ払ったお客は、わざわざ彼のいるカウンターまで出掛けてきて、酒を飲むことを好んだ。プラチナ・ブロンドの阿部のサービスは、トーキーを見てるような幻覚を起した。少くとも洋酒の味を助けること甚大であった。

「君は僕の顔を覚えていないか。上海《シャンハイ》のマジェスチック・ホテルの酒場にいたね」

そう云ってくれるお客があった。

「この人の腕なら、信用できるよ。なにしろ振出しがホノルルで、東洋の港はみんな歩いた股旅バーテンだ」

彼の履歴までお客が拵えてくれた。

運命という奴、顎に黒子のある女みたいで、惚れたとなると、やたらに惚れる。「銀座楽園」へ来てから阿部松太郎はいい事だらけだ。時々、万事こう旨く行って、差支えないだろうかと思う。素性のバレるのが一番心配で、そういう時はぐるりと背後を向いて、酒棚の鏡を覗く。油もつけないで綺麗に分目のつく髪を撫ぜ、細く剃り込んだ亜麻色の髭に触る。ネクタイでも、香水でも、銀台の大きな彫刻指環でも、精々日本人の嗜好を避けて、一段と粉飾に馬力をかけたせいか、一時に女が二人もできてしまった。

お染の方は、感心な女で、三時頃、店が一番閑な時に、リーダーを持ってきて、阿部に英語を習いたいと云った。しまいには出勤前一時間だけ、阿部のアパートへ稽古に寄ることになった。将来オフィスで働く希望で、夜の職業を呪う女だったが、昼間の恋には興味をもった。

奈緒美の方は、ドレス道楽で、酸素剤で髪を染める女で、自分はせいぜい赭熊《しやぐま》色にしか変化しないのに、阿部の髪の毛があまり見事だから、惚れたのかも知れなかった。惚れたと云っても、一緒に棲んでる男にはもっと惚れてるのだから、或いはプラチナ・ブロンドの男の生理に、好学心を起した為めかも知れなかった。

「銀座楽園」の女給のような女性は、もし好い星の下に生まれたら、婦人雑誌の口絵の令嬢か令夫人になって現われたのだろう。錦紗やクレープ・デ・シンを着こなす点では、少しも変りはない。シガレットが好きな点でも、同じだ。

阿部松太郎の日本人時代――つまり不具者時代は、とかく女に縁が薄かった。白ッ子に身を委ねる女なんて、四十になった外婢《アマ》さんか、遊廓の女ぐらいのものである。

だから、阿部はよほど女に卑下していた。お染や奈緒美のような高級女給は、実業家の還暦祝賀会のサービスとか、雑誌の座談会にも現われるほどで、まったく高嶺の花と思っていたのだが、ノコノコ彼の方へ降りてきた。

お染の公休の時に、阿部も都合して、昼間だけ店を休んだ。お染は郊外の緑の草が一パイ生えて、雲を映す水があって、微風が虻の羽音を運んで、遠くにバンガローの屋根が見える様な場所が好きだ。そこでチョコレートの銀紙を剝きむき、阿部の故郷キャリホルニアの追憶の話を聞くのが好きだ。

「牧場の緑の草が一パイ生えていて、池に白い雲の影が映って、蜂の唄が聴えて、遠くにボクの家の赤い屋根が見える。ボクの妹のマリーと寝転びながら、チョコレートを食べたり……」

「いいわねエ。わたし一度でいいから、西洋へ行って見たいの。あんた連れてッてくれない」

「OK」

こういう他愛のない話は、空気のいい環境にのみ許される。

で、その日のランデ・ヴウも、やはり郊外に選ばれた。阿部は蒲田のアパートを出て、池袋駅で待ってる筈のお染のために、道を急いだ。品川で乗替えた山の手線で、二人の水兵服の娘が云い争っていた。二人とも紫の鞣皮《なめしがわ》のブック・サックを持ち、それに一杯教科書が詰ってるから、女学生に相違ないが、頰にオークル、唇にオレンジ・ルージュがとても濃い。お化粧と絹靴下を取締る女学校と、取締らない女学校とある。黒字の女学校と、赤字の女学校の区別だそうだ。

「キミ。なんとか都合つけちゃえよ」

「今日は断然転向しないと、ヤジがとても険悪なんだよ。昨日はヅカだし、一昨日は伊勢丹で滑っちゃったろう」

「だって、キャロル・ロムバード今日だけだぜ。セコで観るなんて、およそ意味ないよ」

「ソーリー。じゃあ明日ね。バイバイ」

不思議な国語で喋って、一人が大崎で降りてしまうと、一人は急に取り澄まして、鞄から雑誌を出そうとして、阿部と顔を見合わせた。阿部が片目をつぶって見せると、彼女がニコニコ笑った。

「ドウ・ユウ・ライク・シネマ？」

「イエス」

今度はクスクス笑った。学生と車中で話すなんて、オカしな風景だけれど、団子ッ鼻の西洋人とならば、だいぶ意味が違うというもんだ。彼女はむしろ得意げに、映画仕込みの表情を以て話した。

阿部は池袋に待ってるお染を、一時間だけ待ち延ばさせる積りで、新宿で途中下車したのだが、愉快な女学生と喫茶からムサシノと歩いてるうちに、完全に時間を忘れちまった。尤も、お染は忘れられても、文句の云えない処がある。彼女は何と云っても、バーテンとして阿部を遇するのに、此方のお嬢さんは如何やら大使館書記官ぐらいに踏んでくれるからだ。

四

「君にゃ君で、素晴らしい大和撫子を世話してやるよ。だから、うんと飲み給え。ジャパン・サケ、大変うまい。そうだろう。ミスタ・アベイス？」

「銀座楽園」のお客で、神田さんという請負師みたいな人が、或る夜、カンバンになってから、女給二人と阿部とを自動車に積んで、浜町の大きな待合へ、連れてきたのである。

待合で女給と芸妓を、云わば新流儀の盛花みたいに、ゴッチャに集めて騒ぐのは、シャレた遊びなのだそうだ。しかもその上に、西洋人の取り巻きを加えるなんて、昭和の遊蕩としては、並々ならぬ精彩だ。神田さんの威勢恐るべしというので、女将も、芸妓も、いささかサービスを改めるのである。

しかし、阿部としては、よほど迷惑が重なってるので、気を利かした女中が、

「あなた、ご窮屈でしょう」

と、座布団を二つ折りにして、尻の下へ宛てがってくれた手前、そう器用なアグラもかけず、

「箸を持つのとてもお上手ね」

と、芸妓に感心されてみれば、三つの齢から持ち慣れてる二本の棒を、改めてギコチなく動かさねばならない。

神田さんはいよいよ上機嫌で、しきりに阿部にサケを強い、しまいに女将に蓄音機を持って来させ、ダンスを始めると云いだした。

「賛成！」

ダンスを知らないと、近頃の芸妓の恥になるそうで、彼女等は帯を叩いて立ち上り、二人の女給は勿論ハシャいだ声をだした。

ところで、神田さんがそういう提議を持ちだした所以のミスタ・アベイスは、盆踊りなら真似もできるが、ダンスとくると、歩くことも知らなかった。西洋人だってダンスを知らないのもいる——とキッパリ云うのは、やはりホントの西洋人でないと、できない芸当らしい。

阿部が真っ赤になってモジモジしてるところへ、運よく襖が開いて、一人の新しい芸妓が入ってきた。これは神田さんが特別に阿部のために呼んだ実用向きな芸妓で、

従って隅の方に小さくなってお辞儀をした。

「さア、日米交歓だぞ。さア握手、握手」

と、神田さんは急に気が変って、実用芸妓の手を引っ張って床の間の前へ連れてくると、

「あら、カーさん、日米戦争の間違いでしょう」

なぞと、下品なシャレを云って、芸妓達も面白半分、阿部を引き立て、花嫁花婿のように正座に坐らせた。そうして、盃事だとか、何だとか、ロクな真似はしなかった。気の毒なのは、無理な笑いを硬ばらしているその若い芸妓だが、阿部はダンスの難を免れたばかりでなく、彼女の出現の時から、一目惚れで、好きになったのである。尤も、この時ばかりは、阿部も真実の西洋人の気持になった。なぜなら、ガイドに連れられて、ウェイティング・ハウスで遊興する西洋人と同じように、芸妓と握手したのは生涯の初経験だった。貧乏な不具者として、今まで社会の底を這って歩いていたので、そんな経験のありよう筈はなかった。

彼は彼女と一夜を過ごした。勿論神田さんの御馳走だが、図らずも彼の魂がそれから急性下痢を起した。お染にしても、奈緒美にしても、省線の女学生にしても、彼の方から惚れた女は一人もなかった。不思議に今度の女だけは、反対な事になってしまった。

阿部も少し贅沢になって、断髪に飽きて島田がよくなったのかも知れないが、彼女――花香という芸妓は、実用芸妓によくあるように、美人と醜婦の緩衝地帯みたいな顔で、何の取得のない女だった。そうして、阿部を優待したわけでもなかった。彼女は阿部と同じように、貧農の家に生まれ、一、二年前東京へ買われてきたので、趣味が国粋的だった。人形町でホット・ケーキを食って胸を悪くしたくらいで、西洋人と、夜を過ごすなんて、よほど迷惑だった。ただ岩亀楼喜遊花魁よりも忍従の美徳を知っていただけである。

阿部はそれから三日に揚げず、花香を座敷へ呼んだ。神田さんに連れられた待合では、大き過ぎるので、同じ土地の小待合から口をかけた。しかし、いくら小待合でも、度重なれば、大きな勘定になり、「銀座楽園」でくれる月給で足りる道理はなく、朋輩の鈴木に借り、しまいにマネジャーにねだるようになって、彼の地位は危くなった。

五

間もなく、外人バーテンの姿が新宿に現われ、渋谷に現われた。また飛んだ場末のキャフェに現われた。月給の前借りをしては雲隠れをするので、彼の名が――西洋人アベイスの名が、組合の回状に書かれるようになり、彼は遂にシェーカアを振る商売を止めた。

しかし、阿部は相変らず、待合「お多福」へ姿を見せ、花香と逢い続けていた。花香と逢って有難いことに、阿部の大好きなビンツケの匂いが存分嗅がれるばかりでなく、英語も、キャリホルニヤの追憶も、この女にはまったく必要がないからだ。阿部が群馬県の訛をまる出しにしても、花香は平気なものである。この異人さん、急に日本語が巧くなったとさえ、思っていないのだ。

女にモテない時は、賭博運がいい。

これは天下の定法で、阿部は花香がいつまで経っても、能動精神を弁《わきま》えないので閉口したが、遊蕩費の金回りがいいので、差引きがついた。賭博を打った訳ではないが、同じような非合法的な金運に恵まれたのである。

阿部が、或る日、西銀座を歩いてると、「楽園」の客で、顔見知りの男に逢った。

「ハロウ。アベイスさん。久し振りだね。元気かい？」

「元気アリマセン。失業デス」

「何とか云ってらア。僕のオフィスへ寄って行かないか。ポート・ワインぐらいあるよ」

その男に連れられて、阿部はセメントが湿疹を病んでるような、汚いビルの三階へ上った。その男がポケットから鍵を出して開けた部屋の中はプンと埃臭く、物置のように乱雑だった。

「オオ。アナタ画家《ペンタアー》デスネ！」

阿部は、額縁とカンバスの無数の堆積を見て、そう云った。

「イエス・エンド・ノオ。まア掛け給え。一パイやろう」

二人は隅の事務机の上で、酒を飲みながら話した。その男は、まだ画廊をもつ資本のない画商みたいなものだった。外国にいた頃懇意になった数人の洋画家と組んで、こんな商売を始め、傍ら葡萄酒の輸入なぞしていた。

「葡萄酒は為替のお蔭で高いから仕方がないが、絵ときたら、まったくタダみたいな値段だ。それだのに、ちっとも売れやがらん」

阿部は七円の札のついた「ノートルダムの雪景」や、十円の「ニイス風景」を眺めて、なるほど廉いもんだと思った。実際、材料費と生活費は別としても、N・Y・Kの往復船賃なぞ考えたら、まことに涙ぐましい取引きである。

酒が弾んでくるに従い、その男――Oと阿部との美術家救済策が、ひどくインチキな方角へ進展した。

「ひとつ遣ってみるか。売れなくても、元ッコだ」

「ソーです」

その夜から、Oはパレットを持ちだし、風景や静物のサインを消すに忙がしく、数日後、阿部はそれを持って、応順社の受付に立った。

これが普通の日本人だったら、警部上りの受付氏は、慧眼で鳴るのだから、胡乱な人物を一歩だって、内部へ通すものでない。幸い、碧眼の暴力団員は前例がなかったので、阿部はズカズカと喫煙室へ通ることができた。彼は無言で、昔、羅紗の反物を拡げたように、絵の店を拡げ始めた。

「なんだ、なんだ」

有名無名の実業家は、忽ち彼の周囲を取り巻いた。

「ははア。毛唐の旅画家か。ユウ・スピーク・イングリッシュ？」

「エ・リッツル」

英語を喋ればこれくらい、と云った風な実業家は、応順社会員に相当いる。阿部はこの時仏人アベーを名乗ったから、彼は英語のボロを出さずに済み、反対に愛嬌を売った。もっと幸いな事に、アブラ絵は毛唐の描いたのでなくては応接間に掛けん、という書画骨董通が、頗る実業家に多く、従って応順社に多かったのである。

阿部はＯの付値の五倍を吹き掛けたが、それでも今までの外人展覧会の売価の十分の一にも当らないので面白いように絵が売れた。

これに味をしめて、阿部は同じ手を、日本商業クラブでも試みた。そうして獲た数百円を、合棒のＯにも分配するとよかったが、西洋人の真似を長くしていたので、日本人の義理を忘れてしまった。

阿部の金運は、別な方角からも転がってきた。待合「お多福」の女将が、甥の渡米旅券が降りない事を苦にして、阿部に相談を持ちかけた。

「私、大使館ニ沢山友達アル、話シテアゲマショウ」

阿部はただ顔を好くする積りで、鷹揚にそう云ったのだが、女将は五十円と七十円と二回にわけて、運動費を包んできた。尤もその金は、じきに「お多福」の帳場へ逆戻りをすると、睨んだ為めかも知れぬ。

六

とにかく、阿部は金回りがいいので、次第に気が大きくなり、今まで夢にも思わなかった欲望が、春の芽のように吹いてきた。彼は西洋人に化けるのが渡世だが、一週一度の安息日は誰にでも必要なのだ。阿部は日本紳士の真似がしたくて耐らなくなり、まず写真機を買い、それから芸妓と云って、勿論それは花香のことだが、彼は耳隠しに結い更えた彼女と共に、明るい朝の二等車に乗り込んだ。

「花ちゃん、江の島へ行ったら、サザエの壺焼を食おうか」

乗客はビックリして、阿部の顔を見直した。こう日本語の巧い不良外人がいては、女が引っ掛かるわけだと思ったのかもしれない。

江の島、鎌倉の海は、阿部の幸福に負けずに美しく輝いた。サザエの壺焼を食うくらいだから、日本酒を命じ、浴衣に着更え、阿部はすっかり西洋人の嗜みを忘れて、悦に入った。

考えてみれば、品川駅で紳士に英語で話しかけられてから、トントン拍子で好い事ばかり続いたが、今日ほど嬉しい日はなかった。白ッ子白ッ子と軽蔑した村の奴等に、芸妓を連れて遊山に歩く姿を見せてやりたい。それにつけても、東京という所はオカシな都会だと、阿部は金色の産毛の生えた白い手の甲を眺めた。

それで、その儘、東京へ帰るとよかったが、阿部は鎌倉から、三崎へ回り、浦賀から湘南電車へ乗るコースを立てた。ハイヤーは坦々たる半島のドライヴ・ウェイを走り、彼等が城ケ島へ渡った時、巌も海も、まだ明るい反射を漲らせていた。

そこで阿部は、

「花ちゃん、ちょっと、そこへ立ち給え」

と、燈台を遠景にして、カメラを向けた。

一枚また一枚――フィルムの最後の番号が出るまで、今日の佳き日の記念を残すのに、夢中になった。

だが、彼等がまた山道を渡船場まで降りてくると、後方からバタバタと、ただならぬ足音が聞え、

「あの毛唐だ！」

という声と共に、カーキ色の団服を着た青年と、若い漁夫とが現われ、阿部の両腕がシッカと摑まれた。

「畜生！　日本の女なんか連れやがって、おれ達の眼を昏まそうたって、そうは行かねえぞ」

非常時の青年団員は、鞴《ふいご》のように息を弾ませて昂奮した。一人が手早く阿部の提げたカメラを引《ひ》っ奪《た》くった。

阿部は幸福に酔いすぎて、迂闊にも、東京湾要塞地帯と知らず、写真を撮ったのである。

「おれは日本人だ！」

阿部は必死になって、叫んだ。この美しい合い言葉も、この場合に限って、何の反響をも起さなかった。反対に、青年団員はひどく落ち着き払って、冷笑を浮かべた。

「まア、待ってろ」

なるほど——やがて発動機船が渡し場へ着くと、夕陽に佩剣を輝かせて、憲兵が真っ先きに岸へ跳び降りた。


〈昭和十年四月・改造〉

レモネードさん

M新聞学芸部のM君と、その新聞の横浜支局の人たちと、私は、キャバレ・コバカニスーナの軒を潜った。

軒を潜ったといっても、コンクリートの狭いアーチのような入口であり、その右側に、飾窓があって、商品の代りに、ストリップ・ガールの写真などが、陳列してある。また、左側の方は、椰子の木の下に南洋美人が立ってる大きな絵看板があるが、俗悪といっても、西洋式俗悪の構図や色調であって、浅草の同類絵画の趣きとちがうところが面白い。その看板に、いろいろラクガキがしてある。これまた、英語の低級な文句であり、西洋式ワイセツ画である。月給を費《つか》い果して、キャバレに入る能力を欠いたG・Iなぞが、そんな悪戯を試みるのであろう。

「さア、どうぞ、こちらへ……」

と、キャバレ支配人のNさんが、案内してくれた。狭い階段を地下室へ降りると、クロッカーがあり、その先きにバーがあって、そこからホールが展ける。正面に低い舞台があり、バンドが列んで、中央に二、三組の洋人が、ダンサーを抱えて踊っている。両側に、ボックス式の座席が列んでいる一つに、導かれる。

キャバレというものに入るのは、始めてであって、一向、見当がつかない。第一、ひどく照明を暗くして、緑色の薄闇の如きものを、漲らせている。模造の椰子やバナナの木を、やたらに立ててあるのは、コバカニスーナという家号が、南米かどこかの地名である因縁であろう。しかしこうまで、暗くする必要はない。テーブルの上に、紅いシェードのスタンドが灯って、読書慾なぞ唆るのである。

支配人が、黒いドレスを着た年増美人を連れてきて、私たちの接待をさせる。この店の古参で、頭株らしい。ビールを注いだり、薦めたりする手順も、気がきいてる。

「このひとは、オコンチャンといいまして、開店当時からいますから、何でも知っています。何でも、訊いてやって下さい」

と、支配人が、年増美人を紹介する。

私は遊びにきたのではなく、といって、是非、小説のタネをとらねばならぬというわけでもなく漫然たるものなのだが、先方では後者ときめているらしい。好意を無にしても悪いから、

「兵隊さんは、どんな遊びをしますか」

「黒い兵隊と、白い兵隊と、どっちが上客ですか」

なぞと、質問した。オコンチャンは、愛想タップリに、それらの愚問に対して、精細な答えをしてくれた。しかし、私の想像していたほど、彼女はG・Iを尊重していない形跡が言葉の奥に感じられた。無論人格的観点からではない。遊客として消費額の点に於てである。

「この頃は、G・Iもセチ辛くなりまして、安い所ばかり、漁って歩きますからね。ハデに費うのは、朝鮮帰りぐらいなもんですわ」

彼女は、スペイン風の結髪と、同様な化粧の顔に、世帯染みた表情を浮かべた。他のダンサーと比べると、彼女は遥かに洗煉された趣味の持主らしいが、それだけ、年増臭くもあった。顔の道具が整い過ぎその手入れが届き過ぎて、何か非人間的な印象を与えた。よく考えたら、白狐の表情に似ており、それでオコンチャンかと理解したが、勿論、口に出しはしなかった。

「すると、一番、お金を費うのは、バイヤーですか」

「そうですね。バイヤーの方も、見えますけれど、数が少いですわ。それよりも、なんといっても、セーラーですね、気前よく、遊んでいくのは……」

そうだ、外国船員というものがいたのだと、私は、自分の迂闊を知った。戦前の横浜で、チャブ屋遊びをするのは、概ね、彼等だった。戦後、貿易は振わないといっても、駐留軍がいる限り、軍需品を運ぶ船舶の出入りは、多いわけで、セーラーがこういう場所を賑わすのは、当然のことだ。なんでも、G・Iがハバをきかしてると思うのは、私たちのヒガミであろう。

「なるほどね。昔から、船員の費いッ振りは、よかったですからね」

「それに、本町通りに、シーメンス・クラブができましてから、ここが、近いでしょう。どうしても、大勢くるわけですわ……。ほら、あすこで踊ってるのも、セーラーですわよ」

「へえ、あれが、アメさんですかね。顔だちが、少し、ちがうようですが……」

「あら、あの人、ギリシャ人――船員は、アメリカ人が、少いですわ。オランダ人とか、トルコ人、ハンガリア人、モンテネグロ人――それから、黒さん……」

またしても、私はミスを犯した。なんでも、アメリカ人の仕業と、きめてしまう傾向がある。

オコンチャンは、結局、船員であり、且つ黒人である客が、最も金をよく費うということを教えてくれたが、馴染みの客でもきたのか、ちょいと、席を外していった。

「君、本番と花番というのは、どういう意味ですかね」

私は、今度は、M記者に質問を発した。というのは、卓上に置いてある、立派な印

刷のメニュを開けてみると、

――パートナアのサービス料は、お客様の御任意でありますが、幸いにして御意を得ますれば、本番300円、花番200円の標準で御座居ますが、その他の御配慮は絶対に御辞退申上げます。

支配人

と、邦字で印刷してあり、その上に、英文で同じ意味の活字が列んでいるが、本番と花番に該当する文句が見当らなかった。これは和文英訳家の手抜かりというよりも、適訳の文字を探すのが、面倒臭かったためと、思われた。

「本番というのは、つまり、その客に専任的主動的サービスをする意味で、花番は従属的第二義的といいますか……」

学芸記者なんていうものは、どうしても、文芸評論家の感化を受けるらしい。

私は不粋で、キャバレなぞ知らないから、研究しようと思うのだが、大体、キャフエと似たものらしい。オコンチャン以下の女性はダンサーというのか、女給というのか。パートナーというのは、ダンスを共にする意味らしいが、酒席を共にする方が主らしいとすると、結局、女給が踊る技術を心得てるということになるではないか。雰囲気も、戦前の銀座裏キャフェと、あまり異らない。外国のキャバレは、両三度、訪れたが、まるで、趣きがちがう。しかし、日本のキャフェ形態は、外国にないから、むこうの人にはもの珍らしく、名称なんか、どうでもいいのだろう。

少し退屈してきて、私は、メニュの値段表を読むことにした。これも、研究の一助である。

ワン・コース・ディナーの項目は、料理なんか、客があまり食わないとみえて、品数が少い。コンソメ200円に対して、サーロイン・ステーキ300円は安い。或いはコンソメが高いのであろう。海老フライ300円。サンドウィッチ200円。値段が大ザッパで、どれにも50円という半端がない。

ドリンクスと書かれた方は、スコッチ・ウイスキー、300円。カクテル、200円—300円。お客は何を飲んでるかと、周囲を見回すと、G・Iも、セーラーも、全部がビールばかり、これが、300円。ちょっと、高い。

ソフト・ドリンクスの方は、全部が100円均一。ジンジャー・エール。ライム・エール。レモネード等。

とにかく、日本のかかる場所のように、値段表がコセコセしてないのは、気に入ったが、研究をやめて、他日、遊びに来ようという料簡にはならない。

そこへ、オコンチャンが帰ってきた。

「面白いお客さんが、きてるんですけど、連れてきましょうか」

「外人ですか……少し窮屈じゃないかな」

「いいえ、それが、とても、気の置けない人——お客というより、地回りみたいな人なんです」

「へえ、外人のヨタモンが、いるんですか」

「いいえ、不良ってわけじゃないんですの。セーラーなんですけど、お金がなくなっちゃって、まア、ガイドみたいなことしてるもんですから、シーメンス・クラブへくる人なんかを、連れてくるんですよ。もう、一年近く横浜にいるもんで、日本語も、達者ですわ」

「船員で、一年も、陸にいるのは変ですね。脱船者ですか」

横浜のパン嬢に夢中になって、船の出帆に間に合わず、そのまま、非合法な在留外人となり、密輸の手伝いや、自動車強盗など働く脱船船員がいることを、その日、私はK警察署で聞いていた。

「いいえ、それとも、ちがうんです。負傷して、船を降りたんですから……。ただ、体が癒っても、船へ乗る気がなくなって、遊んでるんですの。負傷が原因で、少し、頭がオカしくなったらしいんですわ。いろんなこと、みんな、忘れちまう病気……」

「記憶喪失症ですな」

「ええ、この頃は、よほど癒ってきましたけど、一時は、自分の名まで、忘れちまったくらい……。尤も、あたしたちは、本名でなく、レモちゃんという綽名で、呼んでいましたけど……」

「レモちゃん？　どういう意味ですか」

「その人、以前は、気前よく遊んだんですけど、お金がなくなってから、いつも、レモネード一本しか、註文しないんです。それで、レモネードさんて、名がついたんです……」

「なるほど、一本100円で、一番、安いからですね」

私は、先刻《さっき》見たメニュの値段表を、思い出したが、急に、その人物が面白くなってきた。豪遊した過去を持ちながら、毎夜、平然と、レモネード一本で、遊びにくるなんて、江戸時代の粋客の面影があるではないか。

「じゃア、一つ、その人に会わせて下さい。先方で、差支えなかったら……」

私は、オコンチャンに、依頼する気になった。

ほどなく、オコンチャンは、模造椰子の葉影から、二人連れで現われた。その男がレモネードさんであることは、疑いもないが、私は、最初、日本人ではないかと思ったほど、背の高さも中位で、髪が黒く、眼鼻立ちが優しかった。そして、まだ、二十そこその年若さなのに、驚いたが、着ているものが、薄汚れたジャンパーであるのは、西洋の夕霧伊左衛門氏に、相応しいと思った。

「コンバンハ。ゴ機嫌イカガ？」

彼は、極めて愛想よく、私たちに手を差し出し、テーブルに加わった。外人特有の発音だが、何か、詰屈な調子があった。或いは、ドモリではないかと、疑わせた。

さて、連れてきて貰いはしたが、話の継ぎ穂のないもので、最初は、両方とも、ニヤニヤした。私がビールを薦めると、彼は遠慮なく飲み干した。また、暫らくニヤニヤして、今度は、彼がラッキー・ストライクの袋を、私の前に出した。レモネードさんから、ものを貰っては恐縮と思ったが、外人の礼儀を尊重して、辞退しなかった。

「あなた、船で、ケガをなすったそうですね」

私は、そんなところから、話を切り出した。

「ええ、そう。マストから、落ちたのよ。なにも、知らなかった……。少しも、痛くない……」

彼の日本語は、女性から教わった形跡が多分にあった。

事故は、碇泊中に起ったので、直ちに陸の病院へ運ばれたが、療養中に、船は出帆してしまった。しかし、船会社のエジェントが、入院料は負担してくれたし、やがて、船員組合の傷害保険金がとれる見込みだから、少しも心配がない。現在は、船員会社から、一日一ドル支給されている。食事は、シーメンス・クラブで、無料で食べている。ただ、宿料だけは、日本人の下宿にいるから、払わなければならない。下宿は、野毛にある――

そういうことを、彼は、タドタドしく語った。野毛といえば、戦後の新繁華街で、東京なら浅草の役目を果してる土地だが、そんな所へ外人が下宿してるのも、横浜らしかった。日本の夜具で寝るのだそうだが、一日一ドルでは、そういう生活をする外はないだろう。しかし、大変親切な下宿で、居心地がいいと、彼は満足らしかった。一体、彼の言葉にも、顔色にも、不安の影は、まるでなかった。生来の楽天家なのか、それとも、頭部に受けた負傷のために、少しイカれてるのか、その点は不明だった。

「あなた、もう、船に乗る気はないですか」

私は、質問してみた。

「ホケンのお金とれたら、あたし、国へ帰る。それまで、横浜にいるの、横浜、好きよ。ホントネ」

と、いかにも、現在の生活が愉しいという調子だった。オコンチャンが、側から口を出して、彼が、このキャバレに顔を見せない夜は、殆んどないこと。入港船に、土地不案内のセーラーがあれば、ガイドになって、ここへ連れてくるし、そういう客がなければ、自腹を切って、レモネード一本を註文して、いつまでもネバるということ

——なぞを語った。

「国へ帰るッて、どこですか、お国は？」

と、私が訊くと、彼は、昂然として、

「スペインよ。わたしの家、バルセロナにあるのよ」

古い国の古い都の住人である誇りを、顔に示した。

「でも、あんた、半年ぐらい前にゃ、そんなこと、みんな、忘れてたじゃない？　自分の名前まで、思い出せなくなって……」

と、オコンチャンが口を出すと、彼は、少しハニかんで、

「ホントネ。あたし、自分の名前、わからなくて、困ったね。でも、これあったから、大丈夫……」

と、ジャンパーの内側から、ボロ革の定期券入れのようなものを、とり出して見せた。海員手帳というのか、彼の写真が貼ってあり、姓名や生年月日も書いてある紙片が、挿んであった。

それから、彼の記憶喪失中の珍談を、いろいろ聞かされたが、少しオマケがついているのではないかと、疑われる節もあった。愛嬌を売ってるという感じが、ないでもなかった。それは、同じ話を、何度も繰り返した結果とも考えられるが、最初から、私たちやオコンチャンに対する態度は、日本人に嫌われないコツを、習得してるようにも思われた。少しイカれてる西洋人というものは、日本人から愛される資格を持ってるらしい。彼が、ダンサーやボーイたちから、鼻ツマミもされないで、毎夜、レモネード一本で遊興していくのも、その辺のコツを心得てるからではないかと、考えたりした。

「これ、あたしのパパさん、ママさんよ」

彼は、海員手帳の裏側から、二葉の写真を取り出して、私の前に置いた。同じような、老人夫婦の写真で、どれも、貧しい、古い石造の家の前で、撮ったものだった。父親は、日本で見られない古い型の服を着て、大きな口髭を立て、母親は、フランス映画に出てくる門番の女房のように、縞のエプロンをつけた、肥満の婆さんだった。ヨーロッパの庶民階級の匂いが、プンプン感じられるような、写真だった。

「二人とも、生きていますか」

私が訊くと、彼はニコニコして、大切そうに、写真をしまい込みながら、

「そう。バルセロナにいるの」

「じゃア、早く帰って、安心させてあげるんですね」

「そう。ホケンのお金とれたら、すぐ、帰るの」

と、答える彼は、レモネード一本の遊びをする粋人とは、見えないほど、初々しい、ツミのない表情だった。

——この男は、タネになるな。

私は、職業的な、サモしいことを考えたが、やがて書こうとする新聞小説に、用いようという料簡は、まだ起らなかった。そのうちに、レモネードさんは、他の外人の席から、声がかかると、売れッ子の芸人のように、イソイソと、私たちと握手して、

その方へ歩み去った。

「面白い人でしょう」

と、オコンチャンが、訊いたから、

「面白い人ですね」

私は、ありのままを答えた。

＊

それから、暫らくして、私は、M新聞の連載小説を書き始めた。そして、また、三カ月ほど経って、例の如く、執筆の行き詰りを感じ、舞台にとった横浜を、もう一度、調べたくなった。その時は、挿画をかく宮田重雄画伯も同道して、横浜の各所を歩き、最後に、再び、キャバレ・コバカニスーナの軒を潜った。

「あら、暫らくでしたわね」

オコンチャンは健在で、この前の時のように、懇切なサービスに努めてくれた。

「そういえば、あのレモネードさんていう人、どうしました、その後……」

と、私は、彼のことを、思い出した。すると、オコンチャンは、もう、半分忘れかけた事実のように、

「そう、そう。あの時、お会いになりましたね、レモちゃんと……。だけど、あの人もういませんわ」

「どうしたんです」

「二月ほど前に、国へ帰りましたわ」

「へえ、すると、傷害保険がとれたんですね」

「さア、そこまでは、知りませんけど……」

それぎり、レモネードさんの話は、打ち切りになった。

キャバレという商売、甚だ潑剌としてる代りに過去の事跡には、まったく興味がないらしい。

しかし、どういうものか、私は、その時に、レモネードさんを、行き悩んでいる新聞小説の一人物として、使ってみようという決心を起した。

そして、ビールを飲みながら、どういう風に書こうかと、心中、思案していた。こういう時には、宮田画伯が一人で喋っててくれるから、甚だ都合がいい。しかし、私は実在の人物を、そのまま小説中に用いない主義で、いろいろ変身を工夫してみるのだが、一向、名案が浮かばない。現実のレモネードさん自身が、そのままで小説の人物になってるからであろう。

結局、私は、彼の経歴はもとより、綽名まで、そのまま小説中に使用してしまったが、こんなことは、私には、まったく例がないのである。


〈昭和二十八年一月・小説新潮〉

桜桃三塁手

一

「行くぞッ！」

K監督は噛みつくような声を出した。

シートノックの猛烈なのは、K監督の評判となっている。なにしろ、その昔、城北大学の四番を打ってた人だ。ちょいとノックバットの尖きが球に当っただけで、本人はその気でなくても、選手泣かせの球が飛ぶのである。

カーンと音がして、火の出るような、凄いゴロが飛んできた。強襲安打だ。三塁手芹川《せりかわ》次郎の真正面だ。彼は勇敢に、球へ突進した。ピタッと、気持のいいグラウンドの音！　咄嗟に、自然な、素早い投球モーション。定規で引いたような、一直線の球

——空想のランナーは、勿論アウトである。

「もう一丁！」

今度は、殆んど遊撃の領分へ、球が外れた。芹川君、十間ばかり横ッ跳びに跳びまして——もしアナウンサーがいたら、そう云うにきまってる。十間はウソだろうが、三間は確かに跳んだ。猿猴水中の月を捉うと云った形で、極限まで伸びた腕が見事なるシングルキャッチ……よく捕った！

スタンドから拍手が起る。練習見物のファンが、暑いのにご苦労様にも、相当詰め掛けている。

「どうです。やりますなア、芹川は」

「素晴らしいですよ。まったく、三塁ばかりは、断然我が校ですよ。法政の亀岡にだって負けないでしょう」

「亀岡以上かも知れませんぜ。亀岡も、この春はだいぶミスがありましたからな」

「そうですとも、六大学リーグでも、芹川程の三塁《サード》は滅多にいますまい。第一、男振りからして、違います」

「芹川みたいな美男子は、野球選手ばかりでなく、映画俳優にも珍らしいでしょう」

「そう云えば、帝活から芹川を買いに来たそうですぜ」

「ほほう。で契約したンですか」

「ご冗談。芹川がなんで承知するもンですか。そんな男じゃアありません」

「そうですとも」

「勿論でさア」

酒屋の主人みたいなファンと、瓦斯会社の集金係りらしいファンとが、しきりにお饒舌《しゃべり》をしているが、その間にも二人の眼は、芹川三塁手の動作に一心に注がれている。よほどの芹川贔屓らしい。

それは、特にこの二人に限った話ではないのである。A市の野球ファンで、芹川次郎を支持しない者は一人もいない。A市の小早慶戦と評判の高い、高商と高工の野球戦で、敵味方を通じて、衆望を集めてるのは、実に芹川三塁手だけである。

なぜ彼がそんなに人気があるかというと、第一に、守備振りがいい。練習を見てもわかるとおり、前後左右どこにも弱点のない、広くて確実な守備だ。その上、ひどい難球を捕って体が崩れても、ノーステップで一塁へ投げるほど、肩がいい。態度が真面目で、スタンドプレイを一切やらないが、胸のすくようなキビキビしたモーションを、自然に備えている。

それほど立派な守備だが、それに負けずに、盗塁が見事だ。芹川が一塁に出たら、一点は必ず稼ぐというほど、果敢で、敏捷な脚を持っている。惜しいかな、バッティングがこれに伴なわない。走塁を買われて、二番を打ってるが、安打率は一割五分ぐらいのところだ。バントは巧妙だが、どうもいい当りが出ない。そこで監督はこの頃、芹川だけに特別な打撃練習をやらせているが、涙ぐましいほど一所懸命になっても、彼のバットは、彼のグラヴほど働いてくれないのである。

だが、これだけの条件で、芹川三塁手が、全A市の人気を集めるのは不充分であろう。何かそこに、普通の野球選手と違う点がなければならない。一言で云えば、芹川三塁手は、空前絶後の明眸選手なのである。それも、双葉山やワイズミュラー式の心理的好男子――つまり、気の持ちようで好男子に見えない事も無いというような好男子と、少し違っている。誰が見たって、何処へ持ち出したって、異論のない好男子なのである。すると、人は、日活や松竹の美男俳優の顔を聯想するかも知れないが、それがまた少し違うのである。

彼は綽名を、「桜桃」という。まったく彼の顔は、あの五月の新鮮な、可愛らしい果実に似ている。丸くて、肌目の細かい頬に、ポーッと美しい紅味の差してるところなぞ、まったく、桜桃そっくりだ。眼が星のようで、唇は花弁のようで、一体に小作りな体軀は、どう見ても、まだ十六、七の美少年のような印象を与える。美少年というよりも、どちらかと云えば、宝塚か松竹のレヴィユウの舞台に君臨する、男装の麗人に近い感じがある。だから、A市の女学生の全部が、熱烈なる芹川ファンである事は、云うまでもない。ウットリさせるような紅顔の持主で、態度に嫌味がなくて、スマートで、素晴らしく野球が巧くて学校の成績優等ときてるから、彼の人気湧くが如き有様なのは、蓋《けだ》し当然と云えるであろう。

練習はまだ続いた。

九月初旬の焼けつくような残暑の中で、A高商のナインは、汗と埃で真ッ黒になって、頑張り続けた。A市の小早慶戦と云われる対高工の定期戦は、もう一月余りの間に迫っている。昨年の栄冠は、今年も是非、保持しなければならない。

やっと、内野の練習が済んで、外野ばかりのノックになった。内野手達は急いでベンチへ駆けつけて柄杓で水を飲んだり、タオルで顔を拭いたりした。そうしてベンチに膝を列べて、一息入れていると、芹川三塁手の隣りに腰かけたH遊撃手が、スタンドの見物人の中を見回したと思うと、グイと肘で友達を押した。それが、電波のように、憩んでる選手全部へ伝わった。選手の顔が、揃って、スタンドの方を向いた。

「うアーい」

選手達は、芹川三塁手に向けて、拍手した。

「なんです、なんです」

酒屋の主人は立ち上って、キョロキョロその方を見回した。

「なアに、芹川の未来の細君が、見物にきてるからでさア。あすこの紅いパラソル——あれです。ほら、パラソルで顔を隠しました。毎日練習を見にきますよ」

と、集金係りはすぐ説明した。

「ほウ。さては評判の、本町通りの洋品店の娘さんていうのは、あれですか」

「齢は十八、名は律子、フリジア女学校の五年生です。子供の時から芹川とは、親と親とのイイナズケでな」

ファンという人間は、なんでも知っている。選手の耳のうしろのホクロの数まで知ってるのだから、苟《いやし》くも結婚問題を閑却する筈がない。

「ほれ、ご覧なさい。芹川が顔を真ッ赤にして、隅へ隠れよった。面白いですな。わし等も拍手してやりましょか」

なるほど、集金係りの云うとおり、皆に揶揄われた芹川三塁手は、塀に密着《くっつ》いて、背を見せてる。よほど、ウブな性質らしい。処女の如しと云いたいが、この頃のお嬢さん達はもっとシャアシャアしている。羞《はず》かしがって、耳のつけ根まで紅く染めたところは、まさに熟し切った桜桃そのものだ。


世の中はわからないものだ。

A高商のグラウンドで、羨望に耐えない芹川三塁手の姿を見せつけられてから、まだ十日ほどにしかならない。それだのに、もうこんな悲しい事件が起きてしまったのである。ああ、これだから、世の中はわからないというのだ。

本町一丁目のタカラヤ洋品店の二階で、芹川君のフィアンセと噂の高い律子さんが、袂を顔に当てて、泣いているのである。

「ねエ、一体どうしたのよ」

と、その傍で、途方に暮れて、自分も泣き出しそうな顔をしてるのは、律子さんのクラスメートの澄江さんだ。

「妾《わたし》、妾……うわーッ！」

律子さんは半分云いかけたが、やはり、いけない。後の半分が、涙の滝津瀬に押し流されてしまった。

「困るわ、ほんとに」と、澄江さんはいよいよ途方に暮れて、「誰かにイジめられたンでしょう。きっとそうよ。誰！　鬼熊女史？」

と、学校で一番辛辣な女の先生の名を挙げたが、律子さんは首を振った。

「じゃア、遠藤さんでしょう？　あの人、とても意地悪だから」

と、級友の方にアタリをつけたが、これもＮＯ！

「ねエ、云ってよ。親友の妾に云えない事ないでしょ。ね、ね」

と、突俯した律子さんの耳の側へ口を持って行くと、やっと、蚊の鳴くような返事が聞えた。

「……セリ……セリ……セリ……」

と、云いかけて、また咽び泣きの声。

「セリ、セリ……まア、芹川さんと、あんた喧嘩したの？」

と、澄江さんはビックリしたような声を出した。

「喧……喧嘩じゃないの……」

「じゃア、如何《どう》したのよ。じれッたいわ」

「も……もっと、悪いの……」

「喧嘩より悪い？　まア、なによ、そんなら？」

澄江さんも少しジリジリしてきた。

「こ、これ見て！」

やがて律子さんは、顔も揚げないで、懐中から封を切った一通の手紙を出した。白い西洋封筒に、ブルューブラックの文字が、涙で潤んでる。でも、「律子様へ、次郎より」という字が、読めないこともない。

「読んでもいい？」

律子さんは、黙って、肯いた。

——律ちゃん。

僕の事を、断然忘れて下さい。

僕は永久に貴女と結婚できなくなりました。

永久に。

その理由を聞かないで下さい。

嗚呼、チェッコ・スロバキアの悲しき友よ。

芹川次郎

宝井律子様

「まア……」

と、読み終って澄江さんは眼を丸くした。

「あんた、何か心当りある？」

律子さんは、大きく首を振った。

「誰かに誘惑されたんじゃないかしら。芹川さんは、全市の女性から、あんなに騒がれてるんだから」

澄江さんは、思いつくままに、ふとそう云った。すると、今まで突俯していた律子さんが、ニョッキリと首を擡《もた》上げて涙の溜った美しい眼で、睨めた。

「まア、ひどい！　次郎ちゃんは、そんな浮薄な男じゃないことよ」

「ご免なさい。そうね、他の人なら別だけど、芹川さんに限って、その心配はないわね。すると、なんだろう……永久に結婚できないというのは、よくよくの理由があるのね」

「理由なんか、如何でもいいわ。あの人と結婚出来ないくらいなら、妾、妾……」

「また泣き出しちゃ駄目よ。これには、なんか深い理由があるのよ。第一、この文句がおかしいわ、『チェッコ・スロバキアの悲しき友よ』だなんて……芹川さん、そんな処に友達があるの？」

「あるもんですか。アメリカにだって、ありゃしないわ」

「おかしいわね。ちょいと……炎天のグラウンドで、あんまり練習に馬力をかけたもんで、少し異状を来したんじゃない？」

澄江さんは、頭の方を指で示した。

「まア、馬鹿にしないでね。次郎ちゃんは、頭脳明晰で評判学生じゃないの。日向で焼かれたぐらいでヘンになるような、安ッぽい頭じゃなくてよ」

三

「困るなア」

「困りますよ」

A高商の野球部合宿の一間で、K監督とS主将が、ヒソヒソ語り合ってる。

「芹川が出場できなければ、野呂を使うより仕方がないが、彼奴、図体ばかり大きくて、守備は穴だらけだからな」

「その癖、バッティングが駄目です。野呂を出せば、まア、今度の試合は負けです。なにしろ、三塁ですからね」

「今年負けて、耐るもんか。五勝五敗で、タイの試合成績じゃないか。是が非でも、今年は勝たなけれアならん。なんとかして、芹川を出すわけに行かんかなア」

「僕だって、無論、そうしたいんです。此二、三日、眠れないほど、心配してるんです。でも、当人が姿を現わさないので、摑まえるわけに行きません」

「一体、原因はなんだというんだ。それがわかれば、なんとか工夫もあるんだがな」

「それが、ちっとも、わからんです。よほど、重大な煩悶らしいンです」

「ホウ」

「昨日、遊撃の中島が、芹川の家へ行ってみたんだそうです。すると、桜桃の奴、部屋の中で、黙って考え込んだきり、一言も口を開かないンだそうです。真ッ蒼な顔をして、時々、フーッと、溜息をつくだけだそうです。でも、中島があまり訊くので、終いに、やっと一言云ったそうです。——人間の運命は、いつ如何なるかわからない。チェッコ・スロバキアにも、その例があった——と、それだけ云ったそうです」

「ヘンな事を云う奴だな。チェッコ・スロバキアの例とは、なんのことだ」

「サッパリわかりません。たしか、硝子細工や鉛筆の産地でしたね、チェッコ・スロバキアは」

「おい、商業地理の試験じゃないぞ。鉛筆なんかは、如何でもいい。野球になにか関係はないか」

「ヨーロッパだから、野球はやらんでしょう。僕の考えるのに、桜桃は神経衰弱のひどいのに罹ってるんじゃないかと、思うンです。でなけれア、チェッコ・スロバキアなんて、寝言みたいな事を云う筈がありません」

「或いは、そうかも知れンな。もし気がヘンになったりすると、残念だが、芹川の出場を諦めなけれアならんぞ」

「そうですね。ヒットを打って、三塁の方へでも駆け出されたら、大変ですからな」

「弱った事になったなア。とにかく、芹川の家へ行って、様子を確めて来ようじゃないか。家にいる事はいるんだろう」

「ええ。部屋に引っ込ンだきりだそうですから、家にいるにきまってます」

「じゃア、早速、出掛けよう。二人で会って、話をしたら、大概、見当がつくだろう」

K監督はそう云って、立ち上った。S主将も、暗い顔をして、その後に続いた。

なにしろ、高商高工の争覇戦まで、もう一月もないのである。いまが一番、練習の大切な時だ。その時に当って、突然、至宝芹川がこんな問題を起したのだから、監督や主将が心配するのも無理ではない。

芹川の家は、山手寄りの住宅地にあった。父親は土地の有力な市会議員で、家も相当立派な構えである。兄弟も大勢あって、みな秀才の評判が高いが、もし桜桃君が発狂でもしたとなると、この幸福な家庭も一度に暗い雲に襲われねばならない。

「ご免下さい」

まず、K監督が、玄関で声をかけた。

「芹川君いますか」

S主将が、出てきた女中に訊いた。

「一寸、お待ち下さい」

女中は居るとも、居ないとも答えないで、すぐ奥へ引っ込んだ。

「ヘンだぞ、すこし」

「予想が的中しちゃったンでしょうか。困ったなア」

二人は、思わず、顔を見合わせた。

やがて、再び、女中が現われた。

「すこし混雑《こ》ンでおりますけれど、どうぞ、お上り下さいませ」

彼女はそう云って、スリッパを揃えた。

二人は応接間へ通されて、暫らく待っていると、ドアが開いて、姿を見せたのは、芹川桜桃君ではなくて、彼のお母さんである。

「よくお出で下さいました」

小さな丸髷に結ったお母さんは、そう云って、丁寧に頭を下げた。気のせいか、顔に憂色が漂ってる。

「芹川君が合宿を出て、一向、グラウンドに来てくれませんので、一寸、お見舞いに上りました」

と、K監督が云う傍から、S主将も、

「試合の日も迫ってきますし、僕等、心配してるんです。芹川君に会って、よく事情を伺いたいのですが、お呼び下さいませんか」

と、云い添えると、芹川のお母さんは、下を俯《む》いて、暫らく黙っていてから、

「それは、まことに相済みません。妾《わたし》からお詫びを申上げます。でも、折角お出で下さいましたが、次郎はお目に掛かれません」

「どうしてですか?」

「次郎は、昨夜から、家出を致しました」

「えッ」

「おやッ」

二人は、一時に、声を発した。

事重大である。K監督も、S主将も、椅子を乗り出して、お母さんを凝視《みつ》めた。

「どうして、家出なんかされたンです?」

「原因は一体、なんです。お差支えなければ、お話し下さい。野球部としても、友人としても、及ばずながらお力添えしますから」

するとお母さんは悲しい眼に、感謝の色を浮かべて、

「ありがとう存じます。あれ程真面目な男ですから、今にきっと帰ってくると存じて居りますが、原因が少しもわかりません。妾の方で、皆さんにお伺いしたいと、存じていました。年頃でございますから、恋愛なぞの関係とも考えましたが、次郎には、律子さんという許嫁がございまして、それは仲好しなんですから、他の婦人に心を動かす筈がございません」

「そうですとも。律子さんの話は、僕等もよく聞かされて、大いにナヤまされていたくらいです。それに、芹川君は不品行な事をするような青年じゃアありません」

「そうだとも」と、K監督も力強く合槌を打って、「恋愛問題の心配は、断じてないが、あんな優しい気質の青年だから、文学にでもカブれたンじゃないかな。新しい虚無とか、懐疑とか云って騒いでる文士がいるが、ああいう小説を読んで、フラフラッ

となったンじゃないかな。どうでしょう、お母さん」

「いいえ、次郎に限って、その心配はございません。彼《あれ》は、小説なぞ大嫌いで、新聞の続き物さえ、ロクに読みは致しません。まず読めば、ユーモア小説ぐらいのものです」

「ユーモア小説なら、いくら読んでも、害にならんです。だが、いよいよ原因がわからなくなったですなア。おい、S君、君の考えを、お母さんに申上げて見給え」

K監督は、自分で云い憎いことを、S主将に云わせようとする。ベンチの智慧袋だけあって、なかなかズルイ。

正直なS主将は、すぐ釣られて、

「実は、さっき僕等で一寸話したんですが、芹川君は脳に異状でも来したんじゃないですか……」

と、アケスケに訊いた。すると、芹川母堂は、俄かに容《かたち》を改めて、

「これは、ちと失礼なお言葉かと存じます。憚りながら芹川家は、先祖代々、精神病の血統なぞ、毛ほどもございません」

「やッ、失言した」

と、S主将は赤くなって、頭を掻いた。まさに、大きなエラーである。

K監督は、さすがに落ち着いて、

「精神異状だなんて、そんなバカなことはないでしょうが、神経衰弱なら、青年のよく罹る病気ですね。そンな徴候は見えませんでしたか」

「さア」と、母堂も首を捻って、「そう云えば、この頃、なんだか鬱いでばかりおりました。女中に聞きますと、始終、部屋へ閉じ籠って壁に貼った写真を見ては、溜息をついていたそうです」

「ホウ。なんの写真ですか」

「それが、貴方、ヘンな名の国の写真で！……なんでも、チョッキ・スル・・スル……」

「チェッコ・スロバキアでしょう？」

「それです。それです」

（いよいよ、問題のチェッコ・スロバキアが飛び出した）

と、二人は思わず、顔を見合わせた。

「おかしいですぞ、お母さん。これア、なにか芹川君とチェッコ・スロバキアの間に、重大関係――秘密が隠れてるに違いないです。失礼ですが、僕等に芹川君の部屋を、一度見せて頂けませんか」

と、気の早いS主将は堪らなくなって、そう云った。

「それは、お安いことでございます。では、どうぞ、こちらへ」

母堂は先きに立って、応接間を出て、階段を上った。

芹川君の部屋は、二階の四畳半である。さすがに、品行方正な桜桃三塁手の部屋だけあって、どこもキチンと片付いている。使い古したグラヴと愛用のバットが、主人の帰りを待ってるように、本棚の横に置いてある。机の上のリラ色の肘突きは、たぶん、律子さんの贈物であろう。

「はア、これですな、問題の写真は」

K監督は、眼慧《めざと》く、壁へピンで留めてある写真を、発見した。眼を密着《くっつ》けるようにして、彼は写真をジロジロ眺めた。どこかの運動雑誌の口絵を切り取ったものらしい。外苑競技場のような風景だが、遠景の家屋や樹木の様子は、まさに外国である。トラックを一人の選手が走ってるが、あまり小さくて男の選手だか、女子選手だか、見当がつかない。ただ、隅に白字で、プラーグ市スタディアムと、書いてある。

「プラーグって、どこでしたね」

「チェッコ・スロバキアの首府さ」

と、K監督はS主将に答えたが、さて、この競技場が芹川君の煩悶にどういう関係があるか、いよいよ解らなくなった。

すると、この時、あまり写真を弄ったせいか、ポロリと留鋲が落ちた。ヒラヒラと舞い落ちた写真を、K監督が拾い上げてみると、裏に鉛筆でなにか書いてある。

「おや、芹川君の筆蹟だぞ……」

監督と主将は、貪るように、それを読み始めた。

チェッコ・スロバキアのミス・コーヴァよ。貴女と同じ運命が、日本の野球選手、芹川次郎を訪れた。貴女がフィールドを退いたように、僕もグラウンドを去らねばならない。貴女が許婚者を失ったように、僕も許嫁を捨てねばならない。この深刻な苦痛を知るのは、世界広しと雖も、貴女と僕だけだ。

噫、チェッコ・スロバキアの悲しき友よ。

K監督とS主将は、読み終って、眼をパチクリした。

「さア、わからん。いよいよ迷宮だ」

「待って下さい。すると写真に現われてる選手は、ミス・コーヴァという人らしいですね。そして、ミス・コーヴァというのは……」「待った」と、今度はK監督が、遮って、「ミス・コーヴァというのは、チェッコ・スロバキアの短距離の女子選手だった。そして、生理的に女性から男性に変化したというので、大問題を起した女……いや、男だ」

「そうです、そして名前も、ミスター・コーヴェックと改めたとかって、当時の新聞に出ていました。すっかり、思い出しましたよ」

「だが、それが芹川君といかなる……」

と、云いかけて、K監督は、前代未聞の怪奇な事実を、チラと覗いたように、大きな眼を円くした。

四

ちょうど、それと、同じ時刻であったろう――桜桃三塁手は、青い顔をして、東京医科大学の構内を歩いていた。

彼は幾度も、迷いあぐんだ様子で、整形外科研究室の前に佇んだが、遂に思い切って、入口の小使室を叩いた。

「芹川博士に、面会したいのです」

「貴方は？」

「弟です」

桜桃三塁手の兄さんの一郎は整形外科の錚々たるプロフェッサーである。

「どうぞ」

彼はすぐ研究室へ通された。一郎博士は、厚い独逸語の本に見入っていた。

「やア、次郎か、よく来たな。東京へ遊びに来たのか」

そう云って、クルリと椅子を回したが次郎君は下を俯いて、蚊の鳴くような声で云った。

「いいえ」

「どうした。バカに元気がないじゃないか。小遣銭でも足りないのか」

一郎博士は快活に笑ったが、次郎君は溜息を洩らすばかりだった。

やがて、次郎君が、突然沈黙を破った。

「兄さん」

「なんだ、急に」

「僕を救って下さい！　僕の体を、救って下さい！　でないと、僕は破滅です！」

と云って、大粒の涙をボロボロ零し始めたので、冷静な一郎博士も驚いた。

「一体、どうしたというンだ。一通り、理由を話してみたらどうだ」

そう云われて、次郎君も肉親の兄の前に、今まで誰にも語らなかった自分の秘密を、話すことになった。

「兄さん、聞いて下さい。僕は運命に呪われました！　僕の体は、男から女に変りかけているんです」

次郎君は悲憤の涙と共に、突然、自分の肉体に起った変化を、一郎博士に語った。

博士は注意深くそれを聴いていたが、やがて、フームと息を洩らして、

「それは絶対にない現象とも云われない。後でよく診察してやろう」

「兄さん、癒《なお》してくれますか」

「それは、診察の上でなければ、わからない」

「癒して下さい！　きっと、癒して下さい！　でないと、僕は野球選手を廃《や》めなければなりません。女になれば、僕はA高商を退学されて、女子大学へでも、転校されるにきまってます」

「女と決まれば、そうなるだろうが、しかし……」

「待って下さい。その上、もっと重大な事があるんです。僕が女になると、律子さんも、結婚できなくなります。いくら律子さんが僕を愛していても、女のところへ女が嫁にくるわけには行かんじゃありませんか！」

「論理上、そうなるだろう。しかし、次郎、よく、落ち着いて聞け。一体、あの両性具備という現象は、男性には滅多に起らんものなのだ。女性には屢々、見られる。例えば、この前新聞に出た、チェッコ・スロバキアの女子選手、コーヴァ嬢の如きもだな」

「それです、それです。僕はそれまで、自分の肉体なんか、少しも注意しなかったんですが、あの記事を見て、急に考えたんです。子供の時から、僕は色が白くて体が小さかったもんですから、友達に『女の子、女の子』って揶揄われました。それを思い出して、コーヴァ嬢が男になったように、自分は反対に、女になりはしないかとフト心配になって、或る日、そっと自分の胸部を見てみたんです。するとどうです！　いつの間にか僕の乳部が、まるで十八の娘のように、フックリ膨れているじゃアありませんか？」

　次郎君は悲しそうに、自分の胸を指した。

「フーム」

　と、一郎博士はムツかしい顔をして、腕を組んだ。

「万一、お前が真実の両性具備だったら、僕は無論、全力を尽して手術をしてみるが、或いは、自然の命令には反抗できないかも知れん。その場合は、お前も覚悟してくれ。天の命ずる通り、女にならなければならん」

「嫌です、嫌です！　女になるくらいなら、僕は死ンじまいます。兄さん、どうしても僕を、男にして下さい！」

「とにかく、診察してみよう。隣りの手術室へお出で」

　そう云って、博士は消毒のために、まず石鹼で手を洗い始めた。

　青褪めた顔で、次郎君は上着のボタンを外した。そうして、重たい手で、手術室の扉を開けて入った。その後を、白い手術着の一郎博士が続いた。

　バタンと扉が閉められて、二人の姿が消えてから、どのくらいの沈黙が流れたろう。

まだ九月で、休暇中だから、研究室の置時計の音が、しずかに時を刻んでいた。それは、まったく不気味な沈黙だった。

やがて、再びドアが開いた。

「ワッハッハ」

一郎博士が、腹を抱えながら、手術室から出てきた。この部屋へきても、まだ笑いが止まらないらしい。

「兄さん、どうしたンですか。診察の結果を、早く云って下さい」

次郎君が、心配そうな顔で、出てきた。

「ワッハッハ。診断か……病名は急性神経衰弱とでも、云って置くかね。ワッハッハ」

一郎博士は笑い終って、煙草に火をつけた。

「だって、兄さん。どうして僕の乳部は、あんなに膨らんできたんです?」

次郎君は半信半疑で、まだ安心できないらしい。

「乳部ぐらい場合によって、大きくなるさ。玉錦を見ろ。婦人の倍ぐらいある奴を持ってる」

「でも、どうして急に、そンなに変化したんでしょう?」

「次郎。お前は胸の筋肉を激しく使う仕事をして、急に止めた覚えはないか」

「そうですね」と、次郎君は首を捻っていたが、突然、「あります、あります！」

桜桃三塁手は、前にもいう通り、打撃だけが、唯一の欠点であった。彼はK監督にも云われ、自分でも口惜しがって、人一倍、打撃の練習に身を入れた。家へ帰っても、庭でバットを振ることを忘れなかった。だが、いつまで経っても当りが出ないので、一月ほど前から、すっかり打撃練習を怠けてしまった。

――畜生、その罰が当ったかな！

「普通の人なら、そんなに著しい変化も現われないが、お前は色が白くて、脂肪体質なんだ。筋肉を使わなければ、すぐ脂肪が蓄積する。ヘンな妄想を起して、家へ引っ込むようになってから、一層、乳部が大きくなってきたろう？」

「そうです。メキメキと、育ってきました」

「バカ。仔犬じゃあるまいし」

一郎博士は、また朗らかに、笑った。

「すると、兄さん、僕は女になる心配はありませんか」

「そう無闇に、男が女になったり、女が男になられて、耐るもンか。チェッコ・スロバキアの女子選手も、再手術までしても、男性に転向できるかどうか、疑問だ、と新聞に書いてあったじゃないか」

五

十月の高商高工の争覇戦に芹川三塁手が出場した事は、云うまでもあるまい。

この日、彼は得意の守備と盗塁に、素晴らしいファインプレイを度々演じた。

「どうです。胸が透くようですな」

と、酒屋の主人が、スタンドで、叫んだ。

「まったくですよ。天下一品でさア」

と、仕事をサボった瓦斯会社の集金人が、答えた。

やがて、白熱した試合が終回を迎えた。高商の一番打者が、四球で出た。芹川がボックスへ立った。無論、バントで送るところだ。すると、どうした間違いか、芹川は大きな三塁打を飛ばしてしまったのである。

「わア。えらいぞ、桜桃！」

スタンドは、嵐のような騒ぎだ。その中で揉み抜かれながら、律子さんが笑顔を輝かせ、ハンケチを振ってる。あの様子では、芹川君との仲も、完全に旧に戻ったに違いない。


〈昭和十三年九月・雄弁〉

【編者解説】

ハイスピードでドライでときどきヒドい、男たちの頓珍漢世界

千野帽子

本書は獅子文六の短篇小説を集めた、はじめての文庫本です。『モダンガール篇』と同時刊行しました。女性のカッコよさに溢れた『モダンガール篇』から一変、当『モダンボーイ篇』には男の（男の子の）頓珍漢さが充溢しています。

初出がわかっているものでいちばん古いものは一九三五年、新しいものは一九六五年に発表されました。この三〇年は、獅子文六の小説家としてのキャリアのほぼ全域を覆っています。

ハイスピードな展開、ハイパードライな笑い、少々乱暴な（＝ヒドい）ディテール

など、昭和のコンテンツならではの魅力が、いま読むとほんとうに新鮮です。

まず冒頭の「ライスカレー」を読んでみましょうよ。時代は一九三〇年代中盤か後半か。下町の洋食屋「カイカ」の、夏の一夜。下働きの福太郎、通称フー公は、いまは芋剝きの仕事に甘んじているが、ゆくゆくはヨーロッパ式の本格レストランを開店したい。その夢を女給のおキミちゃんに語っている。彼女のほうでもフー公の夢を応援したいようだ。

ちくま文庫で獅子文六をお読みのかたはピンとくるでしょう。一九六〇年（昭和三五）に刊行された『七時間半』の、国鉄の特急列車の食堂車で働くコック助手で、将来はホテルか一流レストランのコックとして働きたいと思っている喜イやんこと矢板喜一と、食堂車で〈会計さん〉（ウェイトレスのリーダー）を担当している藤倉サヨ子。フー公とおキミちゃんは彼らのプロトタイプなのです。

フー公は流行らない洋食屋を早いこと卒業したい。〈カレーライスだの、ハヤシライスだのってえものは、洋食じゃアないンだぜ。あンなものを喜んで食うのは、ここの店へ来るようなお店者ぐらいなもンだ〉。どうでもいいけどこの台詞一箇所だけは〈ライスカレー〉じゃなくて〈カレーライス〉って言ってるなー。

さてフー公は、おキミちゃん目当てに長っ尻をきめこむ常連客・上総屋の若旦那が気に喰わない。その若旦那が、よりによってフー公が忌み嫌うライスカレーをあてつけのように註文した。ライスカレーを拵える（ったって、若旦那も言うようにヨソって掛けるだけなんだけど）のはどうしても厭だ、とフー公はゴネる……。

『七時間半』には食堂車チーフコックの渡瀬というメンター的なキャラクターがいましたが、カイカの老コック・柴崎も好印象です。フランス領事館附きシェフ上がりの明治男。新しいことは知らないが、ホンモノの西洋料理を知ったうえで「洋食」という日本のキメラ文化の世界で生きている。なんだかパリの芝居修業で西洋モダニズム仕込みのセンスを学んで、それを日本語の小説にソフトランディングさせた獅子文六当人みたいな人ではないか。

『七時間半』の原型みたいな人物造形。そして店の客席と調理場を舞台にするのは、なんだかよしもと新喜劇のよう。ビジネスとプライドと恋の鞘当ての三つ巴をコミカルに描きはじめて、こりゃいい話だ！　と思って読んでたら……

終盤の展開がヒドいんです。

いまの僕らだと、この結末は「あんまりだ」で、「読者を引かせないような展開がほかにもっとありそうなものだ」で、「フー公やおキミちゃんや柴崎への感情移入が一気に冷めた」で、「こんな店はイヤだ」なわけです。現在の笑いの許容範囲から逸脱している。べつの意味で笑うしかないほどヒドい。

でも作者も、そしておそらく当時の読者も、これを笑いの許容範囲だと、そしてなんなら「いい話だ」と思っていただろうことはなんとなくわかる。コンテンツ受容のコードがいまと違うんです。

獅子文六の小説は最近、「まったく古びていない」「いま読んでちょうどいい」などと言われることがありますが、そうではありません。「ライスカレー」を読めば、僕がさきほど〈少々乱暴な（＝ヒドい）ディテール〉と書いたことの意味がおわかりになると思います。

いい湯加減だと思って油断してると「ああこれはいまだったらアウトだな」というところが唐突に出てくる、そういうおもしろさもあるんです。そしてこれは、リアルタイムの読者がしなかった、後世の僕らにこそ可能な楽しみなんですよ。だからいま流行りのコンテンツも、僕らの孫世代の読者・視聴者にはべつの楽しみがあるって話ですね。

以下、駆け足で昭和男たちの頓珍漢世界をご紹介します。

「ロボッチイヌ」「銀座にて」はSF的着想、「先見明あり」「次ぎの日米戦」は未来小説ということで、この四篇をまとめました。「銀座にて」「次ぎの日米戦」は冷戦を題材にした掌篇で、前者は獅子文六より、八歳歳下の稲垣足穂の初期作品「星を売る店」を思わせる着想がノンセンス。獅子文六も稲垣足穂も、港町育ちはお洒落だなあ。

「ロボッチイヌ」は、男の性欲を処理するガイノイド（女性型アンドロイド）という着想も、またオチも、予想外に現代的です。そのいっぽうで〈人工売女〉の名称をはじめ、やっぱり乱暴な細部もたっぷり。なお、この作品の二年前に、星新一が性欲処理装置を題材とした「セキストラ」で商業誌デビューしています。

「先見明あり」も生殖をめぐる話。おそらく戦争が本格化して、世のなかが産めよ増やせよ大陸雄飛だとイケイケだった一九三七年（昭和一二）の作でしょう。一三年後の近未来、一九五〇年には、軍人さんがますますモテモテ、そして〈独身税〉〈無子税〉が導入されている。

　現実の一九五〇年（昭和二五）の日本はというと、敗戦後の連合国占領下でした。この時期、獅子文六は本作を改訂して「丸茂理助の先見」という新ヴァージョンを発表し、作中で旧作について「自分は未来を予見できなかった」と反省しています。でもいっぽうで、現実の二〇一七年には、国会議員が税収アップと少子化対策を兼ねた〈子なし税〉を提唱して物議を醸したせいで、べつの意味でいま読んでずいぶんタイムリーに感じます。比べて読むとおもしろいのですが、紙数の都合で収録を見送りました。

「桜会館騒動記」「芸術家」「羅馬の夜空」「われ過てり」はフランスを舞台とした作

品。獅子文六には若いころ住んでいたパリの日本人社会に材を採った小説が長短各種あります。そこから「桜会館騒動記」「芸術家」を選びました。「芸術家」は「ライスカレー」と逆に、ヒドい話と思わせておいてじつはそうでもない話です。フランスが舞台なのに「羅馬の夜空」という題なのは、作中人物がローマ生活を回想するから。これと「われ過てり」の二篇は、ひょっとしたらなんらかのフランスのコントを粉本とするものかもしれません。

「桜会館騒動記」の舞台は、富豪・佐倉八右衛門の寄附でパリに建てられた日本学生会館、通称〈桜会館《メーゾン・サクラ》〉。爵位を持たぬのにバロン薩摩の異名で知られる実業家・薩摩治郎八が一九二九年にパリ市内の国際学生都市に私財を投じて建てた薩摩基金《フォンダシオン・サツマ》／日本館《メゾン・デュ・ジャポン》をモデルにしています。獅子文六は薩摩治郎八をモデルに『但馬太郎治伝』（講談社文芸文庫）という小説も書きました。林芙美子の随筆にも出てくるこの寮は、いまも現役です。僕もパリの留学生活の最初の一年はここに住んでいて、「桜会館騒動記」作中に出てくる藤田嗣治の大壁画は毎日見てました。当時はありがたみを感じてませんでしたけど……。

「霊魂工業」「伯爵選手」「文六神曲編」「南の男」は幻想小説ないし「幻覚小説」であり、「南の男」は獅子文六自身の小説『南の風』の、メタフィクショナルなスピンオフでもあります。

「文六神曲編」「南の男」が私小説的な体裁で書かれているとおり、戦後の獅子文六には『娘と私』など、自身の体験をダイレクトに書いた（ように読ませる）作品もあります。そのなかから、回想モードで書かれた「愚連隊」「ヒゲ男」「因果応報」を選びました。とりわけ「因果応報」の幼い男の子の風情がとてもかわいらしくて好きです。回想録的短篇は、本短篇集『モダンガール篇』にも「待合の初味」が収録されていますよ。

「金髪日本人」「レモネードさん」「桜桃三塁手」は以上のどれにも当てはまらないものを「その他」的に最後に置いたつもりだったけど、まとめて読むといずれも国境や性別といった「境界」を侵犯するような話でした。これはまったくの偶然です。

少々意外な話をしますと、獅子文六の短篇集が文庫本のかたちで編まれるのは、この『獅子文六短篇集』全二冊がはじめてのことです。

獅子文六が本格的に小説家として活動しはじめたのは四〇歳を過ぎてから。その一九三〇年代なかばからの、太平洋戦争をはさんだ約三五年間、売れっ子でない時期がほとんどなかった。死後一〇年ほど過ぎた一九七〇年代末までは、角川文庫・新潮文庫などで多くの小説がかんたんに入手できたんです。

獅子文六は昭和のそんな流行作家でしたけど、文庫本で読めるのはいずれも長篇小説か、せいぜい長めの中篇小説。獅子文六の小説がコンテンツとして現役だった時代にも、文庫版の獅子文六短篇集って、僕が知るかぎり、ないんですね。あったらごめんなさい、僕の不勉強です。新潮社の《小説文庫》というレーベルから一タイトルだけ短篇集があったらしいんですが、この《小説文庫》は新書判に近いサイズだったらしい。

短篇小説が少なかったわけではありません。短篇集は単行本で何冊も出ています。獅子文六はたしかに長篇小説、それも雑誌・新聞連載を主体とした作家で、本書の底本である朝日新聞社版『獅子文六全集』全一五巻+別巻一でも、短篇小説の収録巻は第一一・一二巻の二巻でほぼ足りています。でもびっしり二段組で組んだ同全集のこの二冊は、併録されたジュヴナイル小説二篇を除いても約一〇〇〇頁あり、全部を本書のように組むと、文庫本七冊くらいは余裕でできてしまう。

けれど「文庫本」というビジネスモデルは、初期には古典や翻訳が中心でした。もちろん日本の現役作家の作品が文庫化される例も初期からあるにはあるのですが、現在に比べると、文庫本レーベルの数が圧倒的に少なかった。ある程度売れた小説が三年で文庫化するいまとは違う。

獅子文六を含む現役作家の作品がさかんに文庫化されていくのは、たぶん一九五〇年代からでしょう。またメディアミックスが多かった獅子文六は、いきおい長篇小説が看板、短篇小説は裏芸のようなあつかいだったのではないでしょうか。僕自身、一九九〇年代末から二〇〇〇年ごろにかけて古書で『獅子文六全集』を読んだ動機は、その数多い長篇小説を読みたかったからです。

そういうわけでちくま文庫のこの二点は、記念すべき最初の獅子文六文庫版短篇集となりました。

本書は千野帽子編となっていますが、朝日新聞社版全集の第一一・一二巻からどの作品を『獅子文六短篇集』全二冊に選び、どのようなコンセプトで二冊に振り分けるか、という作業の全体が、『モダンガール篇』解説者の山崎まどかさんとの共同作業でした。したがって本書は実質上「共編」です。

僕が当初あまり推さなかった作品（「レモネード」など）が山崎まどかチョイスで推されているので読み直し、僕が気づかなかった魅力を発見して採録することもありました。まるで句会のように創造的な作品選定過程でした。山崎まどかさん、そして企画を立ち上げてくださった筑摩書房の窪拓哉さん、ありがとうございます。

二〇一八年正月、神戸

（ちの・ぼうし　文筆家）

・本書は文庫オリジナル編集です。
・各収録作品は『獅子文六全集』第一一巻、第一二巻（朝日新聞社一九六九年）を底本としました。
・本書のなかには、今日の人権感覚に照らして差別的ととられかねない箇所がありますが、作者が差別の助長を意図したのではなく、故人であること、執筆当時の時代背景を考え、該当箇所の削除や書き換えは行わず、原文のままとしました。

コーヒーと恋愛　獅子文六

恋愛は甘くてほろ苦い。とある男女が巻き起こす恋模様をコミカルに描く昭和の傑作が、現代の「東京」によみがえる。（曽我部恵一）

てんやわんや　獅子文六

戦後のどさくさに慌てふためくお人好し犬丸順吉は社長の特命で四国へ身を隠すが、そこは想像もつかない楽園だった。しかしそこは……。（平松洋子）

娘と私　獅子文六

文豪、獅子文六が作家としても人間としても激動の時間を過ごした昭和初期から戦後、愛娘の成長とともに自身の半生を描いた亡き妻に捧げる自伝小説。

七時間半　獅子文六

東京—大阪間が七時間半かかっていた昭和30年代、特急「ちどり」を舞台に乗務員とお客たちのドタバタ劇を描く隠れた名作が遂に甦る。（千野帽子）

悦ちゃん　獅子文六

ちょっぴりおませな女の子、悦ちゃんがのんびり屋の父親の再婚話をめぐって東京中を奔走するユーモアと愛情に満ちた物語。初期の代表作。（窪美澄）

自由学校　獅子文六

しっかり者の妻とぐうたら亭主に起こった夫婦喧嘩をきっかけに、戦後の新しい価値観をコミカルかつ鋭い感性と痛烈な風刺で描いた代表作。（戌井昭人）

青春怪談　獅子文六

婚約を約束するもお互いの夢や希望を追いかける慎一と千春は、周囲の横槍や思惑、親同士の関係からドタバタ劇に巻き込まれていく。（山崎まどか）

胡椒息子　獅子文六

裕福な家に育つ腕白少年・昌二郎は自身の出生から母、兄姉に苛められる。しかし真っ直ぐな心と行動力は家族と周囲の人間を幸せに導く。（家冨未央）

バナナ　獅子文六

大学生の龍馬と友人のサキ子は互いの夢を叶えるためにひょんなことからバナナの輸入でお金儲けをする。しかし事態は思わぬ方向へ……。（鵜飼哲夫）

箱根山　獅子文六

戦後の箱根開発によって翻弄される老舗旅館、玉屋と若松屋。そこに身を置き惹かれ合う男女を描く傑作。箱根の未来と若者の恋の行方は？（大森洋平）

ぼくは散歩と雑学がすき　植草甚一

1970年、遠かったアメリカ。その風俗、映画、本、音楽から政治までをフレッシュな感性と膨大な知識、貪欲な好奇心で描き出す代表エッセイ集。

いつも夢中になったり飽きてしまったり　植草甚一

男子の憧れJ・J氏。欧米の小説やジャズ、ロックへの造詣、ニューヨークや東京の街歩き。今なお新鮮さを失わない感性で綴られる入門書的エッセイ集。

こんなコラムばかり新聞や雑誌に書いていた　植草甚一

ヴィレッジ・ヴォイスから筒井康隆まで夜を徹して読書三昧。大評判だった中間小説研究も収録したJ・J式ブックガイドで「本の読み方」を大公開！

雨降りだからミステリーでも勉強しよう　植草甚一

1950〜60年代の欧米のミステリー作品の圧倒的で、貴重な情報が詰まった一冊。独特の語り口で書かれた文章は何度読み返しても新しい発見がある。

快楽としての読書　日本篇　丸谷才一

読めば書店に走りたくなる最高の読書案内。小説からエッセー、詩歌、批評まで、丸谷書評の精髄を集めた魅惑の20世紀図書館。（湯川豊）

快楽としての読書　海外篇　丸谷才一

ホメロスからマルケス、クンデラ、カズオ・イシグロ、そしてチャンドラーまで、古今の海外作品を熱烈に推薦する20世紀図書館第二弾。（鹿島茂）

快楽としてのミステリー　丸谷才一

ホームズ、007、マーロウ——探偵小説を愛読して半世紀、その楽しみを文芸批評とゴシップを駆使して自在に語る、文庫オリジナル。（三浦雅士）

銀座旅日記　常盤新平

馴染みの喫茶店で珈琲と読書をたのしみ、黄昏の酒場に人生の哀歓をみる。散歩と下町が大好きな新平さんの風まかせ銀座旅歩き。文庫オリジナル。

超発明　真鍋博

昭和を代表する天才イラストレーターが、唯一無二のSF的想像力と未来的発想で〝夢のような発明品〟129例を描き出す幻の作品集。（川田十夢）

真鍋博のプラネタリウム　真鍋博　星新一

名コンビ真鍋博と星新一。二人の最初の作品『おーい でてこーい』他、星作品に描かれた挿絵と小説冒頭をまとめた幻の作品集。（真鍋真）

英語に強くなる本　岩田一男

昭和を代表するベストセラー、待望の復刊。暗記やテクニックではなく本質を踏まえた学習法は今も新鮮なわかりやすさをお届けします。（晴山陽一）

英単語記憶術　岩田一男

単語を構成する語源を捉えることで、語の成り立ちを理解することを説き、丸暗記では得られない体系的な英単語習得を提案する50年前の名著復刊。

英絵辞典　岩田一男　真鍋博

真鍋博のポップで精緻なイラストで描かれた日常生活の205の場面に、6000語の英単語を配したビジュアル英単語辞典。（マーティン・ジャナル）

女子の古本屋　岡崎武志

女性店主の個性的な古書店が増えています。カフェを併設したり雑貨も置くなど、独自の品揃えで注目の各店を紹介。追加取材して文庫化。（近代ナリコ）

昭和三十年代の匂い　岡崎武志

テレビ購入、不二家、空地に土管、トロリーバス、くみとり便所、少年時代の昭和三十年代の記憶をたどる。巻末に岡田斗司夫氏との対談を収録。

古本で見る昭和の生活　岡崎武志

古本屋でひっそりとたたずむ雑本たち。忘れられたベストセラーや捨てられた生活実用書など。それらを紹介しながら、昭和の生活を探る。（出久根達郎）

本と怠け者　荻原魚雷

日々の暮らしと古本を語り、古書に独特の輝きを与えた「ちくま」好評連載「魚雷の眼」を、一冊にまとめた文庫オリジナルエッセイ集。（岡崎武志）

わたしの小さな古本屋　田中美穂

会社を辞めた日、古本屋になることを決めた。倉敷の空気、古書がつなぐ人の縁、店の生きものたち……。女性店主が綴る蟲文庫の日々。（早川義夫）

月刊佐藤純子　佐藤ジュンコ

注目のイラストレーター（元書店員）のマンガエッセイが大増量してまさかの文庫化！　仙台の街や友人との日常を描く独特のゆるふわ感はクセになる！

間取りの手帖　remix　佐藤和歌子

世の中にこんな奇妙な部屋が存在するとは！　間取りと一言コメント。文庫化に当たり、間取りとコラムを追加し著者自身が再編集。（南伸坊）

光の塔　今日泊亜蘭

地球上の電気が消失する「絶電現象」は人類を襲う未曾有の危機の前兆だった。日本SF初の長篇にして圧倒的な面白さを誇る傑作が復刊。（日下三蔵）

飛田ホテル　黒岩重吾

刑期を終えたやくざ者に起きた妻の失踪を追う表題作など、大阪のどん底で交わる男女の情と性。直木賞作家の傑作ミステリ短篇集。（難波利三）

幕末維新のこと　司馬遼太郎　関川夏央編

「幕末」について司馬さんが考えて、書いて、語ったことの真髄を一冊に。小説以外の文章・対談・講演から、激動の時代をとらえた19篇を収録。

明治国家のこと　司馬遼太郎　関川夏央編

司馬さんにとって「明治国家」とは何だったのか。西郷と大久保の対立から日露戦争まで、明治の日本人への愛情と鋭い批評眼が交差する18篇を収録。

美食倶楽部　谷崎潤一郎大正作品集　種村季弘編

表題作をはじめ耽美と猟奇、幻想と狂気……官能的な文体によるミステリアスなストーリーの数々。大正期谷崎文学の初の文庫化。種村季弘編で贈る。

落穂拾い・犬の生活　小山清

明治の匂いの残る浅草に育ち、純粋無比の作品を遺して短い生涯を終えた小山清。いまなお新しい、清らかな祈りのような作品集。（三上延）

小説　永井荷風　小島政二郎

荷風を熱愛し、「十のうち九までは礼讃の誠を連ねた中に、ホンの一つ」批判を加えたことで終生の恨みをかってしまった作家の傑作評伝。（加藤典洋）

60年代日本SFベスト集成　筒井康隆編

「日本SF初期傑作集」とでも副題をつけるべき作品集である（編者）。二十世紀日本文学のひとつの里程標となる歴史的アンソロジー。（大森望）

名短篇、ここにあり　北村薫　宮部みゆき編

読み巧者の二人の議論沸騰し、選びぬかれたお薦め小説12篇。となりの宇宙人／冷たい仕事／隠し芸の男／少女架刑／あしたの夕刊／網／誤訳ほか。

名短篇、さらにあり　北村薫　宮部みゆき編

小説って、やっぱり面白い。人間の愚かさ、不気味さ、人情が詰まった奇妙な12篇。華燭／骨／雲の小径／押入の中の鏡花先生／不動図／鬼火／家霊ほか。

ちくま文庫

ロボッチイヌ　獅子《しし》文六《ぶんろく》短篇集《たんぺんしゅう》　モダンボーイ篇《へん》

二〇一八年三月十日　第一刷発行

著者　獅子文六（しし・ぶんろく）
編者　千野帽子（ちの・ぼうし）
発行者　山野浩一
発行所　株式会社　筑摩書房
東京都台東区蔵前二―五―三　〒一一一―八七五五
振替〇〇一六〇―八―四一二三
装幀者　安野光雅
印刷所　株式会社精興社
製本所　加藤製本株式会社

筑摩書房サービスセンター
埼玉県さいたま市北区櫛引町二―六〇四　〒三三一―八五〇七
電話番号　〇四八―六五一―〇〇五三

ISBN978-4-480-43507-1 C0193